Konzert ohne Dichter

Das Buch

Im Jahr 1905 ist Heinrich Vogeler auf der Höhe seines Erfolgs und wird für sein Meisterwerk »Das Konzert oder Sommerabend auf dem Barkenhoff« öffentlich gefeiert. Für Vogeler ist es das Resultat eines dreifachen Scheiterns: In seiner Ehe kriselt es, sein künstlerisches Selbstbewusstsein wankt, und seine fragile Freundschaft zu Rainer Maria Rilke, dem literarischen Stern am Himmel der Worpsweder Künstlerkolonie, zerbricht – und das Bild bringt das zum Ausdruck: Rilkes Platz zwischen den Frauen, die er liebt, bleibt demonstrativ leer. Was die beiden zueinander führte und später trennte, welchen Anteil die Frauen daran hatten, die Kunst, das Geld und die Politik, davon erzählt Klaus Modick auf kunstvolle Weise.

Der Autor

Klaus Modick, geboren 1951, studierte in Hamburg Germanistik, Geschichte und Pädagogik, promovierte mit einer Arbeit über Lion Feuchtwanger und arbeitete danach u. a. als Lehrbeauftragter und Werbetexter. Seit 1984 ist er freier Schriftsteller und Übersetzer und lebt nach diversen Auslandsaufenthalten und Dozenturen wieder in seiner Geburtsstadt Oldenburg. Für sein umfangreiches Werk wurde er mit zahlreichen Preisen ausgezeichnet, u. a. mit dem Nicolas-Born-Preis, dem Bettina-von-Arnim-Preis und dem Rheingau Literatur Preis. Zudem war er Stipendiat der Villa Massimo sowie der Villa Aurora. Zu seinen erfolgreichsten Romanen zählen »Der kretische Gast« (2003), »Sunset« (2011), »Konzert ohne Dichter« (2015) und »Keyserlings Geheimnis« (2018).

Klaus Modick

Konzert ohne Dichter

Roman

Kiepenheuer & Witsch

»Es ist so vieles nicht gemalt worden,
vielleicht alles.«

– Rainer Maria Rilke, Worpswede –

I
Worpswede
7. Juni 1905

Getuschel. Traumreste. Klatschende Flügelschläge. Wer spricht? Graue Zugvögel kreisen um einen dunklen Turm, kreischen heisere Lockrufe, Lieder in unverständlichen Sprachen. Über Moor und Heide und den Spiegeln von Fluss und Kanälen zeichnen die Flugbahnen unregelmäßige, organische Muster. Oder sickert das Geflüster aus der unaufhaltsamen Flut der Morgendämmerung, die zweifelnd, ob ihre Zeit schon gekommen ist, ins Zimmer kriecht?

Er steht auf, zieht den nachtblauen Morgenrock an, halb japanischer Kimono, halb mittelalterliches Adelsgewand. Die Stickerei, ein im Dornendickicht schnäbelndes Nachtigallenpaar, hat er selbst entworfen, wie er alles, was ihn hier umgibt, selbst entworfen hat, vom großen Bett aus poliertem Birkenholz über die Lampen, Kerzenleuchter und Tapeten bis zur mattweiß gestrichenen Kommode. Im ganzen Haus gibt es vom Dachfirst bis zum Weinkeller keinen Raum und kaum einen Gegenstand, den er nicht bearbeitet oder geformt hätte, und die Dinge, die er nicht selbst gestaltet hat, sind so platziert und arrangiert, dass sie sich seinen Vorstellungen und Ideen, Fantasien und Wünschen fügen.

Er öffnet die Flügeltür zum Balkon und blickt über den noch dunklen Boden des Blumengartens zum Birkenhain, dem das Haus seinen Namen verdankt – Barkenhoff. Auch die Bäume hat er vor Jahren selbst gesetzt, Stämmchen für Stämmchen, damit man das Haus von der Landstraße aus durchs Raster einer feinen Schraffur sieht, als zeichne die Natur sich ihr eigenes Bild. Aber im Zwielicht ist das frische Grün der Blätter noch vom grauen Mehltau der Nacht überzogen, und die hellen Stämme treten zu schwarzem Gitterwerk zusammen. Sperrt es die Welt aus? Oder sperrt es ihn ein in sein eigenes Werk, in Haus und Hof mit Frau und Kindern und Pferden und Hund und den vielen Gästen, die kommen und gehen?

Im Garten und auf den Feldern des Hofs ist er jedem Baum und jedem Busch nah, sucht sie täglich auf, hilft ihrem Wachstum, düngt sie, verleiht ihnen Halt, beschneidet sie und gibt ihnen die Richtung, die dem Organismus angemessen scheint. Alles sieht so reich aus, so glücklich geordnet, und die Früchte reifen, samen sich aus, und die Bäume werden groß und zeigen ihren Eigenwillen, dem man nicht mehr helfen kann. So ist sein Garten ein in die Wirklichkeit gewachsenes, ein lebendig gewordenes Kunstwerk.

Doch irgendwann erwacht man aus einem jahrelangen Traum, einem freiwilligen Dornröschenschlaf, und beginnt zu begreifen, dass man keine Insel der Harmonie und Schönheit geschaffen hat, sondern ein von Hecken und Zäunen, Mauern und Birkengittern umschlossenes Gefängnis.

Wieder hört er das Flüstern. Wie tuschelnde Frauen. Doch jetzt weiß er, dass es Lerchen sind, deren Stimmen aus den Birken wie aufgelöst durch die tauende Luft schwimmen. Was sagen diese Stimmen? Dass noch nicht Tag ist, aber auch nicht mehr Nacht? Dichter wissen so etwas vielleicht und finden dann Worte dafür. Zeichnen lassen sich Stimmen aber so wenig wie der Nachtwind, der sacht durch den Garten streicht und wie auf Zehenspitzen ums Haus geht, so wenig auch, wie Musik sich zeichnen lässt.

Das ist einer der Gründe, warum das große Bild, mit dem er sich jahrelang abgequält hat, so gründlich missglückt ist. Es zeigt Musizierende, aber es klingt nicht. Bleibt stumm. Und die Lauschenden hören nichts. Sind taub. Deshalb ist *Konzert* auch kein guter Titel. In der Festschrift zur Kunstausstellung, die morgen eröffnet wird, feiert ein sogenannter Fachmann das Bild – ein rauschender Hymnus auf den Abendfrieden sei es, höchst realistisch und ungekünstelt und voller Musik, voll zarter lyrischer Klänge, eine Feierstunde, in sich gekehrte, keusche

Lebensfreude, welt- und zeitenfernes, naives Genießen. Dieser Experte sagt nicht, was er sieht, sondern was er sehen will; und wie er es sagt, so pathetisch hochgestimmt und lyrisch überdreht, klingt es wie eine schlechte Parodie auf den Dichter, der auf dem Bild fehlt. Er hätte zwischen Paula und Clara sitzen sollen, so wie er zwischen ihnen gesessen hat, als er damals auf dem Barkenhoff erschien, ein rätselhaftes, frühreifes Genie, unter dessen Worten und Blicken die Frauen schmolzen. Aber da, wo er hätte sitzen sollen, ist der Platz leer, und so wäre vielleicht *Konzert ohne Dichter* ein besserer Titel.

Paula hat das Bild immer nur *Die Familie* genannt, aber diese Familie zerfällt, ist schon zerfallen. Süße Dichterworte halten sie längst nicht mehr zusammen, klingen nur noch wie hohle Ideologien, Predigten eines Scharlatans. *Die zerrüttete Familie* wäre allerdings kein guter Titel. Die Sterne beginnen zu bleichen, und ins fliehende Blau der Nacht schiebt sich von Osten ein grünlicher Schimmer des Sommermorgens. Wäre *Sommerabend* ein besserer Titel?

Als ob es auf Titel ankäme! Er zuckt mit den Schultern, gähnt, verzieht den Mund zu einem matten Lächeln, tritt ins Zimmer zurück. Mit dem Fingernagel streicht er über die Saiten der an der Wand hängenden Gitarre. Sie klingt verstimmt. Seit wann hat er nicht mehr auf ihr gespielt? Verstimmt wie so vieles in diesem Haus, verstimmt wie sein Leben.

Schlafen kann er jetzt nicht mehr. Er wird einen Spaziergang machen, hinunter zum Fluss, hinein in den Morgen, der mit rosigem Schimmer leise das Haus betritt und sich bald, fast lärmend, über volles Rot zu einer alles erfassenden Farbensymphonie steigern wird. Er streift sich ein blau-weiß gestreiftes, grobes Leinenhemd und eine blaue Kattunhose über, derbes Arbeitszeug, in dem er sich wohlfühlt.

Den Aufzug als biedermeierlicher Bohemien, in dem er sich der Welt präsentiert, mit Stehkragen und Halstuch, Weste und Schoßrock, kniehohen Gamaschen, Zylinder und Gehstock, ist ihm fremd geworden, lächerlich und peinlich, aber weil ihn die Welt so sehen will, wird er der Welt die Rolle ab morgen auch wieder vorspielen. Das Märchen Worpswede und sein Märchenprinz. Er verkauft sich so, wie ein Märchenprinz sich verkaufen muss, der sein Heim mitten im Moor mit Rosen und Birken umhegt und neben die schweren, düsteren Fachwerkhöfe ein Haus baut mit weißen Wänden und hellen Fenstern. Er hat ein Gesamtkunstwerk eigenen Stils geschaffen und seine eigene Erscheinung in dessen Zentrum gestellt. Und er hat bislang immer geliefert, was man von ihm verlangte, zuverlässig und pünktlich, geschmackvoll und erlesen, und als Kunstfigur hat er sich gleich mit in den Kauf gegeben. Heute wird er nach Bremen fahren und morgen weiter zur Nordwestdeutschen Kunstausstellung. Er wird sich dafür in seine Verkleidung, sein Künstlerkostüm, werfen, und die Großherzogin oder der Großherzog, dessen Galauniform auch nur eine Verkleidung ist, wird ihm die Große Goldene Medaille für Kunst und Wissenschaft überreichen. Für den Sommerabend, das Konzert ohne Dichter, für die zerrüttete Familie.

Barfuß tritt er in den Flur, öffnet lautlos die Tür zum blauen Zimmer, wirft einen Blick in den Raum, in dem seine Töchter schlafen. Fast an jedem Abend, wenn sie im Bett liegen, liest er ihnen vor. Unter der Dachschräge, getaucht ins beruhigende Blau der Wände, wirkt das Kinderzimmer wie ein Beduinenzelt, in dem die Tage mit einer Geschichte enden, die Nächte mit einer Geschichte beginnen, lustige und traurige Geschichten, kurze und lange. In diesen Stunden zwischen Tag und Traum herrscht ein heller Zauber, mit dem die Buchstaben zu gesprochenen Worten werden und sich zwischen erzählendem Mund und lauschenden Ohren eine unsichtbare Brücke bildet, während der Kater, der eingerollt einem der Mädchen zu Füßen liegt, seinen einverständigen Kommentar schnurrt. Manchmal, wenn die Mädchen eingeschlafen sind, liest er noch ein wenig weiter – vielleicht, um ihren Träumen ein paar Worte einzugeben, vielleicht aber auch, weil er vom Vorlesen nicht lassen will, wenn daraus etwas aufsteigt, was stumme, erwachsene Leseroutine nicht mehr kennt: Klang. Das hat er von Rilke gelernt, der seine

Gedichte auch so vorträgt, dass sie wie Zaubersprüche klingen oder wie Gebete. Nur dass Rilke von Kindern nichts versteht und nichts wissen will – nicht einmal von seiner eigenen Tochter.

Vogeler geht weiter zum Schlafzimmer seiner Frau. Die Vorhänge sind zugezogen. Im Dunkeln hört er ihr gleichmäßiges Atmen. Er reißt ein Streichholz an. Im schwachen Schein überzieht der grünliche Ton der Seidenvorhänge des Himmelbetts ihr Gesicht und lässt sie krank aussehen. Das ist nicht mehr das Mädchen, in das er sich auf den ersten Blick verliebte, nicht mehr die zarte, märchenleise Frau, die er wieder und wieder gemalt hat und die als Königin im Staat des Schönen herrschen und zugleich der edelste Schmuck sein sollte. So hat er sie formen, zu seinem Geschöpf machen wollen. So hat er sie auch ins Bild gesetzt, als ätherische, träumerisch in unbestimmte Fernen blickende Herrin des Barkenhoffs. Das Bild lügt. Es ist eine monumentale Lebenslüge, ein Meter fünfundsiebzig hoch und drei Meter zehn breit. Die Wahrheit liegt vor ihm im Flackern des Streichholzes. Mit beiden Geburten ist Martha stärker geworden und bauernbreiter, und jetzt drückt sie die dritte Schwangerschaft als schwerer, grünlich kranker Schatten nieder. Bald wird sie ihrer Mutter ähnlich sein, die in dumpfen Stuben Kind um Kind geboren hat.

Er zuckt zusammen, als ihm das erlöschende

Streichholz Daumen und Zeigefinger versengt. Die Launenhaftigkeit, die unerklärliche Willkür des Lebens. Es wird ihm täglich unbegreiflicher, warum er gerade jetzt lebt, nicht früher und nicht später. Warum er überhaupt auf die Welt gekommen ist. Er hat ein Leben bekommen, um das er nicht gebeten hat, und es wird ihm auch wieder genommen, ohne dass er gefragt wird. Ist seine Sehnsucht nach dem Leben nicht dann immer besonders groß, wenn er wie jetzt glaubt, die Richtung zu verlieren? Will er überhaupt noch etwas? Hat er nicht alles im Überfluss? Er lauscht dem schneller werdenden Rhythmus seines Herzschlags. Das Leben ist stärker als jede Kunst, der Alltag überwuchert alles Gestaltete. Jetzt, da es fast fertig ist, füllt sich sein Haus mit Sattheit und Konvention, mit Trägheit und Routine. Jetzt, auf der Höhe seines frühen, allzu frühen Erfolgs, erscheint ihm seine Kunst flach und schal, und in seinem schönen, allzu schönen Leben brechen Risse auf wie Krakelüren auf einem Ölgemälde.

Unten in der Diele schlüpft er in Holzpantinen. Neben der großen Anrichte, auf der Zinnkrüge und silberne Kandelaber stehen, daneben blaues und gelb geblümtes Steingut, hängt an der ockergelben Wand ein Stillleben. Von Paula. Weiße, silbergraue Töne eines Tischtuchs, eines Wasserglases und einer Flasche. Das tiefe Schwarz einer Bratpfanne mit Spiegeleiern. Das warme Gelb dieser Eier. Darunter das kalte Gelb einer halbierten Zitrone. Schlicht. Ehrlich. Klar. Man glaubt, den Duft der Spiegeleier riechen, die Frische der Zitrone schmecken zu können. Paula kann Gerüche malen. Vielleicht könnte sie sogar Musik malen, ein Konzert, das man nicht nur sieht, sondern zu hören glaubt. Ein Bild gewinnt seine Kraft nicht aus dem, was man malt, sondern aus dem, was die Pinselstriche und die Formen umgibt, was sie einspinnt wie ein unsichtbares Netz, etwas, das abwesend und ebendeshalb besonders präsent ist – wie der abwesende Dichter. Ja, Paula macht das Kühnste und Beste, was hier in Worpswede je gemalt worden ist. Und ausgerechnet von Paula hängt in der Ausstellung kein Bild – – –

Über die Gartentreppe mit ihren nach außen schwingenden Wangen, hindurch zwischen den Urnen auf den Balustraden, schlendert er dem Fluss entgegen, wirft einen Blick zurück auf die durchkomponierte Symmetrie des Hauses. Die Urnen auf beiden Seiten des Giebels korrespondieren mit den Empire-Urnen der Treppe, heben sich leichenbleich aus dem Morgengrau heraus, und überm Dach zieht die vergehende Nacht einen letzten Stern abwärts. Die Fenster starren als düstere Augenhöhlen, und im noch nicht erwachten Garten steht das Haus so kalt, als sei seine schwungvolle Harmonie erfroren oder abgestorben. Die Treppenstufen, die sonst immer etwas Einladendes und Erwartungsvolles verströmen oder jedenfalls verströmen sollen, ragen abweisend auf. Worauf sollen sie auch warten? Auf ein Wunder?

Fröstelnd zieht er die Schultern hoch. Wie ein Wurm in einem Apfel der Bäume, die er hegt und pflegt, haben Zweifel in ihm zu nagen begonnen. Er ahnt die Unzulänglichkeit seiner Mühen, vor den Kulissen des Barkenhoffs eine heile Welt zu inszenieren und Harmonie zu simulieren. Der Riss geht mitten durch die von ihm gestaltete Welt. Er hat sich ein Haus gebaut, dessen dem Garten zugewandte Seite mit der herrschaftlichen Freitreppe Fassade ist und etwas Hochstaplerisches ausstrahlt. Aber im alten Teil des Hauses, in der Bauerndiele, lebt noch seine Liebe zu den einfachen Dingen, zu handwerklicher Redlichkeit und zu jener Klarheit und Ehrlichkeit, die auch Paulas Bilder prägen.

Über Moorwiesen, an von Birken, Eichen und Ginster gesäumten Gräben und Dämmen entlang, erreicht er den Steg, an dem sein Boot vertäut liegt. Er setzt sich auf die Ruderbank, die Ellbogen auf die Knie und den Kopf in die Hände gestützt. Der dunkle Moorfluss drängt sacht glucksend gegen den Bug. In Ried und Schilf rascheln Wasservögel. Ins Horizontgrün der Dämmerung mischt sich goldener Schimmer und fächert sich überm Land auf. Die Wiesen erwachen. Kiebitze, schwarz-weiß, streichen mit schwerfällig klatschendem Flügelschlag ab, aber in ihrem Element schießen sie dann befreit und schwerelos durch den Himmel. Irgendwo wird eine Sense gedengelt.

Er packt die Riemen, lenkt das Boot zwischen hohem Wasserliesch und Seerosen, Röhricht und Schilf hindurch, rudert eine Weile ziellos, absichtslos bis zur halb verfallenen Hütte mit dem von Moos überwucherten, schadhaften Strohdach. Die Dichter und Maler sind immer gern hierhergekommen, die Maler mit ihren Modellen besonders gern. Sie lagerten am grasigen Ufer, zogen Leinen zwischen den Birkenstämmen und hingen bunte Papierlaternen auf, und aus den blauen Nächten schimmerten dann die hellen Kleider und manchmal das Weiß der Nacktheit.

Das Reet steht hier so hoch, dass der im Boot Sitzende vom Ufer aus nicht zu sehen ist, und vom Boot aus lässt sich nur das löchrige Dach der Hütte erkennen. Er zieht die Pfeife aus der Tasche, stopft sie behutsam und etwas umständlich, und als er ein Zündholz anstreichen und den Tabak anstecken will, hört er plötzlich eine Stimme. Halblautes, unverständliches Gemurmel. Singsang. Rhapsodisches Gestammel. Eine Stimme, die nach Weihrauch klingt, die Stimme eines Betenden – – –

»– – – he bedet all wedder.«

Lina, die steinalte Haushälterin, empfand wohl eine an Entsetzen grenzende Scheu vor dem eigentümlichen Gast, der, von einer Russlandreise kommend, gegen Ende jenes verzauberten Sommers auf dem Barkenhoff erschien. Er wohnte im Giebelzimmer, das auf den Arbeitshof hinauswies. Wenn er in der umgürteten grünen Rubaschka und den bunt applizierten, roten tatarischen Lederstiefeln an den Füßen durch den Garten ging, ein Notizbuch so in der Hand, wie der Pastor sein Gebetbuch zu halten pflegte, und in an- und abschwellender Lautstärke vor sich hin murmelte, manchmal stehen blieb und mit einem Stift etwas in sein Buch kritzelte, dann wurde die abergläubische Lina von Angst befallen, das Gemurmel könnten womöglich keine Gebete, sondern Spökenkiekereien sein, Zaubersprüche, Bannworte oder Verwünschungen.

Vielleicht fürchtete sie auch nur, dieser seltsame Heilige könnte in seiner exotischen Kostümierung ins Dorf gehen und mit seiner unheimlichen Erscheinung den ganzen Barkenhoff in Klatsch, Verruf und Misskredit bringen. Seitdem die Künstler Worpswede für sich entdeckt und sich angesiedelt hatten und ihre aus großen Städten und fernen Ländern anreisenden Freunde zu Besuch kamen, hatte man in Worpswede zwar schon allerlei karnevaleske Kostümierungen und pittoreske Aufzüge zu sehen bekommen, aber Rilke schoss den Vogel ab.

Lina war jedenfalls empört. »De Keerl lett jo dat Hemd över sin Büx hangen.«

Und wenn er dann, das Hemd über der Hose hängend, oben in seinem Zimmer auf und ab ging, die roten Russenstiefel einen trägen, unregelmäßigen Rhythmus auf die Bodendielen schlugen und seine Stimme manchmal so laut wurde, dass sie durchs Gebälk bis nach unten drang, dann stand Lina in der Diele, horchte verstört auf und zeigte mit ihrer zerarbeiteten, faltigen Hand zur Decke.

»He deit ton leev Heiland proten«, flüsterte sie. »He bedet alltied.«

Vogeler lächelte, tätschelte ihr beruhigend die Schulter. »Er betet nicht, Lina. Er dichtet. Der Herr Rilke dichtet doch nur.«

Damals, vor fünf Jahren, als Rilke »die Familie« des Barkenhoffs komplett machte, ahnte Vogeler noch nicht, dass dieser Dichter nicht einfach nur dichtet. Inzwischen weiß er, dass Rilke seinem Talent, seiner Gabe mit einem derart erbarmungslosen Ernst dient, dass seine Arbeit einem Verhängnis, einer Selbstversklavung gleichkommt. Als allein glücklich, selig und heilig machende Gnade empfindet und verkündet er sein Schaffen, sein Werk, und unproduktive Phasen gelten ihm nicht als Erholung oder Entspannung der ständig etwas zu hoch gestimmten Saiten. Dass es manchmal leere Momente geben muss als Antrieb zum Schaffen, dass sogar Langeweile notwendig ist, damit der Geist sich wieder sammelt und produktiv wird, ist Rilke völlig fremd. Dass Kunst auch aus Spiel und beiläufiger Improvisation entsteht, dem lebendigen Augenblick hingegeben oder abgelauscht, davon weiß dieser Dichter nichts oder will nichts davon wissen.

Er verachtet den Müßiggänger. Und er fürchtet den Müßiggang, weil er im Grunde selbst ein Müßiggänger ist, der noch im Nichtstun zwanghaft so tut, als sei er in ernster Arbeit versunken. Rilkes Kostümierung als Dichter geht viel tiefer als sein Russenkittel, den er aber inzwischen abgelegt hat, viel tiefer als Vogelers Biedermeiermaskeraden. Rilke gibt selbst dann noch den Poeten, wenn ihm jede Inspiration abgeht, spielt der Welt eine Rolle vor, die sich untrennbar in seine Person verstrickt hat.

Mit seinem zynischen, nach zu viel Alkohol auch zotigen Humor hat Fritz Mackensen einmal gesagt, dass Rilke wohl selbst noch auf dem Donnerbalken Reime von sich gebe und das dort liegende Papier beschreibe. Ob das, was er jetzt hier am hellen Morgen vor sich hin spricht, ein Pfeifen im dunklen Wald ist, Inspiration erzwingen will oder Arbeit simuliert,

Geplapper, mit dem er seine panische Angst vor der Leere vertreibt, oder ob ihm in diesem Moment eins seiner schmelzend-schönen, zwischen Kitsch und Tiefsinn schwankenden Gedichte aus dem Mund tropft – wie soll Vogeler das wissen? Die Laute, die Rilke beim Dichten ausstößt, sind eine Sprache, die niemand versteht. Versteht Rilke sie?

Einmal standen sie im Museum gemeinsam vor einem Bild Arnold Böcklins. Ein Faun liegt mit übereinandergeschlagenen Beinen und ausgebreiteten Armen im Gras und pfeift mit gespitzten Lippen einer Amsel zu, die auf einem schwankenden Zweig über seinem Kopf sitzt. Die Flöte aber und das Notenpapier, es könnten auch Manuskriptblätter und ein Füllfederhalter sein, liegen neben dem Faun im Gras.

»Köstliches Bild«, sagte Vogeler bewundernd, auch ein wenig neidisch auf die Motividee und auf Böcklins technische Meisterschaft und malerische Kraft.

Rilke strich sich über den Schnauzbart, runzelte die Stirn und kniff die Augen zusammen, fast wie angewidert. »Es ist gut gemacht, gewiss doch«, sagte er schließlich streng, »aber es ist falsch.«

Vogeler wunderte sich, war Rilke doch ein erklärter, rückhaltloser Bewunderer Böcklins. »Wie meinen Sie das, mein Lieber? Falsch?«

»Der Faun hat vielleicht Sinn für Kunst, aber er ist kein Künstler. Er ist ein Faulpelz. Er arbeitet nicht.« Und indem er das sagte, zog Rilke das Notizbuch aus der Tasche seines Jacketts und schrieb mit lautlos Worte formenden Lippen etwas hinein.

Vogeler hatte das Gefühl, dass Rilke ihm eine Lektion erteilen, ihm etwas unter die Nase reiben wollte, und hätte gern widersprochen, aber eine Antwort fiel ihm nicht ein. Als sie aus dem Museum wieder in den sonnendurchfluteten Park hinaustraten, wusste er plötzlich die Antwort. Er spitzte die Lippen und pfiff eine kleine Melodie. »Wenn ich ein Vöglein wär – – –«

Rilke lächelte nicht, sondern warf ihm einen seiner traurig-strengen, vorwurfsvollen Blicke zu. Wie lange war es her, dass Rilke gelächelt hatte? Hatte er je gelacht? Oder zumindest gepfiffen?

Wenn Rilke ihn jetzt so auf der Ruderbank sitzen sieht, statt eines Skizzenblocks die gestopfte Tabakspfeife in der Hand, träge und entspannt der Morgenstimmung am Fluss hingegeben, dem sanften Strömen und Fließen, ohne diese Stimmung festhalten und formen zu wollen, wird Rilke ihn wohl noch tiefer verachten, als er es bereits tut. Natürlich sagt er es ihm nicht ins Gesicht, doch hinter seinem Rücken blühen von Mund zu Mund und von Brief zu Brief Klatsch und Tratsch, wie das in Familien so üblich ist – und in einer zerstrittenen und zerfallenden Familie erst recht.

Vogelers Kunst, habe Rilke zu seiner Frau gesagt, die es an Paula weitergab, und Paula flüsterte es Martha zu, die es fast vorwurfsvoll wiederum ihrem Mann anvertraute, Vogelers Kunst also sei nur noch dekorativer Tand, reine Oberfläche, werde immer unsicherer, verliere ständig an Anschauung, sei ganz auf den Zufall spielerischer Erfindungen gestellt, die sich von den Dingen entfernten, und den tiefen Ernst, auf den alles ankomme, habe er noch nie gehabt.

Ein Fünkchen Wahrheit, das räumt Vogeler ein, mag daran sein. Er ist eitel, und er weiß um seine Eitelkeit. In der wachsenden Unzufriedenheit mit der eigenen Arbeit kennt er auch Selbstzweifel zur Genüge. Aber dass Rilke sein Gift in den Brunnen der »Familie« schüttet, deprimiert Vogeler. Bedenkt er, was er im Lauf der Jahre alles für Rilke und Clara getan hat – – –

Als könne er Vogelers Gedanken lesen, verstummt in diesem Augenblick Rilkes rhapsodisches Selbstgespräch. Vogeler steht vorsichtig, um die Balance nicht zu verlieren, vom Rudersitz auf. Sein Kopf ragt nun über Schilf, Röhricht und Kolbengras hinaus, und er lässt den Blick über die Hütte mit den staubblinden Fensterscheiben und den verwilderten, von hohen Gräsern überwucherten Platz gleiten. Rilke kehrt ihm den Rücken zu und steht mit leicht gespreizten Beinen am Stamm einer Birke. Vogeler begreift, dass der Dichter sein Wasser abschlägt, erschrickt über seine ungewollte Indiskretion, duckt sich hinter den Schilfvorhang, wartet eine Weile, ob das poetische Stammeln wieder einsetzt.

Die Stille wird vom wummernden Flügelschlag eines Kiebitzes unterbrochen, der mit schrill klagenden Kschäää-Kschäää-Rufen über dem Fluss abstreicht. Von Rilke ist jetzt nichts mehr zu hören; er wird wohl weitergegangen sein. Aber als Vogeler sich wieder aufrichtet, steht Rilke immer noch auf dem Platz und schaut zum Fluss, als habe er Vogeler längst erwartet. Als sich ihre Blicke treffen, scheint Rilke sich nicht einmal darüber zu wundern, von ihm nur Brust und Kopf zu erblicken, die wie aus dem Wasser gewachsen das Schilf überragen.

»Was für ein herrlicher Morgen. Seien Sie gegrüßt, Herr Rilke.« Die unfreiwillige Komik ihrer Begegnung lässt Vogeler schmunzeln.

»Ach, mein lieber Vogeler«, sagt jedoch Rilke mit feierlichem Ernst. »Wie lange schon haben wir uns nicht gesehen?« Dabei greift er hastig in seine

Jackentasche und zieht das Notizbuch heraus, ohne das Vogeler womöglich auf die abwegige Idee verfallen könnte, Rilke sei untätig.

Mit seinen leicht hervortretenden, blassgrünen Augen, dem vollen, dunkelblonden Haar über der hohen Stirn, den melancholisch über die Mundwinkel hängenden Schnurrbartspitzen und dem von russischer Mode inspirierten Kinnbart ist Rilke durchaus nicht das, was man einen schönen Mann nennen würde. Aber er strahlt diese merkwürdige Mischung aus zarter Herrenhaftigkeit und Schutzbedürftigkeit, arrogantem Selbstbewusstsein und jungenhafter Schüchternheit aus, eine Strenge und einen undefinierbaren Charme, der die Frauen schmelzen lässt und hinreißt. Er trägt einen hellen, zerknitterten Leinenanzug und ein weißes, kragenloses Hemd. Die Hosenbeine sind bis zum Knie aufgekrempelt, und er hat keine Schuhe an. Barfußlaufen ist eine seiner sonderbaren Obsessionen – jedem seine Macken, hat Mackensen einmal gewitzelt.

»Ich kann nicht an Land kommen«, sagt Vogeler wie entschuldigend. »Es gibt hier keinen Anleger, und das Reet steht zu dicht.«

Rilke hebt den Kopf, als lausche er Vogelers Worten nach, murmelt halblaut »nirgends ein Steg und das Reet beugt sich bang«, kritzelt die Worte in sein Notizbuch. Dann tritt er dicht ans Ufer heran, sodass die beiden Männer nur noch einige Schritte voneinander entfernt sind. Ein von Rilke aufgescheuchter Frosch hüpft aus dem Gras ins Wasser. Es spritzt.

Im Boot stehend, ringt Vogeler schwankend um sein Gleichgewicht. »Ich wähnte Sie noch in Berlin«, sagt er. »Wollten Sie nicht – – –«

»Berlin?« Es klingt wie eine Frage, und Rilke macht eine wegwerfende Handbewegung. »Solche Städte, müssen Sie wissen, sind schwer, weil es ihnen an Tiefe mangelt. Große Städte lügen. Ich meine, ich fühlte mich der Stadt Berlin noch nicht wieder gewachsen nach der anstrengenden Kurarbeit in Dresden. Ach, lieber Vogeler, Sie ahnen ja gar nicht, was solche Kuren kosten, und zwar nicht nur materiell. Ich meine eher, wie sehr solche Kuren auf der Seele lasten können.«

Vogeler nickt nur ganz vorsichtig, um nicht die Balance zu verlieren. Anstrengende Kurarbeit? Seit wann fällt Rilke die Erholung zur Last? Zwar stimmt er gern ganze Leidenslitaneien an, klagt über Erschöpfungszustände, Vertrocknetsein, Zahnschmerzen, Gliederreißen, Augenweh, Rachenkatarrh mit Fiebergefühl und überhaupt schmerzhafte Zustände, wogegen er nicht nur Barfußlaufen ins Feld führt, sondern auch Bircher-Benner-Kuren, Fichtennadel-Luftbäder, Wassertreten oder zwecks Nervenstärkung *Phytinum liquidum* und andere Medikamente, deren exotische Namen Vogeler noch nie gehört hat. Vielleicht sind es gar keine Medikamente, sondern

Zaubersprüche? Doch Gliederreißen hin und Nervenschwäche her – in Gesellschaft eleganter Unpässlichkeitsflaneure und anämischer, poetisch anfälliger Hypochondrierinnen blüht Rilke zuverlässig auf. Kurarbeit also? Nun ja, ihm ist nichts wert und heilig, was er nicht als »Arbeit« bezeichnen kann. Und Berlin sei er nicht gewachsen? Lou nicht gewachsen, meint er wohl. Wahrscheinlich durfte er dieser Frau mal wieder nicht so nahetreten, wie er es sich gewünscht hätte.

»Erzählen Sie lieber von sich«, sagt Rilke. »Wie ich höre, waren Sie in Paris.«

»Wir haben Paula besucht«, sagt Vogeler. »Sie wird immer besser, Paris tut ihr gut. Und ich habe auch großartige Bilder von Gauguin gesehen, von Seurat, van Gogh, Matisse. Und ich frage mich, ob ich in meiner eigenen Arbeit nicht ganz anders – – –«

»Und Rodin?«, unterbricht Rilke ihn dringlich. »Haben Sie Rodin aufgesucht? Haben Sie Rodin gesehen?«

Rodin, Rodin, Rodin. Vogeler mag den Namen nicht mehr hören. Er ist der Refrain, mit dem Rilke seit Jahren allen und jedem in den Ohren liegt. Rodin ist Rilkes Gott, den anzubeten und dem zu opfern er von allen verlangt und neben dem er keine fremden Götzen duldet, keinen Gauguin, keinen van Gogh, von Paula Modersohn-Becker ganz zu schweigen, von einem flachen Dekorateur wie Vogeler ohnehin.

»Nein«, sagt er, »Rodin haben wir nicht aufgesucht. Unsere Zeit war leider zu knapp bemessen.«

»Zu knapp bemessen, um zu Rodin zu gehen?« Rilke schüttelt fassungslos und vorwurfsvoll den Kopf.

»Wenn Sie dort gewesen wären oder Clara, hätten wir Ihnen gewiss unsere Aufwartung gemacht«, sagt Vogeler versöhnlich. »Aber nun sind Sie beide ja auch wieder hier. Wie ist denn das werte Befinden?«

»Ach Gott, Vogeler.« Rilke seufzt schwer. »Was fragen Sie da? Sie wissen doch, was das mit uns geworden ist. Sie sehen, wie alles, was wir versucht haben, misslungen ist. Sie haben es nahe an uns, fast mit uns erlebt, und so muss ich Ihnen gar nichts sagen, lieber Freund. Sie wissen ja alles. Clara und ich sind Ihnen natürlich sehr dankbar, dass Sie uns einstweilen das kleine Atelier zur Verfügung stellen. Auch wenn es ja nur vorübergehend ist, hätten wir sonst gar nicht gewusst, wohin wir uns wenden sollen. An mir kann sich doch niemand halten. Mein Kind, die kleine Ruth, muss bei fremden Leuten sein – – –«

Fremde Leute?, denkt Vogeler. Es sind immerhin Ruths Großeltern.

»– – – und meine Frau, deren Arbeit auch nichts einbringt, hängt von anderen ab – – –«

Von anderen? Es sind Claras Eltern!

»– – – und ich selbst bin nirgends nützlich und weiß auch nicht, wie ich nützlich sein könnte, um etwas zu erwerben. Und wenn mir auch die Nahen keinen Vorwurf machen – – –«

Die Nahen? So spricht er von Frau und Kind?

»– – – so ist der Vorwurf doch da, und das Haus, in dem ich jetzt sein muss und das mir ein selbstloser Gönner zur Verfügung – – –?, ich meine, das Sie, lieber Vogeler, mir so großzügig zur Verfügung stellen, dies Haus ist bereits ganz voll mit diesem Vorwurf. Und mit mir selbst habe ich so viel Arbeit Tag und Nacht, dass ich oft fast feindselig bin gegen die Nahen, die mich stören, wenn es mich überkommt und aus mir herausströmt, und die Nahen haben doch auch ein Recht auf mich.«

So, denkt Vogeler, strömt es also schon wieder aus Rilke heraus. Es ist eine endlose Elegie, und es fehlt nur noch, dass er dabei ins Reimen gerät. Oder von Russland schwärmt. Oder beides.

»Sie fragen so freundlich nach meinem Befinden, lieber Vogeler«, sagt Rilke nämlich, räuspert sich und fällt in ein leicht deklamatorisches Tremolo, als schlüpfe er in ein Kostüm oder in eine Rolle. »Mir ist wie dem russischen Volk zumute, von dem Unkundige fordern, es müsse endlich erwachsen werden und die Wirklichkeit ins Auge fassen, um es zu etwas zu bringen. Und zu etwas käme man dann ja auch vielleicht, wie die westlichen Menschen zu etwas gekommen sind, zu Häusern und Sicherheit, Bildung und Eleganz, zu dem und jenem, von einem zum anderen. Ob man so aber zu dem einen käme, wonach allein, über alles fort, unsere Seele verlangt? Verstehen Sie das?«

Vogeler nickt zögernd, bedächtig. »Ich denke, Ihnen fehlt vielleicht – – –«

»Ganz recht«, unterbricht Rilke, der sich von Vogeler schon längst nicht mehr verstanden weiß, »mir fehlt etwas, das in meiner haltlosen Heimatlosigkeit eine feste Stelle bildet, ein Dauerndes, Wirkliches. Ich plane aber nicht eigentlich, etwas für das Entstehen dieser Wirklichkeit zu tun. Allein schon die Vorstellung, dass es zwischen meinem Werk und den Anforderungen des täglichen Lebens eine Verbindung geben könnte, bewirkt, dass mir die Arbeit stockt. Wie alles Wunderbare müsste sich dies dauerhaft Wirkliche von selbst ergeben, mir als Geschenk oder Gabe zufallen oder aus Notwendigkeit und Reinheit meiner Verbindung mit Clara – – –«

»Moin, moin, Hinnerk!« Die kräftige Stimme eines Bauern, der in seinem schwarz geteerten Torfkahn gelassen und sicher vorbeistakt, unterbricht Rilkes rhetorischen Rausch.

»Moin ok, Jan.« Vogeler winkt dem Mann leutselig zu.

»Wo geiht di dat?«

»Gaut.«

»'n beeten an't Klönen?«

»Möt woll«, sagt Vogeler.

»Jau, denn man tau.«

Rilke starrt dem Mann im Kahn unter dem schlaff am Mast hängenden Segel hinterher, als sei er eine Erscheinung aus einer anderen Welt oder eine Figur aus einem Gemälde Böcklins. Dann wendet er sich wieder an Vogeler. »Was hat er gesagt? Ich meine, was haben Sie miteinander gesprochen?«

Ach, Rilke. Der höfliche Vogeler schüttelt den Kopf, aber nur innerlich und sehr dezent. In seinem Buch über die Worpsweder Maler hat Rilke von der Sprache dieses Landstrichs geschwärmt, vom Platt mit seinen kurzen, straffen, farbigen Worten, die wie mit verkümmerten Flügeln und Watbeinen gleich Sumpfvögeln schwerfällig einhergehen. Aber außer »moin, moin« versteht Rilke von dieser Sprache kein Wort. Er versteht auch die Menschen nicht, die hier leben. Und ob er versteht, was die Maler umtreibt, ist wohl auch mehr als zweifelhaft.

Als das Worpswede-Buch vor zwei Jahren erschien, kamen Rilke und Clara aus Paris zurück, wollten weiter nach Rom, verbrachten aber den Sommer in Worpswede. Ihr eigenes Haus in Westerwede hatten sie bereits verkaufen müssen, und so wohnten sie, Vogelers erneuter Einladung folgend, mietfrei auf dem Barkenhoff. Als jedoch im August Vogelers zweite Tochter Bettina zur Welt kam, wurde es dem Dichter auf dem Barkenhoff zu eng und zu unruhig. Babygeschrei störte Rilkes Kampf mit der Inspiration, übertönte sein stammelndes Wortesuchen und -finden, und so wichen die Rilkes zu Claras Eltern nach Oberneuland aus. Immerhin lebte ja auch ihre eigene Tochter dort.

Rilke war ungeheuer stolz auf sein Werk, hatte sogar etwas Geld damit verdient. Fritz Mackensen, Otto Modersohn, Fritz Overbeck, Hans am Ende und Heinrich Vogeler – den Malern, mit denen er sich beschäftigt hatte – überreichte er mit großen Gesten und pathetischen Widmungen Exemplare des Buchs. Paula Modersohn-Becker und Clara Rilke-Westhoff, seine eigene Frau, bekamen kein Exemplar. Als Künstlerinnen kamen sie gar nicht vor, nicht einmal als Ehefrauen. Da konnte Clara noch so gehorsam bei Rodin studieren – Frauen waren für Rilke Geliebte, Musen bestenfalls.

»Mädchen, Dichter sind, die von euch lernen, das zu sagen, was ihr einsam seid.«

Wenn Rilke derart schmachtend in die Leier griff, klang es den »Mädchen« natürlich erst einmal schmeichelhaft in den Ohren. Aber was sollte es bedeuten? Es bedeutete, dass die Dichter das Sagen hatten, die Maler das Zeigen, und den Frauen blieb das Sein. Insbesondere das Da-Sein, das ständige Bereit-Sein für die Dichter und Maler. Rilke brauchte die Frauen. Aber im Grunde liebte er sie nicht. Clara fügte und beugte sich.

Ganz anders Paula. An einem Sommerabend im Garten des Barkenhoffs, das Ehepaar Rilke war nicht anwesend, kam die Rede auf Rilkes Worpswede-Buch. Der redliche Otto Modersohn fand das alles recht gut und schön, wenn auch ein wenig überkandidelt.

»Zum Beispiel«, sagte er, griff zum Buch, blätterte, »steht hier über mich Folgendes: Tage brachen an, in denen Unruhe war, Wucht und Sturm und die Ungeduld junger Pferde vor dem Gewitter.«

Paula kicherte.

Modersohn winkte schmunzelnd ab. »Es kommt noch besser, hier: Und wenn es Abend wurde, so war eine Herrlichkeit in allen Dingen, gleichsam ein flutendes Überfließen, wie bei jenen Fontänen, bei denen eine jede Schale sich füllt, um sich rauschend in eine tiefere zu ergießen.« Er klappte das Buch zu. »So, denkt Rilke, empfinde ich, wenn ich arbeite. Der Mann hat keine Ahnung.«

»Es klingt aber schön«, sagte Martha Vogeler.

»Bisschen zu dick aufgetragen«, sagte Modersohn gemütlich und nahm einen tiefen Schluck von Marthas berühmter Waldmeisterbowle.

»Ich glaube, Rilke redet gar nicht von dir«, sagte Paula zu ihrem Mann. »Er redet auch nicht von Vogeler oder Mackensen oder Overbeck. Er redet nur von sich selbst. Er redet immer nur von sich selbst. Ich, meiner, mir, mich. Das ist so seine Rede. Das ist aber nicht die rechte Art, über Kunst zu schreiben. Und dann diese Vorsichtigkeiten und die Angst, es mit jemandem zu verderben, der einem im späteren Leben noch einmal nützlich sein könnte. Dies Strebertum! Diese Anbiederei! Allen schmiert er Honig ums Maul. Es sind doch alles Phrasen und schöne Worte, die manchmal nur geborgt sind. Das mit den überfließenden Schalen hat er Conrad Ferdinand Meyer gestohlen. Die eigentliche Nuss ist hohl. Und dann seine Angeberei. Er will sein kleines Licht heller machen, indem er die Strahlen großer Geister auf sich lenkt. Tolstoi! Rodin! Und so benutzt er auch uns hier. Wenn er Worpswede sagt, meint Rilke nur sich selbst.«

Neben Paula saß Agnes Wulff, Martha Vogelers beste Freundin; sie stützte den Ellbogen auf den Tisch und den Kopf auf die Hand und hörte zu, wie Paula sich in Rage redete, während Vogeler eine Skizze der beiden Frauen zeichnete. Vielleicht ließ sich die Skizze für das große Gemälde benutzen, an dem er arbeitete. Er, dem Rilke in materieller und praktischer Hinsicht am meisten von allen verdankte, hatte den süßesten Honig ums Maul geschmiert bekommen: Vogelers Malerei sei von einer beispiellosen Gewissenhaftigkeit, und man spüre die Wichtigkeit und Notwendigkeit eines jeden Striches. Indem er Paulas

Empörung lauschte und dabei ihr Profil zeichnete, wusste er, dass sie recht hatte. Aber als Reklame, das musste Vogeler einräumen, erwies sich Rilkes Buch für die Maler als sehr nützlich.

Zum Schützenfest wollte Rilke nicht kommen, natürlich nicht, dergleichen Volksbelustigungen verachtete er, aber Paula überredete Clara, noch einmal so unbeschwert wie früher zu feiern. Und irgendwie gelang es dann Clara, Rilke zum Mitkommen zu bewegen. Er hatte sich sogar dazu herbeigelassen, seinen Russenkittel gegen einen Sommeranzug zu tauschen. Auch die Bauern hatten sich fein gemacht, die Krämer und Handwerker, die Jungen wie die Alten, und die Maler und Malerinnen, die sonst nicht so recht dazugehörten, weil sie zwar auf dem Land, aber nicht vom Lande lebten, warfen sich in den Trubel. Gleich neben dem Tanzzelt war der Schießstand mit dem Vogel auf der Stange. Der dicke Fietjen, der Großbauer, würde an diesem Tag wieder Schützenkönig werden, mit einigen Schiebungen natürlich, denn wer König sein wollte, der musste weite Spendierhosen anhaben. Da wurde schon kräftig nachgeholfen, denn es war besser, wenn ein Reicher König wurde, damit Freibier und Geeler Köm in Strömen flossen.

Der Bass trug den Rhythmus ins Weite, die Geigen jubilierten, die Blechinstrumente plusterten sich gewaltig auf, die Flöten tirilierten, und die deftige

Trommel hielt alles zusammen. Vadder Brünjes, bei dem Paula ihr Atelier gemietet hatte, kam an den Künstlertisch, holte Paula auf die Bretter und tanzte mit ihr Polka. Otto Modersohn nickte freundlich lächelnd im Takt der Musik; selbst tanzte er nicht gern, war aber glücklich, wenn er seine Paula glücklich sah.

Fritz Mackensen tanzte mit gezwirbeltem Schnurrbart schneidig mit einer sehr jungen, leicht blasiert wirkenden Dame aus Hamburg, die neuerdings bei ihm Unterricht nahm. Was es für Mädchen hieß, bei Mackensen zu studieren, wusste man ziemlich genau. Besonders genau wusste es Clara Westhoff, die sich vor einigen Jahren von Mackensen über künstlerische und wohl auch andere Techniken hatte instruieren lassen – – – bis dann Rilke gekommen war, der auch eine Lehrzeit hinter sich hatte, bei Lou Andreas-Salomé.

Martha Vogeler war von Bettinas Geburt noch zu geschwächt, um zu tanzen. Sie saß neben Rilke und Clara, und über diesem Paar hing wie eine düstere Wolke das immer gleiche freudlose Verhängnis. Und weil diese Freudlosigkeit ansteckend wirkte, sah Martha noch blasser und grauer aus.

Ein junger, adrett in Tracht herausgeputzter Zimmermann, der sich offenbar Mut angetrunken hatte, trat an den Tisch und forderte Clara zum Tanzen auf. Sie sah Rilke fragend an, er zuckte kaum merklich mit den Achseln und trank einen Schluck Zitronenlimonade, während sie sich auf die Bretter führen ließ. Der junge Mann war ein guter Tänzer, und während er Clara im schnellen Walzer herumwirbelte, schmolz die Rilkeschwermut wie eine unsichtbare Maske von ihrer Stirn, und ihr Gesicht zeigte wieder Züge des beschwingten, mädchenhaften Selbstbewusstseins, das sie früher verströmt hatte. In ihrem weißen Kleid segelte sie vorbei, fest auf den Arm ihres Tänzers gelehnt. Fast konnte Vogeler spüren, wie die Wucht ihres Körpers den Tänzer an ihren Rhythmus fesselte und beide zu einer schwungvollen Drehung einte, die ganz leicht wirkte.

Und Rilke spürte das natürlich auch, und die Wolke über seiner Stirn wurde schwarz. Er stand wortlos auf, verließ das Zelt. Als Clara mit geröteten Wangen, erhitzt und lächelnd an den Tisch zurückkam, wartete sie einige Minuten. Dann senkte sich die Wolke auch wieder über sie, und sie ging wie eine Schlafwandlerin ganz langsam hinaus, um Rilke zu suchen und zu folgen.

»Was hat er gesagt?«

Er fragt so dringlich, als verberge sich im Gruß des Bauern ein Geheimnis. Rilke redet viel von stiller Einfalt und Schlichtheit, aber wenn er im wirklichen

Leben auf die derbe Herzlichkeit dieser Menschen und ihrer Sprache trifft, versteht er sie nicht, weder die Menschen noch ihr Platt. Er hat ja auch die Maler nicht verstanden, sondern ihnen seine eigenen Fantasien, Ideen und Wünsche einfach untergeschoben.

»Nur ein einfacher Morgengruß«, sagt Vogeler.

»Ach?« Rilke klingt enttäuscht. Morgengebet hätte er wohl lieber gehört.

»Der Mann hat gefragt, ob wir hier einen kleinen Plausch halten. Wie es so geht, und – – –«

»Ja, wie es so geht«, sagt Rilke. »Als ob sich das so leicht sagen ließe. Meine Ersparnisse sind aufgezehrt. Ich befinde mich wieder einmal in jenem Zustand hypnotisch erstarrter Hilflosigkeit, in den mich dieser unbegreifliche Mangel jedes Mal versetzt. Ich bekenne es nicht ohne Scham, lieber Herr Vogeler, dass ein gewisser Grad von aussichtsloser Armut, der, wie ich wohl weiß, gröbere Naturen zur Tätigkeit drängt, mich vollkommen lähmt. Und wie das Geld in die Welt gekommen ist und was es will, kann ich nicht verstehen und bin diesem Kampf nicht gewachsen.«

Geld? Hat Rilke tatsächlich das Wort Geld in den Mund genommen? In seiner Sprache, über der stets ein Blattgoldschimmer zu schweben scheint, kommen bestimmte Dinge nicht vor. Für den normalen, profanen Alltag fehlen Rilke die Worte, und wenn er doch einmal auf nackte Fakten zu sprechen kommt, wirkt das auf Vogeler befreiend. Wem immer nur Wein und Kuchen vorgesetzt wird, der sehnt sich irgendwann nach Wasser und Brot.

Und Rilke wird noch konkreter. »Ein wenig«, er räuspert sich, »ein wenig Geld würde mir unsäglich wohltun«, sagt er nämlich. »Mir und meiner Frau.«

Obwohl Vogeler ihm und Clara bereits das kleine Atelier kostenlos zur Verfügung stellt, will Rilke ihn jetzt also anpumpen. Das hat er schon öfter getan, wenn auch nie so direkt, sondern bis zur Unverständlichkeit verschnörkelt und durch die Blume gesprochen. Durch ganze Blumenbeete geschnorrt – – –

»Kennen Sie einen, der reich ist«, sagt Rilke nun aber ganz unverblümt, »jemanden, den man vielleicht dafür interessieren könnte, meine Manuskripte zu erwerben?«

Wen meint er mit reich? Vogeler? Seine Malerei verkauft sich zwar nicht mehr so gut wie noch vor einigen Jahren, aber vor Aufträgen kann er sich kaum retten. Erst kürzlich hat ihm der Bremer Senat die Ausgestaltung der Güldenkammer im Rathaus anvertraut. Vogeler arbeitet nun für den Raum neben dem großen Rathaussaal an einer Gestaltung, die ein Triumph des von ihm geprägten Jugendstils werden soll, in einer fantastisch-märchenhaften, zierlichen und intrikaten Ornamentik ein Schmuckkästchen der Innenarchitektur, eine harmonische Woge aus Braun, Rot und Gold, an den Wänden eine Vertäfelung aus polierten Hölzern, aufgeteilt durch Pilaster mit Rundbögen aus kaukasischem Nussbaum, eingelegt mit hellem Birken- und nachtschwarzem Ebenholz, die Kapitelle der Pilaster aus vergoldeter Bronze, darüber eine rotgoldene Tapete aus gepresstem Leder, dazu Tisch und Stühle, reich geschnitzt und vergoldet, Intarsien in Türen, an der Decke und an den Wänden, Beleuchtungskörper aus Bronze, kunstvoll verzierte Gitter und Messingbleche vor dem Marmorkamin. Und überall erblühen die floralen Formen und Muster, die er in seinen Zeichnungen, Grafiken und Gemälden entwickelt hat, Formen fantastischer Pfaue und Reiher mit wogendem Gefieder. Das Ganze soll eine Skulptur werden, die man begehen und bewohnen kann, ein Raum, in dem noch das winzigste Detail Vogelers Handschrift und Stempel trägt. Eine Verzauberung.

Die Bremer Pfeffersäcke lassen sich nicht lumpen, wenn es darum geht, sich selbst in vorteilhaftes Licht zu rücken, zahlen ein angemessenes Honorar, und dank der großen Auszeichnung, die ihn morgen erwartet, wird sich seine Auftragslage weiter verbessern. Aber der Ausbau des Barkenhoffs, der Zukauf von Land, die Familie, das Personal, der Gästestrom, die Reisen – all das verschlingt viel Geld, und Vogeler muss ununterbrochen um Aufträge buhlen und arbeiten, wenn er das hohe Niveau, auf dem er angekommen ist, halten will. Will er das eigentlich noch?

Welchen seelischen Preis zahlt er für seine Honorare? Was kostet ihn denn der Erfolg?

Sein Kahn schwankt. Er breitet die Arme aus, um die Balance zu halten. »Reich?« Es klingt wie das Echo eines Worts, dessen Sinn er nicht mehr versteht.

»Ein Gönner«, sagt Rilke. »Ein wohlhabender Mann, der die Literatur liebt.«

Ein Mann? Vogeler unterdrückt ein Lächeln. Hat Rilke nicht bei den Frauen eher und öfter Kredit? Reich müssen sie freilich sein, gern auch reif und also liebesbedürftig. Und irgendwie bedeutend, am besten adlig. Und verheiratet, damit sie nicht auf die Idee kommen, plötzlich mit Mobiliar vor Rilkes Tür zu stehen.

»Sie wissen doch, wie ich es meine«, fährt Rilke fort. »Ein Mäzen. Einer wie Ihr Roselius.«

Vogeler zuckt zusammen. *Mein* Roselius?

Ludwig Roselius zog das schneeweiße, mit Eau de Cologne getränkte Taschentuch aus der Brusttasche seines beigen Leinenanzugs und wischte sich den Schweiß von der Stirnglatze. »Kinder, Kinder«, seufzte er wie leidend, »ihr wisst ja gar nicht, wie gut ihr's habt.«

Das sagte der Bremer Kaffeeimporteur, Kolonialwarenhändler *en gros,* Generalkonsul und Kunstmäzen immer oder jedenfalls oft, wenn er beiläufig die Brieftasche zückte, ihr mit spitzen Fingern Geldscheine entnahm und diskret auf dem Tisch des Hauses oder Ateliers platzierte. Dann rieb er sich vergnügt die Hände, als wüsche er sie, trocknete sie mit dem Taschentuch und besiegelte den Handel mit dem jeweils beglückten Künstler per schweißfreiem Handschlag.

Roselius' Kutscher schleppte daraufhin einen großen Weidenkorb herein, der mit Kaffee und Tee, Zigarren aus Kuba, Kakao, Schokoladen und manchmal sogar einigen Kokosnüssen gefüllt war.

»Greifen Sie zu«, sagte Roselius munter, »nur keine Hemmungen.«

Hatte der Künstler dann beherzt ins prunkvoll kredenzte Füllhorn der Kolonialwaren gelangt, wies Roselius den Kutscher an, Gemälde, Radierung, Zeichnung oder Skulptur – was auch immer er soeben erstanden hatte – in Pappen und sauberes Sackleinen zu verpacken, gewissenhaft zu verschnüren und in der Kutsche zu verstauen. Dann saß man wieder auf und rollte bester Laune zum nächsten Künstler – »als Weihnachtsmann aus Kaffernland«, wie Fritz Mackensen einmal angemerkt hatte.

Auf diese wohltätige Weise erschien Roselius einmal, gelegentlich auch zweimal im Jahr in Worpswede, quartierte sich im Barkenhoff ein und absolvierte seine Einkaufstour durch die Ateliers – und zwar stets in Begleitung Vogelers. In den ersten Jahren hatte er sich als eine Art Berater, Experte und Führer gefühlt, dem es schmeichelte, als Mittelpunkt und heimlicher König der Worpsweder Kolonie zu gelten, den es aber auch ganz neidlos freute, seinen Kollegen einen derart spendablen Mäzen wie Roselius zuführen zu können.

An diesem schwül lastenden Spätsommertag hatte Roselius bereits Fritz Mackensen für 150 Mark, ein Pfund Kaffeebohnen und drei Maria Mancinis *Eggende Bauern* abgekauft, Hans am Ende für 120 Mark, zwei Tafeln Schokolade und zwei Bolivars die *Herbstsonne,* Fritz Overbeck eine *Mondnacht mit Moorgraben* für 100 Mark und ein Pfund Kakao – ohne Zigarren, weil Overbeck Nichtraucher und Vegetarier war. Auch mit Otto Modersohn war man sich problemlos handelseinig geworden: drei Maria Mancinis, zwei Kokosnüsse plus 130 Mark für das *Schützenfest in Worpswede.*

Während der Tour hatte Vogeler ein vages Unbehagen ergriffen, das langsam, aber stetig zu körperlicher Übelkeit anschwoll. Er wusste, dass es nicht an der Schwüle lag und er auch nicht krank war, und er ahnte, dass sich in seiner Übelkeit nur ein Widerwille gegen diese Geschäfte Bahn brach. Ausgerechnet ihm, dem erfolgreichsten aller Worpsweder, dem Liebling der Galeristen, Sammler und Mäzene, ihm, den der Millionär Roselius als ein Genie vergötterte und verwöhnte, ausgerechnet ihm kam das Kotzen, als er sah, wie Kunst reibungslos in Geld verwandelt wurde. Er verstand es nicht mehr. Er verstand sich selbst nicht mehr.

»Was ist eigentlich mit Modersohns junger Frau, dieser Berta Becker?«, erkundigte sich Roselius, als sie wieder in der Kutsche saßen.

»Nicht Berta. Sie heißt Paula«, sagte Vogeler. »Paula Becker, beziehungsweise Modersohn-Becker.«

»Beziehungsweise ist gut!« Roselius lachte und schlenkerte lässig-wegwerfend die linke Hand, was wohl bedeuten sollte, dass Namen ihm nur Schall und Rauch, die Kunst jedoch das Wesentliche waren. »Entwickelt sie sich denn?« Er zwinkerte anzüglich. »Ich meine natürlich rein künstlerisch?«

Rein künstlerisch? Vogeler legte den Kopf in den Nacken und blickte ins flimmernde, an manchen Stellen bereits gelb gesprenkelte Grün der Birkenallee, ins Tintenblau des Spätsommerhimmels, ins weiß und silbern vorbeiwischende Spalier der Birkenstämme. Weit zerstreut an diesen Alleen und Dämmen lagen die Häuser, ziegelrot mit grünem oder blauem Fachwerk, überhäuft von schweren Reetdächern, in die moorige Erde hineingedrückt von ihrer pelzartigen Last, und die Eichen, Birken, Pappeln, die Ginster- und Holunderbüsche wie vors Gesicht gezogene Jalousien. Die Fenster schimmerten durchs Blattwerk, dunklen Augen gleich, die aus Masken blickten. Ruhig lagen sie da, und selbst an solchen Sommertagen quoll der Torfrauch der Feuerstellen, der ihr Inneres erfüllte, aus den schwarzen Tiefen der Türen, drängte durch die Ritzen im Dach ins Freie.

Hinter dem smaragdgrünen Roggenstreifen der Kleinbauern zog sich der Moordamm dahin. Hier begann Paulas Welt. Hier fand sie die Gesichter, die sie malen musste. Hier, in den Hütten der Häuslinge, die sich bei den Kleinbauern durch Torfmachen ihr Wohnrecht verdienten. Die schornsteinlosen Hütten mit dem offenen Feuer hatten nicht einmal Seitenwände. Zeltartig wuchs das bemooste, mit Hahnenfuß bewachsene Strohdach über den Wohnraum und wucherte zu beiden Seiten wieder ins leuchtende Grün der Moorgräser hinein. Vorn in der Hütte befand sich die Tür, hinten ein Fenster, vorn waren Verschläge für die Ziegen, hinten wurde gewohnt und geschlafen. Die Eingeborenen in Afrika oder in der Südsee, von wo die Waren in Roselius' Korb stammten, lebten wahrscheinlich nicht schlechter oder dürftiger als die Häusler im Teufelsmoor. Am Moordamm hüteten die Kinder die Ziegen, spielten mit ihren kleinen Geschwistern, mit Katzen und Hunden auch. Das waren die Motive, die Paula suchte. Sie malte die Kinder und die Alten und die Mütter mit den Babys. Mütter, die in der Hingabe an das Kind für eine kurze Zeit von der Schwere ihrer Existenz befreit waren und schon bald wieder zur eisernen Moorhacke greifen mussten, um den Acker aufzureißen, dessen weicher Boden den Pflug nicht trug. Mit Elendsmalerei hatte das nichts zu tun, und es war auch keine Romantisierung der Armut. Es war die Wahrheit – eine Wahrheit, die Vogeler sah und die er zugleich fürchtete. Eine unbequeme, eine brotlose Wahrheit.

Entwickelt? Vogeler sah Roselius von der Seite an. Was sollte er dazu sagen? Noch vor zwei, drei Jahren hatte niemand, auch Vogeler nicht, Paula für voll genommen, außer vielleicht Otto Modersohn. Ihre erste Ausstellung in der Bremer Kunsthalle war ein Debakel, hämisch von der Kritik verrissen. Sie verkaufte kein einziges Bild, kein Galerist wollte etwas von ihr wissen. Inzwischen wusste Vogeler es besser. Im Vergleich zu ihr waren die Mackensens, am Endes und Overbecks nur Schollenmaler, Otto Modersohn ein harmloser, altmodischer Märchenonkel. Und Vogeler? Ein eitler, erfolgsbesessener Dekorateur. Dagegen war Paula eine künstlerische Naturgewalt. Er gestand es sich nur ungern ein und brachte es immer noch nicht über sich, das auch offen auszusprechen. Vielleicht fürchtete er ihre Konkurrenz? Vielleicht fürchteten alle, die ihre Bilder als plump und primitiv abtaten, ihre Kraft?

»Sie war im letzten Jahr in Paris«, sagte er schließlich, als sei allein schon diese Feststellung Beweis ihrer Entwicklung.

»Ach ja, Paris«, nickte Roselius, sog ein letztes Mal an seiner Zigarre und warf den Stumpen in den Straßengraben. »Müsste man auch mal wieder hin. Wenn Sie mitwollen, lade ich Sie natürlich ein.«

Vogeler nickte wie geistesabwesend, gab keine Antwort.

»Wo hat das Fräulein, ich meine, die junge Frau Modersohn-Becker, denn ihr Atelier?«, erkundigte sich Roselius.

»Bei einem Moorbauern.« Vogeler deutete in Richtung eines Strohdachs zwischen Büschen und Birken. »Dahinten, bei Vadder Brünjes, der Feldweg – – –«

»Dann mal nichts wie hin«, trompetete Roselius und rief dem Kutscher zu: »Haben Sie gehört, Petersen? Dahinten, der Feldweg!«

Entlang eines Grabens, dessen dunkler Spiegel den trägen Himmel wiederholte, vorbei an grämlich gebeugten Birken, erreichten sie das Haus, rotbraune Ziegel im weiß getünchten Fachwerk, das schmutzige Gelb des Dachs von Moos begrünt, unterbrochen von einem hohen Atelierfenster, und auch auf dessen Glätte lag das Blau, das am Ende des Blicks schon abendlich errötete. Wütend bellte der angeleinte Hofhund, schien dann aber Vogeler zu erkennen und gab Ruhe. Die kleine Tür im großen, doppelflügeligen Dielentor war angelehnt. Sie betraten den länglichen Raum, in dem sich Geruch und Wärme von Vieh mit dem scharfen Qualm des Torfs zu einer wunderlichen, unwirklichen Dämmerung vermischten.

»Kieneen to hus?«, rief Vogeler halblaut ins Zwielicht.

»Altohoop bi't Haumaken.«

Eine Stimme wie mürbes, brüchiges Leder. Vor der fast erloschenen Feuerstelle, in der sich die Torfasche wie erstarrter Brandungsschaum häufte, saß in einem hölzernen Lehnstuhl mit Binsengeflecht eine alte Frau. Ihre Haltung war aufrecht und verkrampft. Vor einigen Wochen hatte sie der Schlag getroffen. Seitdem war sie gelähmt, konnte aber noch sprechen.

»Oh, moin moin, Oma Brünjes«, sagte Vogeler.

»Moin, Heini«, krächzte die Alte.

»Is de Paula denn ok bi't Haumaken?«

»Jau, jau. Altohoop. Wat mutt, dat mutt.«

»Sie sagt, dass alle beim Heumachen sind«, übersetzte Vogeler für Roselius.

Der winkte schmunzelnd ab. »Platt verstehe ich ganz gut. Sonst könnte ich ja meine Arbeiter und Lageristen nicht belauschen, wenn die mal wieder ihre Revolutionen ausbrüten und sozialistische Luftschlösser bauen. Und das Fräulein, pardon, die Frau Modersohn-Becker, die packt mit an, was?«

»Sie zahlt nur eine winzige Miete fürs Atelier. Dafür hilft sie ab und an, wenn auf dem Hof jede Hand gebraucht wird.«

»Respekt, Respekt«, nickte Roselius. »Bi tö'een anner mol«, rief er in Richtung der Alten.

»Jau, jau, schüß denn«, murmelte sie.

Draußen stellten sie sich vor die Atelierfenster, schirmten die Gesichter mit den Händen ab und blickten hinein wie Kinder, die sich an der Schaufensterscheibe eines Spielzeugladens die Nasen platt drücken. An den Wänden hingen und standen Zeichnungen, Ölbilder, soweit erkennbar Porträts, auch Stillleben, kaum Landschaften, leere Leinwände, Leisten. Auf einem groben Küchentisch lagen Farbtuben, Pinsel, Paletten.

»Sehen Sie mal«, sagte Roselius und deutete auf die Staffelei. »Ist das nicht Oma Brünjes?«

Tatsächlich schien die Leinwand auf der Staffelei ein Porträt der im Lehnstuhl sitzenden Alten zu sein.

»Das muss man sich nun doch mal genauer ansehen«, befand Roselius und drückte die Klinke der Ateliertür herunter. Sie war unverschlossen. Vogeler wollte protestieren, aber Roselius legte den Zeigefinger vor den Mund und trat ein.

Das Bild auf der Leinwand zeigte unverkennbar die alte Brünjes, doch hatte die Malerin etwas sichtbar gemacht, was ein flüchtiger Blick nie erkennen konnte. Es war das harte, gespannte Gesicht der

Arbeit und der Armut, dessen Haut sich unter den Mühen ihres Lebens gedehnt hatte, sodass die Runzeln und Falten zu groß geworden waren wie ein lebenslang getragener Arbeitshandschuh, und das ständige Heben schwerer Lasten hatte auch die Arme übermäßig verlängert. In den torfbraunen Augen der Alten schien sich der Jahreslauf der Moorbauern zu spiegeln. Im Frühling, wenn das Torfmachen begann, standen sie im Morgengrauen auf und brachten den ganzen Tag in den triefenden Gruben zu, aus denen sie die schwarze, bleischwere Moorerde emporschaufelten. Im Sommer waren sie, wie auch an diesem Tag, mit der kargen Heu- und Getreideernte beschäftigt, während auf großen Haufen die Torfsoden trockneten, die sie dann im Herbst auf Kähnen und Fuhrwerken in die Stadt brachten. Standen um Mitternacht auf, während auf den schwarzen Wassern der Kanäle schon die Boote warteten, und dann stakten sie ernst und wortlos, wie mit Särgen beladen, dem Morgen und der Stadt entgegen.

»Sehen Sie das?«, flüsterte Vogeler.

Roselius hatte mit Kennergeste den Daumen der rechten Hand unters Kinn und den Zeigefinger an die Nasenspitze gesetzt und nickte. »Ja doch, etwas grobschlächtig vielleicht, aber sie hat Talent.«

»Nein«, sagte Vogeler, »ich meine nicht die Technik, nicht die Kunst, ich meine das wirkliche Leben. Sehen Sie denn nicht die Arbeit und das harte Leben und das Leid dieser Menschen? Im Blick dieser Frau?«

»Na, na«, machte Roselius gutmütig. »Nun werden Sie mal nicht gleich sozialdemokratisch. Ich würde das Bild ja kaufen. Aber wenn die Dame außer Haus ist – – –« Er zuckte mit den Schultern und wandte sich zur Tür. »Wir kommen ein anderes Mal wieder. Auf geht's, Vogeler.«

Während die Sonne nun tief und rot durch Birken- und Eichenlaub loderte und die Schatten der Dinge sich streckten, kutschierte Petersen sie zur letzten Station dieses Tages. Einige Kilometer südlich Worpswedes lag im Weiler Westerwede das Haus, das Rilke und seine Frau gemietet hatten. Es war das letzte Haus im Dorf, mit Rilkes Worten so einsam wie das letzte Haus der Welt, und die Straße verlief sich weiter in Richtung Abend. Es war nicht einmal ein ganzes Haus, sondern die Hälfte eines schlichten Bauernhauses mit einem ehemaligen Schafstall, den man so hergerichtet hatte, dass er Clara Rilke-Westhoff als Atelier dienen konnte. Dichtes Efeu überwucherte die Vorderfront und verlieh dem Haus etwas Tiefsinniges, Nachdenkliches. Vor der Küchentür, die in den Garten und zu Claras Atelier führte, gab es eine Weinlaube, und als die Kutsche zum Stehen kam und die Pferde müde schnaubten, trat aus dieser Laube Rilke hervor.

Vogeler, der besser als jeder andere wusste, wie

man sich als Künstler in Szene zu setzen hatte, verkniff sich ein Lächeln, denn Rilke stand natürlich nicht einfach wie irgendwer vor der Tür. Vielmehr hatte er sich in Pose und Kostüm geworfen, stützte sich schwer auf einen Spaten, als hätte er soeben einen Kartoffelacker umgegraben oder Torf gestochen, und trug seinen Russenkittel und die roten Stiefel, mit denen er bereits bei seinem Erscheinen vor einem Jahr so bedeutenden Eindruck gemacht hatte.

Dass er heute noch einmal in diese Maske schlüpfte, war allerdings überraschend. Vogeler wusste von Martha, der es ihrerseits von Paula gesteckt worden sein musste, dass Rilke sein Russenkostüm in die Verbannung eines Kleiderschranks hatte schicken müssen, seitdem er Clara so nahegetreten war, dass eine Heirat unausweichlich wurde. Denn der russisch gewandete Rainer erinnerte alle Welt und insbesondere Clara nur allzu aufdringlich an Rilkes Affäre mit Lou Andreas-Salomé. In der Hoffnung auf dringend benötigte, mäzenatische Wohltaten hatte Clara aber offenbar ein Auge zugedrückt, hatte Rilke womöglich sogar ermuntert, vor Roselius als Bilderbuchkulak aufzutreten.

Wie auf ein stummes Stichwort gerufen, erschien nun auch Clara neben ihrem Mann, der sie in fast allem beriet und bevormundete, vermutlich auch in Frisur- und Garderobenfragen. Sie trug ein unter der Büste leicht gerafftes, glatt fallendes Reformkleid aus weißem Leinen, unter dem sich bereits ihr Schwangerschaftsbauch abzeichnete, den sie noch betonte, indem sie über der Wölbung die Hände wie zum Gebet verschränkt hielt. Sie war größer als Rilke, hielt den Kopf aber demütig seitwärts geneigt, vermutlich, um eine dunkle Schläfenlocke in künstlerische Schwingung zu bringen, vor allem aber, um das Genie an ihrer Seite nicht überragen zu müssen.

Vogeler sah aus den Augenwinkeln, dass Roselius vom Auftritt des ungleichen Paars durchaus beeindruckt zu sein schien. Er küsste Clara die Hand, die sie ihm halb schüchtern, halb huldvoll entgegenstreckte. »Meine Verehrung, Gnädigste«, murmelte er und schüttelte dann Rilke kräftig die Hand. »Sehr erfreut, Ihre Bekanntschaft zu machen. Ihre Frau Gemahlin kenne ich ja bereits.«

»Es ist uns eine Freude«, sagte Rilke mit tiefer Verbeugung, »ja, geradezu eine Herzensangelegenheit, dass Sie uns in unserem bescheidenen Heim beehren.«

Im Erdgeschoss gab es das Schlafzimmer, einen Wohnraum und die Küche, von den Kuhställen durch eine weiß getünchte Mauer getrennt, an der ein Bild der heiligen Cäcilia hing. In einer nach Vogelers Entwurf gefertigten Vitrine standen bäuerliche Keramik und eine Silberschüssel mit Kanne. Ein enges Stiegenhaus führte hinauf zur Mansarde, wo sich Rilkes geräumiges Arbeitszimmer befand. So bescheiden auch alles sein mochte – möglich geworden war dies Heim doch nur dank beherzter finanzieller Hilfe von Claras Eltern.

Roselius sah sich um, nickte, als hätte er nichts anderes erwartet, und wandte sich an Clara. »Hübsch haben Sie's hier. Durchaus. Wie ist denn das werte Befinden unter diesen – – –«, er räusperte sich und blickte irgendwie sorgenvoll auf Claras Bauch, »unter diesen Umständen?«

Clara lächelte verkrampft. »Ach, lieber Herr Roselius, im Grunde geht es recht – – –«

Aber sie konnte den Satz nicht zu Ende bringen, weil Rilke ihr ins Wort fiel. »Danke der Nachfrage, Herr Generalkonsul. Für mein Werk sind die Umstände einigermaßen günstig. Jedoch stehen vorerst noch allerhand kleine und hässliche Sorgen praktischen Inhalts breitbeinig mitten im Weg.« Rilkes Stimme klang sanft, mit einem schmerzlichen Unterton.

Roselius hörte diese Tonart offenbar nicht zum ersten Mal. »Sie reden von Geld?«, sagte er halb fragend, halb feststellend.

Clara zuckte zusammen, wandte sich ab und ging wortlos in die Küche, um Tee zu kochen.

»In gewisser Weise schon«, sagte Rilke, »obwohl es Momente gibt, wo man für die Handhabung von Geld zu sehr verfeinert ist. Es liegt einem dann mehr an seelischen Erlebnissen.«

In der Küche klapperte Geschirr.

»Verstehe, verstehe.« Roselius schmunzelte. »Seelische Erlebnisse. Aber was wohl der Magen alles erlebt, wenn ihr Künstler kein Geld mehr anfassen wollt.«

Er lachte und warf Vogeler einen Blick zu. Los doch, lach mit, sagte der Blick. Vogeler zwang sich ein schiefes Lächeln ab.

»Wie recht Sie haben, Herr Generalkonsul«, beeilte sich Rilke. »Bei den geringen Bedürfnissen und der Bescheidenheit, die mich auszeichnet, meine Frau natürlich auch, genügt mir, genügt uns zusammen ein Einkommen von 250 Mark im Monat.«

Vogeler wunderte sich. Mit 250 Mark im Monat würde das Paar kaum auskommen, jedenfalls nicht, solange Rilke auf solchen Extravaganzen bestand, nicht nur sein Briefpapier mit Wasserzeichen und Jugendstilvignette, sondern auch das komplette Mobiliar nach Vogelers Entwürfen anfertigen zu lassen. Zwar tat Vogeler das umsonst als einen Freundschaftsdienst von vielen und als eine Art nachgereichtes Hochzeitsgeschenk, aber Tischler und Drucker mussten für ihre anspruchsvollen Arbeiten anständig bezahlt werden. Manchmal musste Vogeler in Vorlage treten, um die Handwerker zu befriedigen.

Clara kam mit einem Tablett aus der Küche, setzte Tassen auf den Tisch, schenkte Tee ein. Sagte kein Wort.

»Wenn meine Frau Unterricht geben und vielleicht auch mal eine Skulptur verkaufen könnte«, redete Rilke weiter, »und wenn ich vielleicht Vorträge halte und Übersetzungen aus dem Russischen anfertige und zudem Rezensionen verfasse wie gerade jetzt – – – hier, sehen Sie.« Er deutete auf ein zweibändiges Buch, das aufgeschlagen auf dem Tisch lag.

Roselius beugte sich vor. »Aha, aha, *Buden,* nein, *Buddenbrooks*«, las er halblaut, »von einem Thomas Mann? Sagt mir nichts.«

»Den Namen müssen Sie sich notieren«, sagte Rilke. »Kolossale Arbeit. Wie ein Gemälde von Segantini.«

Roselius zog die Stirn kraus. Segantini?

»Die gründliche und gleichwertige Behandlung jeder Stelle, die von hundert Furchen durchzogene Fläche«, erklärte sich Rilke genauer, wenn auch nicht weniger rätselhaft. »Wie wenn man einen unendlichen Garten umgräbt, verstehen Sie? Furche um Furche?« Dabei strich er über seinen Russenkittel, als würde er sich nach mühseligem Tagwerk Erdkrumen abwischen.

Vogeler lächelte und schätzte, dass sich Rilkes Gärtchen in einer halben Stunde umgraben ließ.

»Nehmen Sie Sahne in den Tee?« Clara hielt ein Porzellankännchen in die Höhe.

Vogeler nahm es ihr ab. Er kannte Rilke inzwischen gut genug, um zu wissen, dass dieser weiter von sich selbst reden, auch jedes andere Thema auf sich beziehen würde, wenn man nicht endlich zu der Sache käme, wegen der man gekommen war. »Und was macht Ihre Arbeit, liebe Clara?«, fragte er deshalb, als Rilke sich die Teetasse an den Mund setzte und so einen Augenblick lang schweigen musste.

»Nun ja«, hauchte sie errötend und legte den Kopf leicht zur Seite, sodass die Schläfenlocke wieder apart schlingerte, »ich bemühe mich und möchte – – –«

»Meine Frau«, sagte Rilke, »will sagen, dass ihre, also unsere Arbeit – – –«

Vogeler unterbrach ihn. »Dann haben Sie vielleicht die Güte und führen uns in Ihr Atelier?«

»Gewiss«, sagte Rilke und ging voraus. Vogeler und Roselius folgten. Clara Rilke-Westhoff schloss sich ihnen an, stumm, den Kopf gesenkt.

Durch die Fenster des ehemaligen Stalls pulsierte blutrot die Abendsonne, und Staub tanzte regellose Tänze. Auf den Arbeitstischen lagen Gipsformen, teils als Negativabgüsse, teils als fertige Modelle, auch Lehm- und Tonplastiken, deren Formen noch im Werden waren, und auf einem Regal standen zwei Bronzen – ein Frauenkopf mit niedergeschlagenem, resigniertem Blick und eine stehende Frau, die ein Kind auf dem Arm hielt. An den Wänden lehnten einige Pappen und Leinwände, aber die beiseitegerückte Staffelei war leer.

Roselius sah sich prüfend um. »Mh, mh, mh«,

sagte er zögerlich, als hätte er etwas anderes erwartet, »Bildhauerei also.«

Er trat dichter an das Gipsmodell eines männlichen Kopfes heran, stutzte, kniff die Augen leicht zusammen, sah Rilke an, lächelte verständnisvoll und wandte sich dann wieder dem Gipskopf zu. Das Gesicht war so tief gebeugt, dass Hals und Kinnbart ineinander verschmolzen. Das gab dem Kopf etwas Introvertiertes, Verschlossenes. Die Stirn, vom vollen Haar überschattet, bildete mit dem Hinterkopf und dem Nacken eine spannungsreiche Linie, und der sinnliche, volle Mund und die kräftige Nase lieferten einen starken Kontrast zu den niedergeschlagenen, tief liegenden Augen. »Da hat Ihre Frau Sie aber gut getroffen«, sagte Roselius schließlich.

»Es ist«, begann Clara, »erst einmal nur – – –«

»Natürlich nur eine Studie, ein erster Versuch«, präzisierte Rilke. »Alles, was wir tun, sind Versuche, Schritte auf dem Weg. Meine Frau, müssen Sie wissen, hat bei Rodin studiert, Herr Generalkonsul.«

»Ach was?«, machte Roselius desinteressiert.

»In Paris«, sagte Rilke nachdrücklicher, »bei Rodin. Und wir werden auch wieder zurückgehen. Nach Paris, zu Rodin.«

»Na schön«, sagte Roselius und sah dabei Clara an. »Malen und zeichnen Sie denn auch noch, Verehrteste?«

»Hin und wieder«, sagte sie leise. »Es sind – – –«

»Es sind aber eigentlich nur Vorstudien für Skulpturen, fürs Werk«, unterbrach, als müsste er etwas erklären, Rilke.

»Also bitte.« Roselius legte gereizt die Stirn in Falten. Vogeler wusste, dass ihm Rilkes egozentrisches Gerede auf die Nerven ging, und offenbar erreichte auch Rilke die Botschaft des »Also bitte«.

Clara hob eine der umgedreht an der Wand stehenden Leinwände auf, stellte sie auf die Staffelei, schob sie aus der Ecke in besseres Licht. Leuchtendes Gelb und Orange, das, befreit aus dem Dämmer der Atelierwand, in der Abendsonne heller und wärmer zu strahlen begann – ein aus einer kühlen, mit Wasser gefüllten Glasvase aufragender Blumenstrauß.

Roselius legte kennerisch den Kopf schief. »Das dürfte ja wohl kaum eine Studie für eine Skulptur sein«, sagte er spöttisch. »Würden Sie es mir verkaufen?«

Clara nickte.

»Sechzig – – –«, Roselius griff zur Brieftasche. »Na gut, sagen wir siebzig Mark?«

Clara nickte.

Rilke nickte noch heftiger.

Roselius schob die Geldscheine auf das Regalbrett neben den Bronzekopf, den jetzt die Abendsonne zum Glühen brachte, und sah ihn sich nachdenklich genauer an.

»Sie sind ein Kenner, Roselius«, sagte Vogeler in

der Hoffnung, den Mäzen zum Ankauf einer Bronze bewegen zu können. »Das Blumenstillleben ist natürlich ein gutes Bild. Aber Claras größtes Talent liegt doch in der Bildhauerei. Da hat der Herr Rilke wohl recht.«

»Mh, mh, mh«, machte Roselius. »Wie meinen Sie das?«

Obwohl Vogeler gefragt war, öffnete Rilke den Mund zu einer Antwort, doch faltete Roselius die Stirn nun so kraus zusammen, dass der Dichter es vorzog zu schweigen.

»Dieser Kopf«, sagte Vogeler, »erinnert durchaus an das Porträt in Paulas Atelier. Die müden Lider. Die Mundwinkel, nach unten gezogen vom Gewicht des Elends. Die tiefe Resignation, die Hoffnungslosigkeit, dass nie ein besseres Leben – – –«

»Also bitte!« Diesmal klang es scharf, fast wie ein Peitschenknall. »Was ist denn heute bloß in Sie gefahren, mein lieber Vogeler?« Die Betonung lag eher auf *mein* als auf *lieber.* »Malen Sie, wenn Sie Maler sind. Schaffen Sie Skulpturen, wenn Sie Bildhauer sind. Dichten Sie, wenn Sie ein Dichter wie der Herr Rilke sind. Aber überlassen Sie die Politik den Menschen, die in der Wirklichkeit des Erwerbslebens stehen und Erfahrung haben. Bleiben Sie, liebe Freunde, beim Malen, beim Dichten. Toben Sie Ihre Gefühle in Farben, Linien und Reimen aus. Schenken Sie der Welt Ihre unvergänglichen Meisterwerke, dann tragen Sie viel zum Glück der Menschheit bei. Die Ausführung sozialer, wenn nicht gar kommunistischer Ideen aber überlassen Sie denjenigen, die es gelernt haben, im Leben ihren Mann zu stehen. Denn wie sagt der Dichter so treffend? Ernst ist das Leben, heiter ist die Kunst. Sollte sie jedenfalls sein. Und nun gucken Sie mal nicht gleich so tragisch aus der Wäsche.«

»Jawohl, Herr Generalkonsul«, sagte Rilke nahezu zackig und warf sich dabei in die Schultern.

Vogeler starrte wie abwesend den Bronzekopf an. Genau wie aus Paulas Bild der alten Brünjes sprach auch aus diesem Kopf die Wahrheit. Aber es war eine wortlose Wahrheit, eine bittere, unbequeme Wahrheit, der Vogeler bislang lieber ausgewichen war.

Unterdessen redete Rilke sich wieder warm. Der S. Fischer Verlag habe ihm das Angebot gemacht, ein Buch über Walther von der Vogelweide herauszugeben, zu recht guten Konditionen übrigens. Das habe er jedoch abgelehnt. »Zu einer Zeit, da ich noch viel Mittelhochdeutsch las«, behauptete er und warf Vogeler einen Blick zu, »hielt sein politisch Lied mich ab, Walther blindlings lieb zu haben. Und ich bin seither nicht geneigter geworden, politische Lyrik zu ertragen.«

»Vorbildlich, Herr Rilke«, sagte Roselius trocken und etwas spöttisch.

Vogeler liebte Walther von der Vogelweide, hatte

eine Zeit lang immer ein Büchlein mit seinen Gedichten in der Tasche gehabt, hatte auch das eine oder andere selbst vertont und zur Gitarre vorgetragen. Das wusste Rilke natürlich genau. Umgekehrt bezweifelte Vogeler jedoch, dass Rilke je Mittelhochdeutsch gelesen hatte. Was sollte, fragte Vogeler sich, diese unvermittelte Attacke gegen Walther? Wollte Rilke sich damit nur die Gunst des reichen Mannes erschmeicheln? Oder galt sie womöglich ihm, Vogeler? Und wenn ja, warum? Sowenig wie Rilke je so etwas Aufrührerisches wie *Die Weber* schreiben würde, so weit war Vogeler von Motiven à la Käthe Kollwitz entfernt, obwohl ihn deren Zeichnungen, die er in Berlin gesehen hatte, berührt, beunruhigt und in seinem Selbstverständnis irritiert hatten.

Als wollte Rilke den Stich, den er Vogeler soeben versetzt hatte, unter einem Pflaster verstecken, erzählte er nun, dass er anstelle des Buchs über Walther an ein Buch über die Worpsweder Maler denke und auch bereits mit einem Verlag in Verbindung stehe, der ihm eventuell Vorschuss zu gewähren bereit sei.

Roselius nickte beifällig. »Tun Sie das, Herr Rilke. Ein Buch aus Ihrer edlen Feder kann den Wert meiner lieben Worpsweder ja nur steigern.«

Dann trat Roselius an die offen stehende Tür und winkte dem wartenden Petersen, den kolonialen Korb zu präsentieren. Clara wählte dunkle Schokolade und Tee aus Ceylon und bedankte sich mit einem angedeuteten Knicks und einem Lächeln, das ihr schwermütiges Gesicht für einen Augenblick zu jener mädchenhaften Unbeschwertheit zurückfinden ließ, die ihr vor ihrer Hochzeit mit Rilke eigen gewesen war.

»Nehmen Sie sich ruhig eine Zigarre«, forderte Roselius Rilke leutselig auf, obwohl er sich eigentlich ja nur mit dessen Frau handelseinig geworden war.

»Verbindlichen Dank, Herr Generalkonsul, aber ich rauche nicht.«

Nicht *mehr,* dachte Vogeler. Als er Rilke kennengelernt hatte, damals in Florenz, hatte der noch Zigaretten geraucht, russische Zigaretten natürlich. Hatte auch noch Alkohol getrunken. Drei Jahre war das erst her, nur drei Jahre, und doch schien der Mann, der jetzt nicht mehr rauchend, aber frisch verheiratet neben seiner schwangeren Frau stand, ein anderer geworden zu sein. Ein anderer, allerdings kein glücklicherer – – –

»Da verpassen Sie aber was Gutes«, sagte Roselius gemütlich, griff zu einer Maria Mancini und ließ sich von Vogeler Feuer geben.

Mein Roselius? Vogeler schüttelt den Kopf. Es rauscht im Röhricht. Rä, grä-krää, kräähh! Ein Lachmöwenschwarm steigt ins Blaue auf, ein scharfes, durchdringendes Kriiiärr, darüber kurze und scharfe Laute, Kiek-kik. Lachen sie über ihn? Über den Künstler in seinem schwankenden Kahn? Oder feixen sie über den Dichter mit dem traurigen Blick und den chronisch leeren Taschen, den Dichter, der kein Platt versteht? »Kiek-kik«, das klingt wie »sieh an, sieh an« auf Platt und verklingt in Richtung Weserstrom und offenem Meer.

»Ich fahre heute Nachmittag nach Bremen und treffe mich morgen mit Roselius«, sagt Vogeler. »Er will mich zur Eröffnung der Landesausstellung begleiten. Nach Oldenburg. Warum schließen Sie sich nicht an? Es gibt ja auch eine Plastik Ihrer Frau in der Ausstellung – – –«

Vogeler beißt sich auf die Lippen, aber nun ist es heraus. Dass Clara Rilke-Westhoff als einzige Frau in der Ausstellung präsentiert wird, könnte vielleicht auch für ihren Mann eine Genugtuung sein. Das Dilemma besteht jedoch im Objekt, denn ausgestellt wird nicht etwa eine Porträtbüste Rilkes, sondern ausgerechnet eine von ihm, Heinrich Vogeler. Mit einer Rilke-Büste wäre Clara außen vor geblieben, wie auch wieder einmal Paula außen vor bleiben muss. Hätte sie Vogeler porträtiert, hinge sie jetzt vielleicht auch in Oldenburg.

In gewisser Weise bildet die komplette Kunstausstellung ein Sonnensystem, dessen Fixstern Vogeler ist, und alle anderen sind nur die um ihn kreisenden

Planeten, Trabanten. Sternschnuppen. Nicht, dass Vogeler der Erfolg peinlich wäre. Erfolg schmeckt süß, Erfolg bringt Geld in die größer werdende Familie und ins ständig wachsende Haus. Erfolg macht auch selbstbewusst, und Selbstbewusstsein macht wiederum produktiv. Insofern ist Erfolg eine Art Perpetuum mobile. Aber ist der eigene Erfolg nicht immer auch erkauft durch den Misserfolg anderer? Und nur sehr selten ist das Erfolgreichste auch das Beste. Und nicht immer ist das Ausgezeichnete ausgezeichnet.

»Nach Ol-den-burg?« Rilke intoniert silbenweise den Namen des Residenzstädtchens, als müsste seine Stimme das Wort gleichsam mit spitzen Fingern fassen, und sieht Vogeler dabei so entgeistert an, als wollte der ihm eine Reise in die tiefsten Sümpfe der Banalität zumuten.

»Oldenburg ist natürlich nicht Paris«, sagt Vogeler mühsam lächelnd, »aber – – –«

Er stockt. Kämen die Rilkes tatsächlich mit, ergäbe sich vielleicht die größte Peinlichkeit, weil Rilke aus Vogelers großem Bild getilgt ist. Das wird Rilke längst zu Ohren gekommen sein durch die stille Post der Worpsweder Kolonie, dieses verwickelte, komplizierte Gewebe aus Geflüster und Gerüchten, Wispern und Klatschen, Tratschen und Raunen. Anmerken lässt er sich aber nichts. Vielleicht ist er sogar froh, so sichtbar aus Vogelers Dunstkreis verbannt zu sein? Die stille Post verrät ja auch, wie abschätzig Rilke sich inzwischen über Vogeler äußert. Sogar aus dem sonst so diskreten Insel Verlag sickert jetzt manche Indiskretion – zum Beispiel die, dass Rilke darauf bestehe, seinen nächsten Gedichtband wie ein Gebetbuch des sechzehnten Jahrhunderts zu gestalten, wie das Stundenbuch eines kunstsinnigen Fürsten, aber bei der Gestaltung auf die flache, bloß dekorativ-antiquierende Effekthascherei eines Heinrich Vogeler zu verzichten.

Damals, im ersten Freundschaftsrausch, im Hochgefühl einer Seelenverwandtschaft, hat das allerdings noch ganz anders geklungen. Da hat sich Rilke zwar schon selbst recht hemmungslos unter Genieverdacht gestellt, hat aber Vogeler noch als seinen lieben, träumerischen, kongenialen Weggefährten bezeichnet. Sieben lange Jahre ist das jetzt her, wie im Märchen sieben Jahre, in denen die allzu voreilig ausgerufene Seelenverwandtschaft zu steifer Höflichkeit verdunstet ist. Und an diesem Sommermorgen stehen sie sich also gegenüber, der eine im schwankenden Kahn, aber erfolgreich, der andere am festen Ufer, aber chronisch pleite. Sie lächeln sich an und wissen beide, dass das Gegenüber nicht die Wahrheit sagt oder etwas verschweigt und dass dies Schweigen Gold ist.

»Ach, lieber Herr Vogeler, wie gern käme ich mit Ihnen nach Oldenburg«, sagt Rilke, und eigentlich ist das nur eine harmlose Lüge. »Aber ich befinde mich bereits in anderweitigen Reisevorbereitungen. Die Gräfin Luise von Schwerin hat mich auf ihr Schloss Friedelhausen eingeladen. Auf den Nachbargütern sitzen zumeist Geschwister eines anderen, uralten Adelsgeschlechts, entfernte Verwandte meiner Ururgroßeltern, von denen der eine Bruder mit einer Prinzess verheiratet ist, der Cousine der Großherzogin von Hessen. Wie dem auch sei: Die Gräfin ist Ihnen gewiss ein Begriff? Nicht? Eine überaus großherzige, auch kunstsinnige Dame, die – – –«

»Aha«, sagt Vogeler und denkt, dass Rilke bei solchen Gönnerinnen keinen Roselius mehr braucht.

»Meine Frau wird mich begleiten.«

»Ach was!« Das überrascht Vogeler nun doch, weil Rilke, macht er großherzigen Herzoginnen, freigebigen Freifrauen, betuchten Baronessen und spendablen Gräfinnen seine Aufwartung, fast immer ohne Clara reist.

»Sie soll nämlich ein Relief der Gräfin schaffen«, erklärt Rilke fast entschuldigend. »Und anschließend gehen wir wieder nach Paris. Zu Rodin.«

Vogeler nickt. »Ich verstehe. Dann wünsche ich Ihnen und Ihrer Frau eine gute Reise.«

»Adieu, lieber Herr Vogeler.« Rilke hebt grüßend die linke Hand und wendet sich zum Gehen.

»Leben Sie wohl.«

Vogeler wartet, bis der Dichter hinter dem hellgrünen Birkengebüsch verschwunden ist, und setzt sich dann vorsichtig wieder auf die Ruderbank. Noch immer hält er die gestopfte Pfeife in der Hand, steckt sie jetzt mit einem Streichholz in Brand. Lag in Rilkes Adieu, denkt er und inhaliert tief, nicht eine irgendwie spöttische Endgültigkeit? Und klang sein eigenes Lebewohl nicht schon wie ein letzter Gruß?

Auf einer im Fluss dümpelnden Torfinsel stehen sich zwei Birkhähne gegenüber, die Halskragen kampfbereit aufgeplustert, die spitzen Schnäbel schon gegeneinander gerichtet, doch bevor das Kampfritual der braunbunten Vögel Ernst wird, treiben sie auf dem kreiselnden schwarzen Wasser vorbei wie ein verspäteter Traum.

Er bläst Rauch in die Luft, sieht den Wölkchen nach, die im Sommerhimmel zu nichts vergehen. Die Sonne steht hoch, es geht schon auf Mittag. Entschlossen packt er die Riemen, pullt mit kraftvollen, gleichmäßigen Schlägen zum Anleger zurück. Auf den Wiesen sind Bauernmädchen mit ihren weiß leuchtenden Schutenhüten beim Heuen. Er vertäut sein Boot, bleibt noch eine Weile auf dem Anleger sitzen, streift die Pantinen ab und lässt die Füße ins Wasser baumeln. In der Stille kommt es ihm vor, als spräche das Wasser zu ihm. Merkwürdig. Er hat Wasser für stumm gehalten, hat gedacht, das Reich der schläfrigen Fische sei wortlos. Blaue Libellen huschen über den schimmernden Spiegel, fangen

Mücken und Bremsen. Er hat gedacht, dass man Wasser trinkt, wenn man Durst hat, und dass man mit Wasser wäscht, wenn man waschen muss, und dass Wasser sonst nichts als Wasser ist. Aber plötzlich ist diese Sprache des Wassers da wie ein Wunder, wie irgendeine Geschichte über irgendetwas, etwas Unwandelbares, das wie ein Stern aufblitzt, wie Glimmer im Stein. Plötzlich weiß er, warum es so schwierig ist, Wasser zu malen. Eigentlich ist es unmöglich. Im Grunde lässt sich nichts malen, was wirklich ist. In dem, was das Flusswasser ihm erzählt, schwingt etwas aus seiner Kindheit mit, etwas aus der Zeit, in der er sein Leben noch nicht in Jahren messen musste, etwas Namenloses, das manchmal des Nachts kommt, bevor die Träume einsetzen. Es stammt aus den Ranken und Wurzeln des unergründlichen, pflanzlichen Ornaments seiner selbst. So kommt ihm heute das Wasser vor, und seine Sprache ist ohne Reime, ohne Rhythmus, ohne Sinn. Wasser eben. Unmalbar.

Als er zwischen den gezirkelten Beeten und Hecken des Gartens auf sein Haus zugeht, stürmt ihm über die Stufen zum Vorhof Karla entgegen, springt an ihm hoch, drückt ihre feuchte Schnauze gegen seine Oberschenkel, lässt sich die Flanken klopfen, umkreist ihn schwanzwedelnd. Die Barsoi-Hündin, die Alfred Heymel ihm vor einigen Jahren zu Weihnachten geschenkt hat, ist anhänglich, verlässlich und treu und hat es verdient, im Vordergrund des *Konzerts* neben Martha zu lagern, als sei sie eine Hauptperson, eine Hüterin des Hauses, eine Göttin der Schwelle.

Einer wie Rilke will für nichts und niemanden verantwortlich sein, nicht einmal für sein eigenes Kind, will niemandem angehören – will aber von allen bewundert und geliebt werden. Und also geht er an vielen vorbei und für viele verloren. »Ich bin«, hat er einmal schulterzuckend und fast entschuldigend zu Vogeler gesagt, »Erinnerungen treu für immer; Frauen, Menschen überhaupt, werde ich es niemals sein.«

Und doch, zumindest einmal ist er treu gewesen, in einer Situation, in der treu zu bleiben nicht leicht war. Vogeler erinnert sich noch genau. April, nein, Mai 1898. Florenz. Ein lauschiger Innenhof – – –

– – – im Samt der Abenddämmerung. Gelbe Rosen und kleine rote und gelbe Blumen, die Vogeler an die wilden Heckenröschen seiner Heimat erinnerten, stiegen still und gehorsam über hohe Spaliere die Wände empor. In Steinbecken vor diesen Mauern blühten Stiefmütterchen, die wie wachsame Augen die lauter werdende Tischgesellschaft beobachteten. Stimmengewirr, Gelächter, Tellerklappern und

Gläserklirren übertönten das Plätschern des Brunnens. Die Rosen dufteten in der Wärme des Spätnachmittags so reif und stark, dass sie anfangs sogar die Essensdüfte aus der offen stehenden Küchentür überlagerten, doch dem dann dichter werdenden Zigarren- und Zigarettenqualm war kein Blütenduft mehr gewachsen.

Herr Schneeli, ein bestens betuchter, lebenslustiger Schweizer Kunstliebhaber und Mäzen, hatte in den Innenhof der Pension Benoit an der Lungarno Serristori zu einem Dämmerschoppen geladen, der immer lustiger, zwangloser und flüssiger dem Abend entgegentrieb. Erschienen waren etwa ein Dutzend Deutsche, Schweizer und Italiener – Künstler und Dichter, Musiker und Kritiker, auch ein Schauspieler.

Wobei, dachte Vogeler einmal, als ihm zum wiederholten Mal das gekünstelte, fast wie ein Husten klingende Lachen eines Schweizer Malers missfiel, wobei also an diesem Tisch im Grunde alle Schauspieler waren, auch er selbst, vielleicht sogar besonders er, ein Bremer Kaufmannssohn, der sich mit gelber Biedermeierkniebundhose und offenem Lord-Byron-Hemd nahezu aufdringlich pittoresk ausstaffiert hatte. Ein Künstler aus dem Bilderbuch. Ein Künstler, wie ihn Adel und für Kunst zahlendes und Kunst sammelndes Bürgertum sich wünschten.

Nicht erschienen war, zur Enttäuschung der meisten Gäste, der Dichter Gabriele D'Annunzio, der sich derzeit in Florenz ein Haus bauen ließ, über dessen exzentrische Gestaltung und opulente Ausstattung die unerhörtesten Gerüchte im Umlauf waren. Herr Schneeli ließ durchblicken, D'Annunzio habe sich entschuldigen lassen, da er in diplomatischer Mission unabkömmlich sei, was einer der anwesenden Kritiker mit der Bemerkung quittierte, die Mission gelte vermutlich seiner Geliebten, der berühmten Schauspielerin Eleonora Duse. Diese sei nämlich empört darüber gewesen, dass Schneelis Einladung zum Dämmerschoppen nur an die Herren der Schöpfung ergangen sei, weswegen die Duse D'Annunzio eine Szene gemacht habe, die sich der Dichter selbst nicht besser hätte ausdenken können. Großes Gelächter. Ein Komponist hob sein Glas und brachte einen Toast auf die abwesenden Frauen aus. Beifälliges Gemurmel im blauen Dunst.

Vogeler überlegte, ob er sich nach der Adresse von D'Annunzios Haus erkundigen sollte, um dort vielleicht ein Quäntchen Honig für seine eigenen architektonischen und gestalterischen Entwürfe zu saugen, setzte nachdenklich das Weinglas an die Lippen, trank, legte dabei den Kopf in den Nacken und bemerkte zwischen Rauch und Rosen ein Gesicht, das über die Balustrade der Dachterrasse nach unten spähte, aber wie ein scheues Tier sofort wieder verschwand, als es sich von Vogeler erblickt sah. Die Dämmerung senkte sich nun so blau und dicht in den Innenhof, dass ein Dienstmädchen Lampen und Kerzen entzündete.

Einer der Maler sagte, von der Dachterrasse biete sich zu dieser Tageszeit eine besonders spektakuläre Aussicht. Und ob man nicht hinaufsteigen wolle?

Der Vorschlag schien im weinseligen Geplauder zu ertrinken, aber als Herr Schneeli ihn zu einer großartigen Idee erklärte und sich ächzend aus dem knarrenden Korbsessel erhob, schlossen sich neben Vogeler auch noch einige andere Herren an. Für den Fall, dass die Aussicht allein die Stimmung ästhetisch nicht hinreichend heben würde, nahm man Weinkaraffen und Tabakwaren mit treppauf. Vom dritten Stock gelangte man über eine steile Stiege aufs Flachdach. Um die Steinterrasse zu erreichen, musste man jedoch den Vorraum eines Zimmers durchqueren, und in diesem Zimmer saß einer schreibend an einem Tisch. Als die angeheiterte Truppe von der Treppe hereinpolterte, schaute er wie überrascht und auch ein wenig indigniert auf. Ein junger Mann. Das Gesicht, das Vogeler vorhin flüchtig gesehen hatte.

»Verzeihen Sie die Störung«, schnaufte Schneeli außer Atem und wie selbstverständlich auf Deutsch, »aber die Aussicht – – –?, man empfiehlt uns nämlich die Aussicht.«

Der junge Mann klappte das Buch zu, in das er geschrieben hatte, erhob sich zuvorkommend und deutete eine Verbeugung an. »Keine Ursache«, erwiderte er ebenfalls auf Deutsch mit einem weichen Akzent, dessen Herkunft Vogeler nicht einzuordnen wusste. »Sie tun gut daran, meine Herren. Denn diese Aussicht wird bald wie eine einsame Frau singen, die in der Nacht den Namen ihres fernen Geliebten ruft und in dies arme Wort ihre ganze Glut und Zärtlichkeit drängt.« Dann schwieg er, neigte den Kopf seitwärts, als müsse er seinen eigenen Worten nachlauschen. Vielleicht bezweifelte er ihren Sinn.

»Tja, tja, so so so – – –«, murmelte Herr Schneeli irgendwie ratlos und räusperte sich.

Vogeler meinte, einen Mönch vor sich zu haben, der gern seine Hände etwas zu hoch am Körper hält, als sei er stets bereit zum Gebet; dazu der weiche, wollige, noch jünglingshafte Bart wie bei orthodoxen Klosterbrüdern, deren Kinn und Backen nie das Rasiermesser fühlten.

»Gehe ich recht in der Annahme, dass Sie Dichter sind?«, fragte Vogeler.

Der Mönch nickte und kraulte sich dabei den zauseligen Ziegenbart.

»Sollten wir dann womöglich schon Ihren Namen kennen?«, erkundigte sich Herr Schneeli.

»Rilke«, sagte, nein, hauchte der junge Mann. »René Maria Rilke.« Er deutete eine Verbeugung an, die wie der Akzent auf dem E seines Vornamens ein wenig kokett ausfiel.

»So so so«, sagte Schneeli und beeilte sich, nun

seine, wie er sagte, eigene Wenigkeit und die Herren seines Gefolges vorzustellen. Vogeler, dessen Namen Schneeli zu Vogelers Ärger wie Vögeler aussprach, sei ein begnadeter Künstler, der übrigens auch ganz reizende Buchgestaltungen und Illustrationen anfertige, wofür er auf der Wiener Graphischen Ausstellung erst neulich die Goldmedaille erhalten habe. Und das müsse einen Dichter wie den Herrn, wie war doch noch gleich der Name? Richtig, den Herrn Rülke doch gewiss interessieren. Offen blieb, ob des Dichters Interesse den Buchgestaltungen oder eher der Goldmedaille zu gelten habe.

Rilke nickte Vogeler wie wissend, womöglich gar verschwörerisch zu. »Es wäre mir eine Ehre, wenn wir gelegentlich – – –«

Schneeli unterbrach, indem er dem jungen Mann ein silbernes Zigarettenetui hinhielt. »Rauchen Sie? Bedienen Sie sich doch bitte.«

Der Mönch griff zögernd zu einer der russischen Zigaretten, ließ sich von einem aus Schneelis Gefolge Feuer geben, sog unbeholfen, als rauchte er zum ersten Mal, den Rauch ein und blies ihn hüstelnd wieder aus ins Abendrot. Über dem Land schwamm ein letzter Glanz, und der Ponte Vecchio, an dem die Häuser wie Nester klebten, zog sich wie ein schwarzes Band durch alten Samt. Braun und grau dehnte sich die Stadt, und die Berge von Fiesole trugen schon die Farben der Nacht.

»Unverzeihlich«, sagte der Schweizer Maler, »dass ich meinen Skizzenblock nicht dabeihabe.«

»Bellissimo«, befand der italienische Musiker, der sich ihnen angeschlossen hatte, und füllte aus der mitgebrachten Karaffe die geleerten Gläser.

Herr Schneeli nickte bedeutungsschwer. »Hinreißend dekorativ. Bezaubernd. Betörend geradezu.«

Vogeler spürte den blassblauen Blick des jungen Dichters wie fragend auf seinem Profil, und das war ihm lieb, weil er sein Profil mit den sorgsam gepflegten Koteletten für vorteilhafter, für künstlerischer hielt als sein sommersprossiges, jungenhaftes Gesicht von vorn. Nicht von ungefähr trug er stets Sorge, dass ihn Fotografien, Zeichnungen, Porträtbilder möglichst im Profil zeigten. Und trotzdem wandte er Rilke nun für einen Augenblick das Gesicht zu und sagte: »Es ist, als verlöre man sich in einen Traum.«

Der Dichter nickte. Es lag ein gegenseitiges Verstehen, ein nach innen gewandtes, unsichtbares, aber erwidertes Lächeln, in diesem Kontakt. Im Stahlblau des Himmels zogen Sterne als glühende Nadelspitzen auf, während ein Leisewerden wie ein Strom über Gassen und Plätze floss.

»Wenn jetzt ein Lied zur Mandoline wehmütig von dort unten aufstiege«, sagte Rilke, und es klang wie auswendig gelernt oder vorgelesen, »dann würde man es wohl keinem Menschen zuschreiben, sondern der Harmonie dieses Landes und dieser Stadt, die da so weit und willig ausgebreitet liegt.«

Der italienische Musiker ließ diesen Satz, der ja nicht nur etwas Zweideutiges hatte, sondern irgendwie sein Metier berührte, unkommentiert. Er verstand wohl kein Deutsch.

»Klingt fabelhaft«, befand jedoch Herr Schneeli, »weit und willig, jawohl. Üppig. Wie eine Frau.«

Rilke hustete Rauch.

»Als Dichter muss Sie der Anblick, das Panorama dieser Stadt, ja auch ungemein inspirieren«, setzte Schneeli kunstsinnig nach. »Obwohl ich eigentlich der Ansicht bin, dass keiner wirklich Künstler ist, der nicht im Umkreis von fünf Meilen um seine Heimat herum genügend Stoff für sein ganzes Leben findet.«

Darin, fand Vogeler, lag eine ihm sehr vertraute Wahrheit. Die Wahrheit Worpswedes.

Aber Rilke schüttelte unerwartet heftig den Kopf und nahm noch einen zögerlichen Zug aus der Zigarette. »Vielleicht werden wir gar nicht in unserer Heimat geboren«, sagte er. »Vielleicht entsteht alles Große in künstlerischen Dingen nur aus einem Verlangen, unsere Heimat erst noch zu finden, die irgendwo auf uns wartet. Und vielleicht ist das auch so – – – mit Gott?«

Das letzte, das ganz große Wort war vage mit einem Fragezeichen versehen. Also doch ein Mönch, dachte Vogeler, ein Dichtermönch? Oder Dichterpriester? Ihm selbst waren religiöse Neigungen fremd. Da war und blieb er ganz der protestantische Bremer Kaufmannssohn, dem Gott und Kirche eher Ornament, Erbauung und Zierde eines produktiven Lebens waren, nicht aber dessen Erfüllung oder Ziel. Und dennoch war da eine Verwandtschaft im edlen, gewählten Gestus, im elitären, snobistischen Kunstadel, der über alles Grobe und Plumpe die Nase rümpfte und eine Art Magnetfeld schuf, in dem Maler und Dichter sich zueinander hingezogen fühlten.

»Tja, tja – – –«, sinnierte Herr Schneeli. »So so so. Wenn Sie denn Dichter sind, junger Freund, hätten Sie dann vielleicht die Güte, uns eine Kostprobe Ihres Schaffens vorzutragen?«

Vogeler rechnete damit, dass Rilke abwehren, sich zieren, zumindest eindringlicher bitten lassen würde, aber es schien, als hätte dieser nur auf das Stichwort gewartet. »Gern«, sagte er unumwunden, »wenn es Sie denn wirklich interessiert.«

Er nahm das Buch, in das er vorhin geschrieben hatte, vom Tisch und blätterte wie suchend darin. Das Buch war in weißes Leder gebunden, Ziegenleder, dachte Vogeler, in das florentinische Lilien geprägt waren. Vogeler hätte es gern in die Hand genommen, um Herstellungs- und Gestaltungstechnik zu begutachten. Rilke strich sich mit den Fingerspitzen durchs dichte, blonde Haar, hüstelte leise und zart affektiert, klappte das Buch wieder zu, schloss die Augen und trug auswendig vor:

»Soll ich die Tage dir schildern
oder mein Abendgemach?
Meine Wünsche verwildern,
und aus allen Bildern
gehn mir die Engel nach.
Ich kann nur schweigen und schauen.
Konnte ich einmal auch tönen?
Und die Stunden sind Frauen,
die mich mit lauter blauen,
blinkenden Wonnen verwöhnen.«

Dann legte er das Buch wieder auf den Tisch, griff zum Glas und trank einen Schluck. Niemand sagte etwas.

Das Schweigen empfand Vogeler nicht als feierlich, sondern als peinlich. Aber was sollte man sagen? Wie schön, Herr Rilke?

»So so so«, stellte schließlich Herr Schneeli fest, nahm ebenfalls einen tiefen Zug Rotwein. »Schöner kann man es ja gar nicht sagen. Frauen und blinkende Wonnen also.« Schneeli seufzte genießerisch.

Der italienische Komponist, der kein Deutsch verstand, klatschte wie auf Bestellung in die Hände. »Magnifico!«

»Meine Herren«, rief Herr Schneeli nun resolut

und klatschte ebenfalls in die Hände, »zur Krönung des Abends sollten wir uns diesen Wonnen hingeben. Aber nicht nur poetisch, sondern mit den Damen im Salon der Signora Aretino. Sie«, Schneeli wandte sich Rilke zu, »sind natürlich auch eingeladen.«

»Damen? Was denn für Damen?« Der Dichter wirkte irritiert.

Schneeli klopfte ihm jovial auf die schmale, wie traurig hängende Schulter unter dem etwas zu weiten Sakko. »Na ja, das sind so Damen, die man auf der Straße kaum von Damen unterscheiden kann.«

Schneeli lachte über seinen eigenen Witz, der Maler und der Komponist grinsten. Vogeler errötete, blickte peinlich berührt zur Seite, sah aber aus den Augenwinkeln, wie Rilke sich auf die Unterlippe biss. Offenbar überlegte er, wie er auf Schneelis Einladung reagieren sollte.

»Und im Palazzo der Signora Aretino, da kann man diese Damen kaum von Gräfinnen unterscheiden. Eine könnte man sogar für eine *echte* Gräfin halten; jedenfalls hält sie sich selbst für eine. Verwitwet, versteht sich.«

Jetzt lachten alle, sogar Vogeler. Nur Rilke blieb ernst, nicht abweisend, eher nachdenklich, doch als die gründlich angeheiterten Herren sich nun der Treppe zuwandten, schloss er sich ihnen an. Vogeler wunderte sich. Erst viel später sollte er dahinterkommen, dass Rilke ein manisches Faible für den Adel hatte, einen Adelstick, wie Paula Modersohn-Becker sagte, und die Aussicht auf ein Rendezvous mit einer Gräfin, so zweifelhaft deren Stand und so anrüchig deren Ruf auch sein mochte, trieb Rilke wohl dazu, Schneeli und seiner Entourage auf ihrem Verdauungs- und Vergnügungsspaziergang zu folgen.

Man überquerte angeregt plaudernd den Arno auf der Ponte alle Grazie, schlenderte durch stille Gassen und dämmerige, labyrinthisch verschachtelte Höfe, deren Rhythmen und Symmetrie Vogeler nicht durchschaute und dennoch in sich aufnahm als auswegloses Ornament, ging, wortkarger werdend, auf Wegen, deren weißer Kies unter den Schritten knirschte, durch Klostergärten mit schmiedeeisernen Einfassungen plätschernder Brunnen, vorbei an Reihen wilder Rosen und dunkel träumender Zypressen bis zu einer mürbe bröckelnden Mauer.

Der italienische Komponist öffnete eine unscheinbare Holztür und murmelte Unverständliches. Man gelangte in die schattige Heimlichkeit baufälliger Arkaden eines heruntergekommenen Palazzos, stieg über eine Treppe in den ersten Stock, wo sich die Arkaden säulengerahmt fortsetzten und Durchblicke in leere, düstere Räume und Kammern boten. Am Ende der Arkade funzelten zwei Laternen mit roten Schirmen wie geflüsterte, intime Geständnisse.

Ein afrikanischer Türsteher in einem maurischen Fantasiekostüm, Pumphose und Jacke aus rotem

Samt, enormer Turban, Schnabelschuhe, legte die rechte Hand aufs Herz, verneigte sich tief vor der hochverehrten Kundschaft und öffnete die Tür zum Märchenreich der Sinne.

Rauch von Zigaretten in langen Spitzen und aus dicken Zigarren mischte sich mit schwerem, süßlichem Parfümduft und Weinaromen zu einer tropischen Schwüle, die Vogeler den Atem verschlug. Aus unsichtbarem Irgendwo drang Klaviergeklimper, und die wie Damen aussehenden Damen, funkelnd in Flitter, Strass und Pailletten mit tiefen Einblicken in pralle Klüfte oder auch knabenhaft-flache Regionen, gekrönt von Pfauenfedern und Talmidiademen, wogend von Hermelinen, Nerzen, Silberfüchsen und bereit, sich allen Pelz bald gnädig von den Schultern heben zu lassen, blickten den eintretenden Herrschaften erwartungsvoll entgegen. Ein schwarzer Boy in roter Livree reichte auf silbernem Tablett Champagnerschalen, während Signora Aretino mit einem Fächer in der Linken die üppigen Abgründe ihres Dekolletés kühlte und ihre fleischige, mit Ringen überladene rechte Hand huldvoll Herrn Schneeli zum Kuss darbot.

Die Wände waren mit Tapisserien, pausbäckigen Puttos, Amoretten und Gemälden bedeckt, die zweibis eindeutig erotische Szenen und Motive zeigten: gewagte Posen in animierenden Gewandresten, die sich windende Körper wie Arabesken umspielten, bacchantisch aufgelöste Weiber, nackte Mädchen mit Pfauenschwänzen, maskierter Kurvenreichtum, flaumweiche Leiber zwischen phallusähnlich vibrierenden Zypressen, Haarsträhnen als wildes, erigierte Nippel umspielendes Ranken und Grapschen, Mänaden und lüsterne Bajaderen, rauschhaft entzückt aus ihren Kleidern befreit und ein Höchstmaß an pikanten Einblicken gewährend.

Neben solchem lasziven Schund und pornografischem Kitsch gab es allerdings auch Botticellis Venus und Ingres' brünstige Haremsfantasie eines türkischen Frauenbads – natürlich nur Kopien dieser Werke, doch, wie Vogeler geübten Auges feststellte, handwerklich sauber ausgeführte Arbeiten. Nackt und voller Anmut entstieg Venus einer Muschel, bedeckte mit der rechten Hand ihren rechten Busen und hielt mit der linken das bis zu den Knien reichende Haar vor ihre Scham.

Eine schlanke Brünette, deren spitzenbewehrter Ausschnitt bis zum Bauchnabel reichte, trat seitwärts an Vogeler heran, legte den Mund an sein Ohr. »Sie sind Künstler?« Ihre Stimme klang heiser.

Er musterte sie flüchtig, nickte, starrte wieder das Bild an. Die Brünette sagte, dass sie aus Bozen stamme und dort auch schon Künstlern Modell gestanden habe. Vogeler hörte kaum zu. Venus sah ihn an. Blond war das Haar der Venus, länger wallend und fallend zwar, aber ebenso blond wie Martha

Schröders Haar. Überhaupt gab es zwischen Venus und Martha verblüffende Ähnlichkeiten, und er nahm sich vor, diese Ähnlichkeiten zu betonen, sobald Martha ihm wieder Modell stehen würde.

Die Brünette raunte, ob er sie nicht in ein Zimmer begleiten wolle? Es gebe da verschiedene Motive, Tausendundeine Nacht inklusive Tausend-Schleier-Tanz? Die Suite Amethyst, ganz in Kardinalsrot, einmal ein Borgia sein?

Vogeler schüttelte den Kopf. Martha würde zwar nicht aus einer Muschel steigen, sondern aus Moos, nicht aus dem Azur des Mittelmeers, sondern aus dem braunen Wasser der Hamme, aber sie würde genauso nackt, genauso verheißungsvoll, verführerisch und unschuldig zugleich sein wie Botticellis Venus.

Das Bozener Modell zuckte mit den Schultern, zog einen Schmollmund, wandte sich dem Sofa zu, auf dem Rilke und der italienische Komponist Platz genommen hatten, setzte sich so auf die rechte Armlehne, dass ihre Knie Rilkes Knie berührten, und führte die lange Zigarettenspitze zum Mund. Links neben dem Komponisten stand ein anderes Modell, das natürlich auch eine Dame oder gar eine Gräfin hätte sein können, und schenkte aus einer Karaffe Wein in ein Glas. Der Komponist hatte zu einer an der Wand hängenden Laute gegriffen, sie gestimmt und zupfte nun ein paar Arpeggios vor sich hin.

Der Anblick wirkte wie ein plötzlich in die Gegenwart platzendes, lebendig werdendes Bild – Fleisch und Blut statt Farben auf Leinwand. Vogeler überfiel ein unabweisbares Déjà-vu-Gefühl. Er hatte diese Szene schon einmal gesehen. Aber wann? Es war noch nicht lange her. Und wo? Schon spürte er den süßen Kitzel einsetzender Erinnerung, als Rilke seinen Blick auffing, sich hastig, wie bei etwas Verbotenem oder einer Peinlichkeit ertappt, vom Sofa erhob, das Jackett glatt strich und zu Vogeler ging.

»Ich fühle mich hier ein wenig deplatziert«, sagte er leise. »Frische Luft würde mir guttun.« Er sah Vogeler schuldbewusst und zugleich fordernd an. »Kommen Sie mit.«

War das eine Frage? Es klang fast wie ein Befehl, sanft, aber mit einem herrischen Unterton, dem man sich nicht entziehen konnte. Vogeler nickte wortlos und folgte Rilke, vorbei am katzbuckelnden Bilderbuchmohren, ins Zwielicht der Arkaden. Das Gewirr der Höfe und Gassen kam Vogeler noch labyrinthischer vor als auf dem Hinweg. Er vertrug Alkohol nicht gut und hatte an diesem Abend viel zu viel getrunken. Manchmal flimmerte die Dunkelheit vor seinen Augen, dann wiederum schien er Dinge im Halbschatten doppelt zu sehen.

Am Arnoufer nahmen sie nahe der Ponte Vecchio auf einer Caféterrasse Platz. Vogeler bestellte Milchkaffee, Rilke Salbeitee. Die Situation war peinlich. Vogeler fürchtete, Rilke könne ihn für einen Urning halten, dem der Sinn eher nach holden Epheben als nach Modellen und sogenannten Gräfinnen stand – war Florenz doch als Tummelplatz solcher Päderasten berüchtigt. Und womöglich bediente Vogeler in seinem pittoresken Künstlerkostüm einschlägige Fantasien? Aber vielleicht fürchtete Rilke dasselbe? Allein schon, wie er seinen Namen gehaucht hatte, René Maria. Oder unterstellte er Vogeler womöglich überholte bürgerliche oder religiöse Moralvorstellungen? Aber wären die nicht eher diesem Dichter mit dem Mönchsgesicht zu unterstellen? Hatte der ihm nicht geradezu befohlen, den Salon der Signora Aretino zu verlassen?

»Man könnte fast meinen«, sagte Vogeler schließlich, weil das Schweigen die Peinlichkeit nur noch drückender werden ließ, »dass wir Reißaus genommen hätten vor diesen, nun ja – – – diesen Damen.«

Rilke nahm einen Schluck Tee, lächelte, schüttelte den Kopf, setzte die Tasse wieder ab und deutete auf die Ponte Vecchio. Lediglich in der Mitte ermöglichten Arkadenbögen den Passanten Blicke auf den Fluss, während der größte Teil der Brücke dicht an dicht mit kleinen Läden bebaut war, deren Rückseiten wie Balkone über die Brücke hinausragten. Früher, sagte Rilke, seien das die Läden und Werkstätten von Schlachtern und Gerbern gewesen. Die Schlachter hätten ihre stinkenden Abfälle in den Arno geworfen, die Gerber ihre Felle und das mit Pferdeurin gegerbte Leder im Flusswasser gewaschen. Es müsse, wie man so sage, zum Himmel gestunken haben, bis die Stadt in den Brückenläden nur noch Goldschmiede und Juweliere geduldet habe, weil sie keinen Abfall erzeugten. Rilke warf Vogeler einen irgendwie verschwörerisch-wissenden Blick zu, der wohl so etwas wie »Sie verstehen mich schon« besagen sollte.

Vogeler nickte zwar teils ratlos, teils verständnisinnig vor sich hin, verstand den Dichter aber durchaus nicht. Was hatten die zweifelhaften Damen im Bordell mit der Brücke zu tun? Redete Rilke in Gleichnissen? War das ein Symbol? Eine Metapher?

Zum Glück hatte Rilke wohl gar nicht mit einer Antwort gerechnet, sondern fuhr in seinem bedeutungsschweren, leicht bebenden Rezitationston fort. Zu bedenken sei, dass geschlechtliches Erleben unglaublich nahe am künstlerischen Fühlen liege, an Leid und Lust des Schaffens. Eigentlich seien beide Erscheinungen nur verschiedene Formen ein und derselben Sehnsucht und Seligkeit. Nur müsse man eben in der Kunst wie in der körperlichen Liebe das Reine vom Unreinen trennen, müsse die Brunst vom Geschlecht unterscheiden. Er, Vogeler, wisse als Künstler doch sicherlich, wie es gemeint sei? Wer Geschlecht im großen, weiten, reinen, durch keine Kirche und keine Moral verdächtigten Sinn begreife, dessen Kunst werde sehr groß und enorm bedeutsam, werde stark wie ein Urtrieb. Abstand zu halten gelte es jedoch von bloßer Brunst. Wer nicht als ganzer Mensch liebe, sondern nur als Mann, dessen Geschlechtsempfindung sei unrein und unewig, und damit werde eben auch seine Kunst zweideutig und zweifelhaft. Die Malerei der Gegenwart strotze vor nackter Gier und Geilheit, in der Literatur herrschten Ehebruch, Hurerei und erotische Wirrnis. Namen wolle er sich lieber ersparen. Vogeler wisse ja wohl selbst, wer da so alles im Trüben fische.

»Durchaus, durchaus.« Vogeler nickte Zustimmung, wusste aber nicht, wen Rilke meinte. Auch den Zusammenhang zwischen der Ponte Vecchio und dem Verhältnis der Geschlechter hatte er immer noch nicht so recht begriffen. Was Rilke sagte, klang zwar etwas altklug, aber auf verschwimmende Weise gut. Es klang jedenfalls poetisch. In dieser Sprache war, ähnlich wie in Vogelers Zeichnungen, etwas üppig Ornamentales, wuchernd Florales, das von der Fron befreit war, sachlich zutreffend, sinnvoll oder gar nützlich sein zu müssen. Es klang auch welterfahren und abgeklärt und stand in einem merkwürdig reizvollen Kontrast zu Rilkes vom Bartflaum kaum kaschiertem, jugendlichem Aussehen. Das waren wohl Widersprüche, die den Dichter für Frauen so anziehend machten. Wie alt mochte er sein? Zweiundzwanzig? Dreiundzwanzig? Parlierte aber wie ein alter, weiser Mann.

Für einige Augenblicke herrschte Schweigen. Romantisch rauschte der Arno. An den Nebentischen wurde gelacht.

»Man serviert hier einen erstklassigen Kräuterliqueur«, sagte Vogeler, um auch einmal etwas zu sagen, bemühte sich, das Wort Liqueur französisch klingen zu lassen, merkte jedoch, dass es lediglich als schnöder Likör über seine norddeutsche Zunge rollte. »Wenn ich Sie also auf ein Gläschen, ähm, Likör einladen – – –«

Rilke nickte, schien einen Moment zu überlegen und murmelte dann, es sei ihm eine Ehre.

Der Kellner brachte hohe, schmale Gläser, in denen das Getränk funkelte, dunkelbraun, mit einem zarten Stich ins Minzgrüne. Schwer zu mischender Ton, dachte Vogeler. Sie hoben die Gläser, stießen an, tranken. Die Kombination aus bitterer Medizin und nach Marzipan duftender Süße überdeckte die alkoholische Schärfe, erinnerte Vogeler an seine Kindheit, an Geburtstagsfeiern auf der Wiese hinterm Weserdeich. Das Grün der Wiese hatte auch diesen Ton gehabt. Der Gedanke gefiel ihm, kam ihm poetisch vor, und daher wollte er sich Rilke mitteilen. »Dieser Geschmack erinnert – – –«

Rilke jedoch, nachdem er genippt und mit leicht bebenden Lippen nachgeschmeckt hatte, fiel ihm ins Wort. Nicht anders nämlich als das reine Gefühl, mit dem eine Frucht oder ein edles Getränk die Zunge fülle, sei die körperliche Wollust ein sinnliches Erlebnis, ein Wissen von der Welt, ja, geradezu die Fülle und der Glanz alles Wissens. Nicht, dass wir diese Lust empfänden, sei schlecht. Schlecht sei, dass diese Lust vergeudet werde, missbraucht als ordinärer Reiz, um die Müdigkeiten des Lebens zu übertünchen.

Vogeler unterdrückte ein Gähnen. So poetisch und weise Rilkes Worte sein mochten – mit Vogelers durchaus handfesten Erfahrungen hatten sie wenig gemein. Was hatte das wirkliche Leben denn überhaupt gemein mit Poesie, mit Kunst? Vorhin hatte ihn Botticellis kopierte Venus an die echte Martha Schröder erinnert, aber angesichts der triefnass und nackt der Hamme entsteigenden Martha Schröder hatte er durchaus nicht an Botticellis Venus gedacht.

»Zu Hause«, sagte er stockend, »wartet ein Mädchen auf mich. Meine Verlobte sozusagen«, und obwohl er es gar nicht so gemeint hatte, klang es wie eine edelmütige Rechtfertigung, der freien Auswahl in Signora Aretinos Gemächern entsagt zu haben. Für einen Urning wollte er nicht gehalten werden, wollte jedoch auch keinesfalls als Schlappschwanz gelten. In Treue fest zur fernen Geliebten stehen – das war ein ehrenwertes Motiv, etwas spießbürgerlich vielleicht und wenig bohemistisch, im Grunde aber wahrhaftig.

Rilke lächelte. Träumerisch? Entrückt? Zweideutig? Es sei weder Schwäche noch Minderwertigkeit des Erotischen, wenn es auf gespanntem Fuß mit der Treue stehe. Gleichwohl, auch auf ihn warte in Berlin eine Dame, allerdings nicht seine Verlobte. Die Sache sei etwas kompliziert, weil besagte Dame – – –

Rilke sprach den Satz nicht zu Ende. So seelenverwandt Vogeler ihm auch vorkommen mochte, schien er doch zu zögern, dem neuen Bekannten allzu schnell allzu intime Details aufzutischen. Allerdings war dieser Diskretion ein Hauch Koketterie beigemischt, raunte Rilke doch bedeutungsschwer, er, Vogeler, habe doch gewiss schon von Louise von Salomé gehört?

»Ähm?« Vogeler strich sich nachdenklich über den rötlich blonden Backenbart. »Mh – – –«

Diese enorm wichtige, geniale Schriftstellerin von gleichsam europäischem Rang?

»Um ehrlich zu sein – – –«

Im Kampf um Gott habe sie verfasst und *Jesus der Jude,* über Ibsen habe sie geschrieben und natürlich, hier senkte Rilke die Stimme zu einem Flüstern, als vertraute er Vogeler ein unerhörtes Geheimnis an, über Nietzsche.

»Ach so, die, ja doch – – –«

Vogeler dämmerte etwas. Vor einigen Jahren waren Gerüchte um eine skandalöse Dreiecksaffäre zwischen dieser Lou Salomé und den Philosophen

Nietzsche und Rée durch die Salons, Akademien und Ateliers gewabert. Und hatte diese Dame nicht inzwischen einen Berliner Professor geheiratet? Einen Sinologen oder Orientalisten oder dergleichen? Und nun sollte sie plötzlich die Geliebte dieses jungen, unbekannten Dichters sein? Musste sie nicht mindestens fünfzehn Jahre älter sein als Rilke? Vogeler zog fragend die Augenbrauen hoch.

Manchmal, sagte Rilke, fühle er sich wie ein Ritter, der mit Helm, Rüstung und Lanze durch die Lande ziehe, allerlei Abenteuer zu bestehen und Versuchungen zu widerstehen habe wie an diesem Abend, um schließlich zurückzukehren zur wartenden Dame des Herzens und mit ihr der Hohen Minne zu frönen.

Das gefiel Vogeler sofort. Er sah romantische, märchenhafte Bilder vor sich. Der Abschied nehmende Ritter, die weinende Geliebte. Die Heimkehr, die Umarmung. »Und man kehrt mit stolz erhobener Lanze heim und legt erst dann die Rüstung ab«, sagte er und wusste, dass er es malen würde. »Nehmen wir noch einen Liqueur?«

Rilke schüttelte den Kopf.

»Auf meine Rechnung«, sagte Vogeler.

Rilke nickte.

Vogeler winkte dem Kellner, der nachschenkte, und hob sein Glas. »Sehr erfreut, Ihre Bekanntschaft gemacht haben zu dürfen.«

Sie stießen mit den dickwandigen Gläsern an. Ein dumpfes Klack.

»Ganz meinerseits, Verehrtester, ganz meinerseits.«

Vogeler hatte das Gefühl, einen Gleichgesinnten, womöglich einen Freund gefunden zu haben. »Sollte es Sie je nach Norddeutschland verschlagen, kommen Sie nach Worpswede.«

»Und wenn Sie einmal in Berlin sind, wäre es mir eine Ehre«, sagte Rilke.

Vogeler beglich die Rechnung.

Während Rilke über die Ponte Vecchio zurück in die Pension am jenseitigen Arnoufer wankte, torkelte Vogeler zu seinem diesseitigen Hotel. Er hielt den Blick auf den Boden gesenkt, um Hindernissen oder Schlaglöchern ausweichen zu können. Die Gasse war ungepflastert, lag voller Schotter und Kies. Er glaubte, überall Fußspuren zu sehen, Spuren, die zurück in die Zeit führten, zurück in Botticellis, Giorgiones und Tizians unbeschwert nackte Heiterkeiten. Das Déjà-vu, das ihn angesichts des auf dem Bordellsofa sitzenden Rilke überfallen hatte, blitzte wieder auf. Hatte es etwas mit Tizian zu tun? Die Spuren führten weiter zurück in ein Märchenalter, in dem edle Fräuleins auf Herren mit ragenden Lanzen warteten und die Rüstungen schmolzen, und noch weiter in die Antike zu Bacchantinnen, die lockend hinter durchsichtigen Schleiern tanzten. Er spürte, dass er nur immer diesen Fußspuren folgen musste, um sicher dort anzukommen, wohin es ihn zog oder trieb.

Im Hotel ließ er sich angekleidet aufs Bett fallen. Das Zimmer drehte sich um ihn, Nebel durchzogen das gelbe Zwielicht. Er sah doppelt. Dreifach. Schloss er die Augen, sah er manches klarer. War das Leben nicht überhaupt einfacher mit geschlossenen Augen? In welches Bild war dieser Rilke da geraten? Zwei sitzende Männer, einer spielt Laute. Links und rechts je eine Frau. Nackt. Und wer hatte eigentlich Modell gestanden als Venus? Botticellis Tochter? Oder die Nichte? Oder Martha Schröder? Wenn Vogeler eines Tages sein Meisterwerk malen würde, müssten alle darin vorkommen – Martha und Paula und Otto und vielleicht sogar dieser merkwürdige Rilke. René Maria. Botticellis Nichte, zwei nackte Damen, mindestens zwei, aus Signora Aretinos Harem, und nicht zu vergessen: Musiker. Musiker waren wichtig. Ein Konzert müsste sein Meisterwerk werden, weil sich Musik nicht malen ließ. Konzert? Gab es das nicht schon von Botticelli? Oder Tizian?

Dann schlief er tief und traumlos in den Tag hinein. Rollendes Rädergeräusch weckte ihn, Räder im Schutt der Zeiten, im Kies – – –

– – – des Vorhofs, wo Stine, das Hausmädchen, den Kinderwagen mit der kleinen Bettina hin und her rollt. Auf dem sonnigen Sandplatz unterm Hausgiebel sitzt Marieluise, genannt Mieke, im weißen Kleidchen und spielt mit einem Nachbarskind. Vogeler küsst den Kindern auf die Stirn, wünscht allen einen guten Morgen und erkundigt sich bei Stine nach Martha.

Unpässlich sei die Frau des Hauses, wieder einmal, habe sich nach dem Frühstück gleich wieder zu Bett legen müssen. So sei das eben in anderen Umständen, wenn »so'n lierlütt Schieter ünnerwegens is«. Stine seufzt so sympathetisch, als wäre sie selbst schwanger. Aber für den Herrn Vogeler stehe das Frühstück noch in der Küche, und über die Kaffeekanne sei der Filzwärmer gezogen.

Er geht ins Haus, schneidet eine Scheibe Schwarzbrot vom Laib, streicht Butter darauf, belegt es mit Schinkenspeck, gießt lauwarmen Kaffee nicht in die bereitstehende Porzellantasse, sondern in einen Blechbecher, dessen Emaille schon schadhaft und bestoßen ist. Er geht wieder ins Freie, setzt sich auf den Bretterrahmen des Sandkastens, isst, trinkt und sieht den Kindern zu.

Auf Spielplätzen lässt sich mehr lernen als auf der Akademie. In einem schalenförmigen Huflattichblatt, von Natur in der Form einer Kalesche gebogen und auf roten, runden Wagenrädern aus Mohrrübenscheiben ruhend, liegt hingegossen im rosavioletten Malvenblätterkleid eine vornehme, aber leichtsinnige Dame, deren gelbes Margeritengesicht vom weißen Blütenblätterkranz umrahmt wird. Der Stängel des Huflattichs bildet die Deichsel, an deren Seiten exotische Zugtiere gehen, fantastische Kartoffelgebilde mit eingesteckten Beinen aus Reisig und Glotzaugen aus roten Johannisbeeren. Die Spiele sind den Kindern Werk, und Werk wird ihnen zum Spiel. Er beneidet sie um diese Schwerelosigkeit, um die Fähigkeit, sich in die Dinge zu verwandeln, mit denen sie spielen. Die Kinder kennen noch kein Als-ob, vergleichen nicht, kennen keinen Unterschied zwischen der Welt und sich selbst. Sie leben in jenem Reich, in dem das Wünschen noch hilft und die Fantasie über die Realität triumphiert.

Stine singt leise ein Wiegenlied und schiebt im Takt den Kinderwagen vor und zurück.

»Sü, sü, slaap in, mien Kind!
Wat Sünn und Maan gifft, wast un winnt.
Denn kaamt dat Grasje ut de Grund,
Un 't Blömke ok so sööt un bunt.
Sü, sü, slaap in – – –«

Immer sacht in einem einschläfernden Rhythmus, zurück und vor. Vogelers ausgezirkelte, bis in den letzten Blumenbeetwinkel, bis in die Spitzenkragen der Kinder gestaltete Idylle, diese hübsche, harmonische Lebensmaschine, schnurrt ab wie ein penibel geöltes Uhrwerk.

Er kaut nachdenklich, schluckt Schwarzbrot. Allzu hübsch und allzu gut geölt ist das alles. Das ahnt er. Nein, das weiß er schon. Es ist schwer, ständig Harmonie zu behaupten. Durch seine künstliche Häuslichkeit verläuft ein Riss. Er hat sich ein Heim entworfen und gebaut, dessen dem Garten zugewandte Fassade mit dem geschwungenen Giebel und der herrschaftlichen Freitreppe auf Repräsentation und Wirkung zielt und Kunst signalisiert. Aber im anderen Teil des Hauses, erreichbar durch den Seiteneingang, der früher der einzige Eingang war, bekundet die bäuerliche Diele in ihrer derben Schlichtheit Vogelers Neigung zu einfachen Dingen und zur Rechtschaffenheit des Handwerks.

Wann beginnt die Firnis zu reißen? Wann verfällt Schönheit zu Dekoration und Kulissenschieberei, wann wird sie zur Lüge? Wann wuchern die floralen Ornamente zu Gestrüpp, so undurchdringlich verschlungen, dass man keinen Weg mehr erkennt? Wann entpuppt sich die Romantik ländlicher Künstlerkolonien wie Barbizon oder Worpswede als arrangierte Künstlichkeit, als lukrativer Mummenschanz fürs zahlungskräftige Publikum, das sich nach Natürlichkeit und Wahrheit des Landlebens sehnt, aber in Städten wohnt?

»Sü, sü, slaap in, mien Kind – – –«

Rilke redet und schreibt über Städte, als seien es Irrenhäuser oder gigantische Hospitäler, unechte, laute, hektische, stinkende Steinwüsten, Brutstätten des Banausentums voller Zierpupperei und Modefaxentum, in denen Menschen zu Industriesklaven degenerieren. Ähnlich wie die Sprache nichts mehr mit den Dingen gemein habe, welche sie nenne, so hätten die Gebärden der Menschen, die in den großen Städten lebten, ihre Beziehung zur Erde verloren, hingen gleichsam in der schlechten Luft der Schornsteine und Schlote, schwankend, und fänden keinen Ort mehr für sich selbst. Vielleicht habe man nur Städte gebaut, um die Natur und ihre Schönheit nicht zu sehen und sich blenden zu lassen von der Scheinnatur des Häusermeers? Dagegen aber nun das Land an sich! Und Worpswede insbesondere! Unerschöpflichkeit und Größe sei hier zu finden, Licht und Weite, Leben und Wahrheit. Natur! Ach, Rilke – – – Kaum zurück aus Paris, Rom, Berlin, sehnt er sich schon wieder dorthin zurück, schwärmt von Paris, ach ja, Paris, Notre-Dame und die Brücken und der Jardin du Luxembourg und über allem Rodin, das halbgottgleiche Genie, und so weiter und immer so – – –

»Sü, sü, slaap in – – –«

Im Frühlingswind riecht es nicht nur nach Blüten und Birkengrün, sondern plötzlich auch nach Jauche und Kuhscheiße. Irgendwo wird ein Stall ausgemistet. Unerschöpflichkeit und Größe. Ha! Vogeler grinst grimmig. In Städten ist es umgekehrt. Dort gibt es auch stille Parks und duftende Gärten, nicht nur Lärm, nicht nur Gestank von Abgasen – – –

– – – und Braunkohleschwaden, die wie unsichtbare, giftige Schatten durch den nasskalten Berliner November waberten, als Vogeler am Lehrter Bahnhof ankam. Im Hotel wechselte er aus dem schlichten, bequem ein- und abgetragenen Reiseanzug in sein Biedermeierkostüm, schlug den Hemdkragen hoch, mühte sich, das Halstuch sorgfältig zu binden, bis es lässig umgeworfen wirkte, stach die Brillantnadel in den Knoten und drückte sich das Samtbarett aufs Haar. Ein letzter Blick in den Spiegel, skeptisch, aber zustimmend. So kannte ihn die Welt. Und so gefiel er sich selbst – damals jedenfalls gefiel er sich noch in dieser Verpuppung.

Es war später Nachmittag, in den Straßen wurden die Gaslaternen entzündet, doch blieb noch genügend Zeit, zu Fuß zur Galerie zu gehen. Er entschied sich dennoch für eine Droschke, um seinem Erscheinen ein edleres Flair zu verleihen. Zwar fuhr er nicht zu einer eigenen Ausstellung, doch sein Ruf war inzwischen auch bis nach Berlin gedrungen, und die Berliner Boheme galt als überaus stil- und modebewusst. Wenn da einer aus allertiefster Provinz des Teufelsmoors auftauchte, musste der seine Flagge schon zeigen. Noch beeindruckender wäre natürlich der eigene Wagen gewesen und dann die Gerte schneidig-lässig unterm Arm. Ungemein putzen würde das.

Und Rilke? Wie der wohl auftreten würde? Vor einem halben Jahr in Florenz hatte er eine interessante Mischung aus jugendlichem Originalgenie und mönchischer Schlichtheit geliefert, aus altklugem Strebertum und poetischer Empfindsamkeit. Vogeler hatte ihm brieflich angekündigt, wegen der Ausstellung nach Berlin zu kommen, und Rilke hatte geantwortet, er werde sich in der Galerie einfinden, freue sich auf das Wiedersehen und hoffe, Vogeler möge ihn am nächsten Tag in seiner »bescheidenen Klause« aufsuchen. Rilkes Handschrift war ungewöhnlich gepflegt, hätte in ihrer kostbaren Gesuchtheit fast die Kunstschrift eines ausgebildeten Grafikers oder Zeichners sein können. Die mönchische Rede von der bescheidenen Klause passte zu dieser Schrift, waren doch Mönche über Jahrhunderte die Schriftkundigen gewesen.

Vogeler war jedenfalls gespannt – auf Rilke, aber natürlich auch auf den Mann, dessen Ausstellung seine Berlinreise in erster Linie galt. Er wollte prüfen, ob dieser Fidus für die geplante Zeitschrift *Insel,* deren grafische Gestaltung Vogeler ab dem kommenden Jahr verantworten würde, zu gewinnen sei.

Am Eingang zum *Kunst-Salon Fritz Gurlitt* in der Behrenstraße herrschte großer Auftrieb. Droschken, Kutschen und Automobilen entstiegen jene Kunstfreunde, die lange Zeit viel Geld verdient hatten, sich inzwischen jedoch als Mitglieder einer Welt verstanden, in der man es nicht mehr nötig hatte, Geld zu verdienen, sondern es nur noch ausgab. Dekoriert wurden sie von ihren Frauen, die von den Geschäften der Männer nichts verstanden, sondern nur schön sein mussten, und von einer jungen Generation, die noch nie aus eigener Kraft einen Pfennig erarbeitet hatte, aber mit großen Scheinen um sich warf. Zu Fuß, manche gar verwegen zu Fahrrad, erschienen die bescheideneren Verhältnisse bildungsbürgerlichen Akademikertums sowie die künstlerische Kollegenschaft mehr oder minder brotloser Boheme. Rilke war nicht darunter.

Durch die Galerie schwallte ein knisterndes, scharrendes Geräusch von geschobenen, drängenden Menschen, gedrückten seidenen und halbseidenen Röcken, ein Summen, Lachen, Klappern, Klirren und Schwatzen. Unter den Damen dominierten zwar noch die koketten Puppen und Salonengel, doch hatte die allgemeine Lebensreform auch die Mode erreicht. Die stilvolle Ungezwungenheit korsettloser Reformkleider, befreit von schädigenden

Einflüssen der Büstenhalter und Schnürleibchen, zog bewundernde bis begehrliche Blicke auf sich. In Kleidern, die weder Taille noch Gürtel hatten, sondern frei von den Schultern zu Boden fielen, wirkten manche Damen würdig und hoheitsvoll, als wären sie soeben einem antiken Mosaik oder einem mittelalterlichen Wandteppich entsprungen. Vogeler sah sich bestätigt, weil er seine geliebte Martha immer wieder in solchen Gewandungen malte. Die Mehrheit der Herren war konventioneller gekleidet, doch sah man hier und dort Trachtenelemente, Bundhosen und Knickerbocker als textile Signale jugendbewegter Wanderlust, die aus grauer Städte Mauern zurück zur Natur strebte. Keck in die Stirn geschobene Barette und wehende Schals kündeten von künstlerischen Professionen. Ein junger Mann mit wirrem Haar trug einen mit Farbklecksen gesprenkelten Malerkittel, als hätte er noch bis vor wenigen Augenblicken mit Licht und Leinwand, Farbe und Firnis, Muse und Modell gerungen.

Manche Männer näherten sich dem weiblichen Typus, manche Frauen dem männlichen. Einer trug eine Jacke ohne Revers, eingefasst in Silberlitzen und durchflossen von einer schalartigen Krawatte wie aus lauter Apfelblüten. Die Hose war weit wie ein Rock, wahrlich ein Beinkleid. Er hatte halblange, weichbraune Haare, ganz als Kurve gelegt und frisiert. Im Gegenteil dazu ließ eine aus ihrer platten, herrenhaften Frisur an den Schläfen ein Stück Kamm hervorwachsen wie ein Diadem, war aber in einen Frack aus schwarzem Tuch mit gestärkter Hemdbrust und Vatermörder gezwängt. Feengleiche Mädchen in schwarzen Kostümen, weißen Schürzen und kronenartigen Häubchen kredenzten auf Silbertabletts Sekt und Wein.

In seinem Kostüm als biedermeierlicher Künstlerprinz, das anderswo Aufsehen und neugieriges Getuschel garantierte, fiel Vogeler in Gurlitts *Kunst-Salon* nicht weiter auf. Für einen flüchtigen Augenblick überkam ihn ein Anflug von Heimweh nach Worpswede, nach derber Arbeitskluft und Holzpantinen und nach Torfrauch statt der überm Getümmel dräuenden Wolke aus Parfüm, Sektdunst und Zigarrenqualm. Er stellte sich auf die Zehenspitzen, reckte den Hals nach links und rechts, konnte Rilke aber nirgends entdecken.

Auf den ausgestellten Bildern stieß der nach Natürlichkeit strebende Reformeifer an seine letzten, natürlichen Grenzen, zeigten diese Bilder doch samt und sonders nackte Menschen weiblichen und männlichen Geschlechts, die entsprechenden körperlichen Attribute durchaus realistisch gezeichnet, in exaltierten Posen sich umarmend, dem Liebesakt zustrebend, diesen vollführend oder nach gestillter Lust ruhend, um sich alsbald erneut zu vereinigen. *Gnadennacht* und *Königstraum, Erwachender Morgen* und *Mutter*

Nacht lauteten die Titel. Nicht einmal der *Allmutter Eva* gönnte Meister Fidus ein Efeublatt, und selbst Landschaften wie *Allumarmung* oder *Ostermorgen,* die eigentlich nur aus Bäumen bestanden, waren von orgiastisch verschlungenen Leibern gerahmt. Wo Vogeler die Friese seiner Vignetten und Zeichnungen in Rhythmus und schwingende Linien versetzte durch üppiges Blätter- und Rankenwerk aus Lilien und Lianen, Seerosen, Mohn und Frauenmantel, wirbelten und purzelten hier an den Rändern unzählige splitternackte Männlein und Weiblein durcheinander und formten Ornamente einer hemmungslos befreiten Liebes- und Leibeslust.

Vogeler war alles andere als prüde und der Aktmalerei durchaus zugetan, weil er während der Arbeit an Zeichnungen und Bildern fühlen wollte, wie ein Körper gewachsen war. Nicht die malerische Erscheinung, sondern das Organische, den Bau, die Form versuchte er zu fassen; den Menschen in der Natur als Teil der Natur verstehen – das war sein Credo. Aber verglichen mit gewissen Bildern, die er in Paris gesehen hatte, insbesondere Courbets fast verschämt an einer Wand lehnender *Ursprung der Welt,* waren die Hervorbringungen dieses Fidus' viel zu direkt, zu indiskret, zu vulgär und zu unromantisch, und die technische Ausführung war plump, amateurhaft, naiv. Als Mitarbeiter für die geplante Zeitschrift, das wusste Vogeler schon nach wenigen fachmännischen Blicken, kam der Mann jedenfalls nicht infrage – und zwar umso weniger, als Vogeler bemerkte, wie das Publikum aus den besseren Vierteln und Kreisen mit lüsternen Blicken diese Bilder verschlang und eindeutig nicht im interesselosen Wohlgefallen rein ästhetischen Genusses schwelgte.

Gleichwohl streiften manche Künstlerkollegen, Kunststudenten und Künstlerdarsteller geschäftig von Bild zu Bild, hoben die Daumen im Abstand vom Gesicht, lugten darum herum und fachsimpelten wichtigtuerisch.

»Enorm flächig hingesetzt – – –«

Eine korpulente, von mehreren Korsetts nur notdürftig in Form gehaltene Matrone fächelte sich mit einem Fächer Luft zu und seufzte: »Ich fühle, wie das alles aus einer einzigen Erregung hervorgegangen ist, der Ausbruch – – –«

»Kolossale Perspektive – – –«

»– – – der Ausbruch einer schmerzvollen Sehnsucht.«

»Malerisch genial gebändigte Brunst – – –«

Ein dünner Herr mit Spitzbart, die Zigarre im Mundwinkel, die Augen gegen den Rauch zusammengekniffen, lachte bei jeder Gebärde und jedem Urteil der Künstler lautlos in sich hinein. Plötzlich schlug er sich unter geradezu verwildertem Gelächter auf beide Schenkel. »Ferkeleien sind det, nüscht als Ferkeleien«, japste er und zeigte auf *Ballspielerin-*

nen, zwei nackte Minderjährige, deren prätentiöse Unschuld besonders aufreizend wirkte.

»Geradezu schamhafte Wollust bei delikater Pinselführung – – –«

»Aber janz erstklassje, würd ick meenen. Det koof ick mir. Für überm Bett.«

Rilke war nirgends zu sehen. Vielleicht war er gar nicht gekommen? Oder er hatte angesichts dieses Wusts aus pathetisch aufgedonnerter Brunst und mythologisch verbrämter Geilheit und peinlich berührt vom albernen Zirkus der Eitelkeiten die Flucht ergriffen? Und dazu, fand Vogeler, hätte er auch jedes Recht gehabt.

Ein Gong ertönte, das Stimmengewirr ebbte ab, und auf der Treppenempore erschienen der Galerist Gurlitt und der Künstler höchstpersönlich. Der trug die Haare schulterlang und offen, hatte braune Augen in einem sanften, weichbärtigen Gesicht, war jedoch im Gegensatz zu seinen heroischen Nackedeis ein wenig imposantes, nahezu kümmerliches Männchen, gekleidet in ein bis zum Boden wallendes, antikisierendes Gewand. So wirkte Fidus wie ein nach eigenen Entwürfen geschneiderter Faun oder wie der kleinwüchsige Hohepriester einer erst noch zu gründenden Sekte.

In krassem Kontrast dazu war Fritz Gurlitt betont bürgerlich gekleidet; im braun melierten Dreiteiler mit goldener Uhrkette über der Weste hätte er auch als Bezirksbürgermeister oder Gymnasialprofessor durchgehen können. Fidus und das versammelte, pittoresk herausgeputzte Künstlervölkchen hätte er wohl auch nur übertrumpfen können, wenn er im Adamskostüm aufgetreten wäre – aber, dachte Vogeler mit einem schiefen Lächeln, Gurlitt machte die Kunst ja auch nicht, sondern verdiente nur daran.

Nach einem letzten Pst trat ehrfurchtsvolle Stille ein. Der Galerist räusperte sich vernehmbar, gab seiner Freude und Genugtuung über den enormen Publikumsandrang Ausdruck, nannte einige besonders reiche, bekannte oder honorige Anwesende beim Namen, dankte dem Künstler, dass er es sich nicht habe nehmen lassen, persönlich zu erscheinen – an dieser Stelle knatterte Beifall auf, Fidus verneigte sich bescheiden lächelnd –?, stellte die Frage in den Raum, was es mit dem *Drama der Doppelseele,* diesem geheimnisvollen Titel der Ausstellung, auf sich habe, und gab auch gleich die Antwort, insofern man sich unter Doppelseele das ewig getrennte und zugleich dauernd zueinanderstrebende Prinzip des Männlichen und Weiblichen zu denken habe, dessen Formensprache des Leibes und der Glieder der Ausdruck dieser Seele sei, meisterhaft in bildliche Darstellungen gefasst von Fidus, dem Treuen, der Offenbarungen stifte, die in ihrer Schönheit und Reinheit gebieterisch das Beschreiten neuer Wege forderten, um das Ideal des Lichtmenschen, jener zukünftigen

Rasse Europas mit goldenem Haar, blauen Augen, roten Lippen, weißen Zähnen und wie zum Triumph gestrafften Leibern, Wirklichkeit werden und – – –

Was sollte derlei eigentlich heißen? Wo wollte das hin? Vogeler runzelte die Stirn, schüttelte den Kopf. Mussten denn diese angeblichen Kunstenthusiasten erst eine neue Religion gründen, um sich mit ruhigem Gewissen derart platte, mit dem Feigenblatt einer fragwürdigen Kunsttheorie verbrämte Beinahe-Pornografie anschaffen zu können – »für überm Bett«? Da wurde man ehrlicher bedient mit den einschlägigen Fotografien, Magazinen und Leporellos, die gewisse Buchhändler unterm Tresen feilboten. Und wenn einen dann schon Pinsel und Stift in solche Regionen zogen, dann musste man es so anmutig und unschuldig machen wie auf manchen Fresken in Pompeji. Oder so meisterhaft wie Courbet mit seiner *Frau mit weißen Strümpfen,* zu schweigen von dessen *Ursprung der Welt,* dem gewagtesten aller Kunstwerke, das Vogeler je gesehen hatte. Oder man musste so genial unverschämt sein wie Aubrey Beardsley mit seinen Illustrationen zu *Lysistrata* von Aristophanes – ganz hohe Zeichenkunst, schamlos erotisch und zugleich satirisch. Überhaupt bewunderte Vogeler diesen Engländer, der sein Altersgenosse und ihm doch zeichnerisch turmhoch überlegen war; die Bewunderung war so groß, dass Vogeler mit manchen Blättern Beardsley unfreiwillig plagiierte. Es wäre ein Coup gewesen, hätte man *ihn* für die *Insel* gewinnen können, aber er war vor einem halben Jahr an Schwindsucht verstorben – erst 25 Jahre alt.

Vogeler hatte sich schließlich aus dem Gedränge der Gläubigen unter der Treppenempore gelöst, als er plötzlich Rilke sah. Er stand zart bis schmächtig, den Ellbogen der rechten in die linke Hand gestützt und das Kinn wiederum in die rechte, in, wie es schien, weltentrückter Versunkenheit vor einem Gemälde, das von einem bombastischen Holzrahmen wie ein Altar eingefasst wurde und beinahe die ganze Wand bedeckte. Dargestellt waren ein nackter Mann, von hinten, und eine nackte Frau, von vorn, die sich in einer irgendwie schwebenden Bewegung aufeinander zubewegten, vermutlich in Vorfreude auf einen bevorstehenden Liebesakt. Wie groß die Vorfreude war, ließ sich nicht ermessen, da vom Mann nur die Hinteransicht zu sehen war. Zur Erlösung oder Erfüllung würde es jedoch nicht kommen, da beide in Netze verstrickt waren, die sie an der Vereinigung hinderten.

»Herr Rilke! Da sind Sie ja«, flüsterte Vogeler und tippte Rilke auf die Schulter, um Gurlitts Rede nicht zu stören.

Langsam, wie erwachend, wandte sich der Dichter um. Er trug gelbe Wickelgamaschen, eine schwarze Hose und eine hochgeschlossene Weste aus schwarzer Seide, über der an einer Kette ein silbernes Kreuz hing. Hatte er in Florenz wie ein junger Mönch gewirkt, gab er sich hier als geckenhafter Prediger seiner eigenen Konfession. Aus großen, grünblauen Augen musterte er Vogeler einen Moment, als müsse er sich erst erinnern, wen er da vor sich hatte. »Ah, ah, mein lieber Heinrich Vogeler«, murmelte er dann unterm melancholisch hängenden Schnauzbart hervor und reichte ihm die Hand zum Gruß, »welche Freude, Sie in Berlin zu sehen.« Rilkes Händedruck war weich.

»Ganz meinerseits.« Vogeler nickte lächelnd. »Und was«, erkundigte er sich behutsam, »halten Sie von derlei – – –«, er räusperte sich, deutete mit der Hand in die Runde, »derlei – – – Sachen?«

»Hier werden tiefe Wahrheiten Ereignis«, befand Rilke salbungsvoll und wandte sich wieder dem Bild zu, vor dem sie standen. Ein Täfelchen informierte, dass es *Seelen-Einzelhaft* hieß. In den Rahmen war, in an Runen gemahnende Großbuchstaben, ein Text gekerbt:

ALS MEIN LEBEN IN DIE BAHN DER SCHWÄRMENDEN SEELEN KAM * DA LEUCHTETE MIR EIN LIEBSTES LICHT AUF * ABER ICH KONNTE SIE NICHT ZERREISSEN * DIE GRAUEN SCHLINGEN ZWISCHEN MIR UND IHM *

»Ja – – – so?«

Vogeler war befremdet. Ging es um Malerei, das

wusste er aus Erfahrung, waren Schriftsteller nicht immer kompetent oder geschmackssicher, sondern fielen gern auf Effekthaschereien und Kalkül herein. Umgekehrt begeisterten sich manche Maler oder Bildhauer für Romane und Gedichte, die alles andere als Meisterwerke waren. Vogeler wusste von sich selbst, wie leicht man vor Dingen, von denen man nichts verstand, zur schwärmenden Seele werden konnte. Und erst die Musiker und Komponisten! Welch unsäglichen Kitsch sie als Libretti und Bühnenbilder für ihre Opern durchgehen ließen! Wirklich köstlich wurde nur der Braten, den man im eigenen Saft schmorte, und der Schuster tat gut daran, bei seinen Leisten zu bleiben. Dass Rilke, der immerhin Kunstgeschichte studierte oder in Florenz jedenfalls behauptet hatte, Kunstgeschichte zu studieren, angesichts dieser schwülen Pinseleien von tiefen Wahrheiten sprach, machte Vogeler jedenfalls ratlos.

Rilke schien diese Ratlosigkeit zu wittern und versuchte sich zu erklären. Fruchtbarkeit, geistig und künstlerisch oder körperlich, sei identisch, denn auch das künstlerische Schaffen stamme vom physischen her, sei nur wie eine leisere Wiederholung leiblicher Lust. Zu zeugen, zu bilden, zu dichten sei so unbeschreiblich schön und reich, weil in diesen Akten tausend vergessene Liebesnächte auferstünden. Und die, die in diesen Nächten zueinanderfänden und sich ineinander verschränkten wie von den Musen kunstvoll geflochtene Knoten und sich in wogender Wollust wiegten, diese täten eine ernste Arbeit und sammelten Süßigkeiten, Tiefe und Kraft für kommende Werke.

Angelockt von Rilkes Rezitationstremolo, hatten sich einige Damen genähert und begierig den dichterischen Ergüssen gelauscht.

Aber Vogeler schwirrte der Kopf. Was wollte Rilke mit seinem Sermon eigentlich sagen? Wäre demnach die körperliche Begierde dem Kunstwollen gleich, das Zeugen von Kindern dem Kunstschaffen? Dass ein Kind ein Werk wäre? Wie ein Gemälde oder ein Gedicht? Und was hatte das mit diesem schlechten Bild zu tun, mit schwärmenden Seelen und geheimnisvollen grauen Schlingen?

»Ja, ja, lieber Herr Rilke, wenn Sie meinen – – –«

»Sü, sü, slaap in, mien Kind, sü, sü, sü – – –«

Schwärmende Seelen – durch graue Schlingen für immer voneinander getrennt? Die Liebe als Verschmelzung zweier Seelen – eine Illusion, eine durch Lust und Leidenschaft erzeugte Fata Morgana?

Solange die Körper schwärmen, ist alles ganz einfach. Das Ergebnis liegt dann irgendwann süß träumend im Kinderwagen, wird vor und zurück gerollt, gewiegt und in den Schlaf gesungen, sü, sü, slaap in, oder es schreit und wird an die Brust genommen. Und dann wachsen die Kinder auf, sehen mit großen Augen in die Welt und spielen im Sand mit Blumen. Sie machen Arbeit, gewiss, sie kosten Geld, und manchmal bereiten sie Sorge und Kummer, aber sie sind doch ein Glück, bringen große Freude ins Leben – und sind auch eine Inspiration.

Bei Rilke ist das natürlich alles anders. Ausgerechnet der schwangeren Martha hat er einmal kühl erklärt, er könne nicht sagen, dass ihm seine Tochter eine Freude sei; dafür sei sie »zu schwierig«. Aber es sei doch immerhin das Leben, das aus ihrer kleinen und merkwürdig melodischen Stimme zu ihm spreche. So marmorkalt redet dieser Dichter über sein eigenes Kind, die kleine, verschüchterte Ruth, die bei ihren Großeltern leben muss, weil ihre Eltern kein Geld, keinen Platz, keine Zeit für das Kind haben, weil Rilkes so oft auf Reisen sind und weil Rilke seine Frau ständig ins Joch der Arbeit zwingt und sich selbst mit der Peitsche poetischer Metaphern ans Werk wie in ein düsteres Bergwerk treibt. »Sie sieht genau so aus wie ich als Kind.« Das ist noch das Liebevollste, was ihm zu seinem Kind einfällt, weil er nur sich selbst liebt. Und seine Selbstliebe versteckt er hinterm Kostüm der Arbeit, unter der Schminke des Werks.

»Dan kumt dat Grasje ut de Grund,
Un 't Blömke ook so söt un bunt – – –«

Als Paula geklagt hat, dass nach Claras Heirat mit Rilke die alten Freundschaften zerbrochen sind, hat Rilke Paula einen Brief geschrieben, in dem er sie hochmütig schwafelnd zurechtgewiesen hat: Er halte es für die höchste Aufgabe einer Verbindung zweier Menschen, dass einer dem anderen seine Einsamkeit bewache und sie sich gegenseitig Gelegenheit zu Einsamkeit geben.

»Wie furchtbar«, hat da Martha geseufzt, als Paula ihr aus diesem Brief vorgelesen hat. »Und wie der Rilke wieder schwadroniert. Wie furchtbar für die arme Clara. Sie muss sich wie im Gefängnis vorkommen.«

Paula hat genickt und Tee nachgeschenkt, hat Martha ernst angeschaut und gesagt: »Manchmal kommt es mir aber auch so vor, dass die Ehe nicht glücklich macht. Sie nimmt die Illusion, dass es eine verwandte Seele gibt. Fühlt man in der Ehe denn nicht doppelt das Unverstandensein, weil das ganze frühere Leben darauf hinausging, einen Menschen zu finden, der versteht? Und wäre es nicht doch besser ohne diese Illusion? Auge in Auge mit einer einsamen Wahrheit?«

So jedenfalls hat Martha es ihm erzählt. Bei dem Gespräch zwischen ihr und Paula am derben Küchentisch im Hause Modersohn-Becker war Vogeler ja nicht anwesend, aber das Getuschel, die stille Post Worpswedes, hat es ihm zugetragen, und das, was ihm zugetragen wird, vermischt sich mit seinen eigenen Vorstellungen und Fantasien. Das ist ein bisschen so wie auf einem Gemälde: Es kommt nicht darauf an, was wirklich geschieht, nicht auf ein präzises Spiegelbild der Realität, sondern es kommt auf die Eindrücke an, auf das, was man zum Bild werden lässt.

»Sü, sü, sü – – –«

In einer Ehe, behauptet Rilke also, gehe es nur darum, gegenseitig die Einsamkeit des anderen zu respektieren und zu bewachen, damit Werke entstehen können und weil es nie ein Miteinander geben kann, weil sich die Seelen in ominösen grauen Schlingen verfangen. Sind das die tiefen Wahrheiten, von denen Rilke damals geraunt hat, als sie gemeinsam, Vogeler ratlos, Rilke ergriffen, vor dem Bild von Fidus standen? Liebe, Leidenschaft und Lust, Erotik und Geschlechtlichkeit, die neuerdings mit einem eher wissenschaftlichen Begriff als Sexualität bezeichnet wird, haben allerdings eine Menge mit Intuition und künstlerischer Produktivität zu tun. Das weiß Vogeler sehr genau. Denn in der Inspiration, diesem Kitzel, der dem Gelingen, der Erfüllung vorausgeht, kommt man zwar zu sich selbst, spürt jedoch, dass es nicht nur aus eigenem Vermögen geschieht. Eine fremde, rätselhafte Kraft mischt sich ein, lenkt die Blicke, führt die Hand, malt mit.

Die Verliebtheit, die er anfangs für Martha empfunden hat, kommt diesem Zustand nahe, ein Hingerissensein, eine Sturmflut des Gefühls, die alle Bedenken fortschwemmt. Und als sie sich ihm dann endlich gegeben hat, schüchtern noch, zugleich neugierig, ja, gierig, unterm hohen Sommerhimmel draußen am Fluss zwischen Gräsern und Moosen, und ihn das Gefühl berauscht hat, unablässig aus sich schöpfen und zugleich verströmen zu können – hat er sich da nicht auch als Opfer einer fremden Kraft erlebt, die nicht von Martha ausgegangen ist? Und so ist es auch mit der Gewalt der Inspiration. Wenn man ein Bild malt, muss man die Dinge aus immer größerer Nähe betrachten, und dabei verzerren sich die Dinge zu etwas zuvor Noch-nie-Gesehenem, Unkenntlichem. Und wird nicht auch so beim Nahen der Liebeserfüllung immer unbegreiflicher, was sich da eigentlich erfüllen soll? Eins werden, indem zwei schwärmende Seelen sich gegenseitig ergründen, das ist die romantische Idee – doch angekommen auf dem Grund, findet ein jeder nur sich selbst und verliert den anderen. Onanie im Koitus sozusagen. Rilke hüllt das lediglich in edlere Sprachgewänder, wenn er sagt, echte Gemeinsamkeit gebe es nur in rhythmischen Unterbrechungen tiefer Vereinsamungen. Die Liebe – nur eine verkümmerte Abart schöpferischer Erfahrung?

»Sü, sü, sü – – –«

Ist es nicht genau umgekehrt? Ist es nicht die Liebe, das Hingerissensein, das die Intuition entzündet und schöpferisch werden lässt? Wäre er überhaupt in Worpswede geblieben, hätte er nicht Martha Schröder kennengelernt, damals, vor zehn Jahren an einem Frühlingstag wie diesem – – –

– – – mit smaragdgrünen, von Blumen berstenden Wiesen, weiß leuchtenden Birkenstämmen im Moor und weißer ziehenden Wolken im Maiblau.

Nach Ende seines Studiums auf der Akademie verbrachte Vogeler eine Weile in Paris, besuchte Künstler in ihren Ateliers auf dem Montmartre, bestaunte in Museen und Galerien Bilder aller Epochen, begriff, was Anmut ist, vor einem Botticelli und die Gestaltung der Materie durch Farbe vor Rembrandts *Der geschlachtete Ochse.* Einmal nahm ihn sein Freund Robert zu einem Kunsthändler mit, der in einem Hinterzimmer ein Gemälde Courbets hütete wie ein kostbares Geheimnis. Es lehnte mit der Vorderseite an der Wand.

Als der Händler die etwa 50 mal 50 Zentimeter große Leinwand umdrehte, sagte er lächelnd: »Et voilà messieurs: *L'Origine du monde.*«

Vogeler erstarrte, wurde blass, dann lief er rot

an, spürte, dass ihm die Knie weich wurden, und schnappte wie ein Ertrinkender nach Luft. *Der Ursprung der Welt* war die geöffnete Vagina eines weiblichen Torsos, gemalt mit mikroskopischer Detailgenauigkeit und unerhörter künstlerischer Delikatesse, nicht schamlos, sondern von aller falschen Scham befreit. Es war realistisch bis aufs Haar und zugleich unfassbar irreal.

Das sei natürlich unverkäuflich, sagte der Händler, und öffentlich ausstellen könne man es vermutlich nie. Ein Jammer. Er zuckte mit den Schultern und drehte die Leinwand wieder zur Wand.

Unter leuchtenden Blütenpyramiden der Kastanien, zur Musik von Akkordeon, Fiedeln und Mandolinen, aßen und tranken, lachten und tanzten sie am gleichen Abend im Quartier Latin mit Studenten und Bohemiens und deren Mädchen und Frauen, und Vogeler hob ein berauschendes Freiheitsgefühl. Wie einen Baum, in dessen Stamm und Krone nach stumpfen, endlosen Wintertagen der Saft schießt, erfüllte ihn eine unerklärliche, unabweisbare Energie, ein Glücksgefühl sondergleichen. Woher kam diese Kraft? Und warum überfiel sie ihn jetzt? Weil das Studium hinter ihm lag und vor ihm die Freiheit und das Leben. Weil Courbets Bild ihm wortlos gesagt hatte, dass die Freiheit der Kunst unbeschränkt war und die Kunst, die Liebe und das Leben sich aus der gleichen Quelle speisten.

Als Vogeler, zurück in Bremen, seinen Kollegen Fritz Overbeck besuchen wollte, eröffnete ihm dessen greise Mutter, ihr Fritzchen sei, leider, leider, ins Moor gezogen, nach Worpswede, und habe sich dort anderen Künstlern angeschlossen. Was das wohl wieder für ein Unfug sei? Freiwillig ins Teufelsmoor zu ziehen? Die Alte wackelte mit dem Kopf. Brotlos sei das doch alles. Künstlermarotten. Der Herr Vogeler solle sich daran bloß kein Beispiel nehmen, sondern lieber in die Firma seines Vaters eintreten. Das sei jedenfalls eine solide Sache, und und und – – –

Kurz entschlossen packte Vogeler seine eben erst ausgepackten Sachen wieder zusammen, fuhr mit der Eisenbahn bis Osterholz, ging von dort zu Fuß weiter bis zur Hamme und wanderte dann den Treidelpfad entlang. Im Mittagsblau meckerte eine Himmelszeeg, wie die Bauern die Schnepfenart nennen, die beim Flügelschlagen ein Meckern erzeugt, als käme es von einer Ziege. In Paris hatten schon die Magnolien, Kamelien und Kastanien geblüht, hier lächelte erst der Vorfrühling ins Land, zauberte zartes Grün aus Büschen und Birken.

Unter braunem Segel trieb ein Torfkahn lautlos flussabwärts. Vogeler rief den Schiffer an. Das Boot scherte, ohne zu halten, ans Ufer, und Vogeler sprang hinein. Einen Augenblick schlappte das Segel wie unentschlossen, dann war der Kahn wieder unterm Frühlingswind, und nach einstündiger Bootsfahrt streifte die Bordwand das niedrige Ufer bei der Hammehütte.

»Hier müst du rut«, sagte der Schipper.

Vogeler sprang an Land. »Velen Dank ok.«

»Dorvör nich. Kamm man gaud hen.«

Feldergestreift, mit einer dunklen Kiefernhaube, hob sich überm Wiesengrün der Weyerberg vom Horizont. Der Anblick kam Vogeler, er wusste nicht, warum, wie ein Versprechen vor, ein Wink des Schicksals, und das rauschhafte Glücksgefühl, das er erstmals in Paris gespürt hatte, ließ ihn erneut schweben.

Am Dorfrand hatte sich Fritz Overbeck eine Bauernkate gemietet. Der gedrungene, breitschultrige Mann mit strubbeligem Schnurrbart und borstigem Haarschopf stand vor der Haustür und empfing Vogeler mit kräftigem Händedruck.

»Na, da sind Sie ja endlich«, sagte er, als hätte man Vogeler schon lange erwartet und rechnete nun fest mit seinem Bleiben. »Wir haben Ihnen fürs Erste bei einer Witwe ein Mansardenzimmer gemietet, klein, aber reinlich. Und wenn Sie sich eingerichtet haben, erwarten wir Sie im Krug.«

»Wir« – neben Overbeck waren das Fritz Mackensen, Hans am Ende und Otto Modersohn. Als Vogeler an ihrem Stammtisch im Krug saß, erzählten sie, wie Mackensen aus Liebe, wenn auch aus einer sehr flüchtigen Liebe, zu einem aus Worpswede stammenden Mädchen erstmals hierhergekommen war und Dorf und Moor, Land und Leute, Birken und hohe Himmel und all die herrlichen Motive entdeckt hatte. Hans am Ende und Otto Modersohn, die wie Mackensen in München studiert hatten, hörten sich seine Elogen an, kamen skeptisch zu Besuch – und blieben. Anfangs teilten sie sich bei einem Kleinbauern ein Zimmer, das von den drei Betten so vollgestellt war, dass man durchs Fenster ein- und ausgehen musste. Skizzenblätter, Zeichnungen, Studien, Aquarelle hingen an einer Wäscheleine zwischen den vom Torfofenrauch und Tabaksqualm geschwärzten Dachbalken. Ein alter Birnbaum vor dem Fenster diente als Kleiderschrank. Zwischen den Ästen spannte man als Regenschutz den Rest eines geteerten Segels auf. So hatte alles angefangen.

Inzwischen bewohnten die Maler eigene Zimmer in verschiedenen Häusern, Mackensen bei Mutter Schröder, einer sehr armen Lehrerwitwe. Sie bezog nur eine winzige Pension, hatte aber noch eine Parzelle Land, die für etwas Roggen, Kartoffeln und Gemüse langte, und ums Haus herum gab es einen Obstgarten und ein Stück Moor zum Torfmachen. Meta Schröder hatte dreizehn Kinder zur Welt gebracht, von denen die meisten, wie das im Teufelsmoor so üblich war, nach Amerika auswanderten. Einer der Söhne sollte in Georgia als Hühnerdieb gelyncht worden sein, ein anderer als Kunstreiter eines Wanderzirkus tödlich verunglückt, ein dritter auf dem Treck nach Kalifornien von Indianern massakriert, ein Glücklicher steinreich geworden mit Petroleum – was man eben so hörte, gerüchteweise, aber gesehen wurde keiner mehr, ins Moor kehrte keiner heim, und Dollars schickte der alten Mutter auch niemand.

Geblieben waren einstweilen drei Töchter und zwei Söhne; die Söhne sollten und wollten wohl auch Lehrer werden. Marie, die älteste Tochter, arbeitete in der Küche des Gasthauses *Stadt Bremen* und war mit Mackensen liiert, einem sehr gut aussehenden Mann und Reserveoffizier, dem wie kaum einem anderen das Wort »schneidig« angemessen war. Öffentlich vertrat er zwar stockkonservative Moralvorstellungen, war skeptisch gegenüber jeder Aktmalerei und ein entschiedener Gegner der um sich greifenden Freikörperkultur, galt jedoch als notorischer Schürzenjäger. Später, als der Frauenbedarf des Malers immer größer wurde, immer schneller wechselte und immer spekulativere Formen annahm – forschte er seine vorübergehenden Verbindungen doch nach Erbgut aus, und zwar sowohl in finanzieller als auch in rassischer Hinsicht –?, wurde er Maries überdrüssig, obwohl sie seiner Meinung nach den »wertvollen blonden Ariertyp« verkörperte.

Am Tag nach Vogelers Ankunft führten ihn Modersohn und Overbeck durch die nähere Umgebung, vorbei an Friedhof und Kirche auf den Weyerberg, und rasteten oben beim Obelisken, der dort zu Ehren eines Architekten stand, der das Moor entwässert hatte. Sie lagerten sich zwischen Kiefern und Eichengebüsch im seidigen Heidegras. Der wortkarge Modersohn zog den Block aus seinem Rucksack und machte Kohleskizzen. Overbeck lag auf dem Rücken, die Pfeife zwischen den Zähnen, und sah den Rauchwölkchen nach, die er ins Blaue blies.

»Verstehen Sie, warum wir geblieben sind, Vogeler?«, fragte er. »Warum bleiben Sie nicht auch?«

Vogeler wiegte den Kopf hin und her. Zweifellos waren Dorf und Umland pittoresk, billig leben ließ sich hier allemal, die vier Kollegen, alle älter als er und auch ein wenig arrivierter, nahmen ihn freundlich, kollegial und vorurteilslos auf. Sich als Gleicher unter Gleichgesinnten einer Künstlerkolonie anzuschließen wie den Freiluftmalern von Barbizon oder den Macchiaioli in der Toskana, die gegen den steifen Akademiebetrieb revoltierten, kam ihm verlockend vor. Aber *hier* bleiben? Ausgerechnet in Worpswede, im tiefsten Teufelsmoor?

Bevor er eine Antwort geben konnte, raschelte es im Eichengebüsch, und ein Mädchen in einem hellen Leinenkleid trat auf die Lichtung. Es hatte die Haare zu einem langen, goldblonden Zopf gebunden und trug auf der rechten Hand eine zahme Elster, wie einst vielleicht Edelfräulein einen Falken trugen.

Die ganze Erscheinung war feenhaft, herausgefallen aus einer längst versunkenen Epoche oder aus einem Bild Botticellis oder aus einem Märchen. Und Vogeler, der immer eine Ausgabe von *Des Knaben Wunderhorn* in der Tasche hatte und die Lieder des Walther von der Vogelweide auswendig kannte, verliebte sich, ohne noch zu wissen, wie ihm da geschah, auf der Stelle und auf den ersten Blick in dies Kind.

Modersohn blickte von seinem Skizzenblock auf und winkte dem Mädchen, das fünfzehn Jahre alt sein mochte. »Moin, moin, Martha. Komm, setz dich zu uns.« Und zu Vogeler sagte er halblaut, das sei die jüngste Tochter der Lehrerwitwe Schröder.

Marthas Bewegungen waren von natürlicher Anmut, ohne Bedürfnis, wirken zu wollen, ohne Kalkül. Vogeler sah ihr in die wasserblauen Augen. An den Schläfen war ihre Stirn fast kantig. Sie hielt seinem Blick stand. Und dann sah er auf ihre Hände – so geschickt und real, wie sie die Dinge anfasste, das Tier, die Blumen, wie sie mit einer Hand über das weiche Heidegras strich. Schüchtern wie ein Schuljunge wusste er nicht, was er sagen sollte, hielt sich für unerfahren und tölpelhaft, fürchtete, dass sie seine Sommersprossen abstoßend finden könnte, lächelte schief. Sie lächelte schüchtern zurück.

Vogeler blieb. An den folgenden Tagen streifte er mit seinem Skizzenbuch durch Moor und Wiesen, stieg wieder auf den Weyerberg zu den windschiefen Kiefern und den weichen Gräsern, wanderte unter Birkengrün am Fluss und den Kanälen entlang, zeichnete nach der Natur und fantasierte Kompositionen aus lauter Märchenmotiven, Ritter und edle Fräuleins, Drachen und Pfauen, verzauberte Brunnen und verwunschene Gärten, durch die das Mädchen Martha geisterte als die zu erlösende, von ihm, Heinrich Vogeler, wach zu küssende Prinzessin eines Luftschlosses.

Er blieb. Ständig hoffte er, sie möge ihm wieder erscheinen wie auf dem Berg, aber nachdem er sie eine Woche lang nicht zu Gesicht bekommen hatte, fasste er sich ein Herz und klopfte bei Mutter Schröder an. Dann saß er im verwilderten Obstgarten, zeichnete Martha im Profil. Und danach zeichnete er Martha von vorn, blieb und malte ein größeres Ölbild: Martha unter einem kleinen, fruchttragenden Apfelbaum.

In seiner Mansarde stand die Gitarre stets griffbereit, und abends, wenn nicht mehr genügend Licht zum Malen blieb, sang er kleine, selbst komponierte Melodien zu kleinen, selbst gedichteten Versen und dachte dabei an sie.

»Wenn der Mond in hellen Silbernächten
Steigt leise in Dein Kämmerlein,
Wenn er spielt mit Deinen goldnen Flechten,
Schaut in die Augen Dir hinein,

Wenn er küsst Dein weiches Seidenhaar,
Dann bringt er Dir meine Grüße dar.«

Solche Reime waren dilettantisch, und das wusste er auch, aber sie waren tief und ehrlich empfunden. Und das wusste *sie* oder hoffte es jedenfalls, denn gegen Leute, die aus der Stadt kamen, hegte sie ein schwer zu überwindendes Misstrauen – erst recht, wenn sie so geckenhaft gekleidet waren wie dieser ihr plötzlich und unverhofft zugeflogene Vogeler. Immerhin parlierte er nicht so geziert daher wie manche Städter, sondern beherrschte im Gegensatz zu den anderen Künstlern sogar das Plattdeutsche, weil er es schon als Kind von den Arbeitern in Werkstatt, Lager und Kontor seines Vaters gehört hatte. Damit machte er sich trotz seiner exzentrischen Kostümierungen im Dorf sehr schnell beliebt, und auch Mutter Schröder sah es mit Wohlwollen, wenn ihre jüngste Tochter diesem jungen, etwas schüchternen Bremer Bürgersohn Modell saß.

Also blieb er, ließ sich von Hans am Ende in die Geheimnisse der Radiertechnik einführen und nutzte seine Porträtskizzen für die Radierung *Verkündigung Mariä,* auf der er Martha noch um einige Jahre jünger aussehen ließ. Angetan mit einem Reformkleid aus Libertystoff, das Vogeler eigens in Bremen besorgt hatte, sitzt da die Kindfrau verträumt und staunend im Gras und schaut zu einem Engel auf, der sich zu ihr neigt und dabei auf einer Gitarre spielt, und in die Richtung, in der sich bei dieser minderjährigen Maria der Ursprung der Welt befindet, ragt der Hals des Instruments, als wüchse er aus der Körpermitte des Engels hervor.

Gewagt sei das, befand Hans am Ende, raffiniert und zugleich voller Unschuld. Und Mackensen sagte anerkennend, Vogeler habe es ja faustdick hinter den Ohren. Als er endlich begriff, wie die Kollegen es meinten, wusste er nicht, ob er sich schämen oder stolz sein sollte.

Er blieb. Am Heideabhang des Bergs gab es eine alte, abgesoffene Lehmkuhle, die zur Ziegelei gehörte. Manchmal streiften die Dorfkinder hier umher; die Mädchen fingen Libellen und flochten Kränze aus weißrosa Heide-Immortellen, und die Jungen fischten Kaulquappen und Wassermolche, mit denen sie dann die Mädchen erschreckten. Aber meistens lag der Ort einsam und still da und wurde zu Marthas und Heinrichs Lieblingsplatz. Hier machte er unzählige Skizzen von ihr, und einmal, an einem drückend heißen Sommerabend, überredete er sie dazu, sich auszuziehen. Aus den Skizzen der vor Scham stocksteif im Gras liegenden Martha, die ihren Zopf zu einer blonden Woge gelöst hat und den linken Arm in den Himmel reckt, würde irgendwann ein Gemälde entstehen.

Die vom Berg sanft abfallende Landschaft war

fast baumlos, zeigte aber gegen die ständig wechselnden Himmelsfarben eine charakteristische Silhouette. Auf halber Höhe des Hanges wölbten sich vor der untergehenden Sommersonne zwei Kastanienbäume, und unter diesen Kuppeln einer organisch gewachsenen Basilika war ein Strohdachhäuschen zu erkennen. Dort mit Martha wohnen zu können – es wäre ein dem Tageslicht standhaltendes Traumbild, sein zur Wirklichkeit gewordenes Luftschloss. Er war sich sicher, dass Martha es ebenso sah, als sie wieder in ihr Kleid schlüpfte. Das sagte er aber nicht. Warum etwas aussprechen, worüber stillschweigend Einverständnis herrschte?

Die Kate unter den Kastanien gehörte dem alten Brennmeister der Worpsweder Ziegelei. Er starb im Herbst, und der Zufall wollte es, dass kurz darauf auch Vogelers Vater starb, viel zu früh und überraschend. Da von den drei Brüdern niemand die Firma übernehmen wollte, wurde sie verkauft. Sein Anteil an der Erbschaft machte Vogeler zwar nicht reich, aber doch so wohlhabend, dass er der Witwe des Brennmeisters ein Angebot für das baufällige Häuschen unterbreiten konnte. Die Alte war dem Alkohol verfallen, trank selbst gebrannten Genever aus einem Tonbecher, während sie über dem offenen Feuer in der Diele Bratkartoffeln mit Muttenspeck briet. Im Stall meckerten Ziegen, ungeduldig, gemolken zu werden. Das zum Haus gehörende Grundstück war verwahrlost – ein kleiner Fetzen Acker war mit Kartoffeln bebaut, und ein paar Kohlstrünke und verkümmerte Johannisbeerbüsche zeugten von besseren Zeiten.

Vogeler plagten Skrupel, ob er der armen Frau nicht das nehmen würde, was sie mit ihrem Mann verbunden hatte, aber sie war heilfroh, das undichte Dach, die bröckelnden Mauern, den feuchten Keller und die vier Morgen Land mit all der unerledigten Arbeit los zu sein, und betrachtete die 3000 Mark, die Vogeler ihr bot, als einen vom Herrgott persönlich gesandten Reichtum.

Martha und ihre Mutter nahmen den Kauf mit gemischten Gefühlen zur Kenntnis. Ihnen musste es unerhört protzig und unsympathisch vorkommen, wenn ein so junger Mensch, der im Leben noch kaum etwas geleistet hatte, ein derartiges Vermögen in die Hand bekam und sich dann auch gleich das Haus unter den Kastanien kaufte. Martha zog ein saures Gesicht. Wahrscheinlich dachte sie: Bald wird der Heinrich sich auch eine Frau aus der Stadt holen.

Das Misstrauen legte sich schnell, als keine hanseatisch-blasierte Bremerin auf der Bildfläche erschien, sondern nur ein paar Handwerker und Arbeiter, die Vogeler zur Hand gingen. Besonders gut verstand er sich mit August Freitäger, einem Zimmermann, der nach seiner Lehre zünftig auf die Walz gegangen und Deutschland und die Schweiz durchwandert hatte, sein Handwerk wie kein Zweiter beherrschte und ein Improvisationsgenie war.

»Man mutt allens bruken, worto dat good is, sä de Buer un trekkt sik'n Worm ut'n Mors un bunn sik'n Scho domit to.«

So lautete sein Credo, das für Damengesellschaften ungeeignet war, aber als Motto für den Umbau des Hauses bestens funktionierte. Schornsteine wurden gesetzt, das Dach erneuert, der Keller trockengelegt, ein Atelier angebaut und der Ziegenstall in eine Bibliothek umgewandelt. Das schadhafte Spitzdach aus Stroh wurde durch Ziegel ersetzt und zu einem Mansardendach umgebaut, indem man einen Giebel vorsetzte und über der Küche einen zweiten. Die Giebelformen im Empirestil zeichnete Vogeler in Originalgröße in den Sand, was Zimmermann Freitäger höchsten Respekt abnötigte. Er baute die Giebel dann einfach auf dem Boden als Holzschablonen vor. Diese Kulissen wurden mit Seilen aufgerichtet und in Backstein hintermauert. Und so verwandelte Vogeler das zerlumpte Dornröschen einer kümmerlichen Bauernkate nach und nach in die anmutige Prinzessin Barkenhoff, die alle Besucher bezaubern sollte.

Vorerst aber waren noch an allen Ecken und Enden die Mauern offen, teilweise fehlte das Dach. Der Sturm heulte durchs Haus, es regnete herein. Vogeler schlief unter einer Zeltplane und einem aufgespannten Regenschirm, aber er durfte mit Fug, Recht und ohne falschen Stolz behaupten, in seinem Haus jeden Balken und jedes Dielenbrett, jeden Mauerstein und jeden Dachziegel zu kennen.

Im Frühjahr pflanzte er die Birken und gab dem Haus den Namen Barkenhoff. Ein Fuhrunternehmer brachte aus Bremen allerhand Möbel, die zu Vogelers Erbteil gehörten – sein eigenes Mobiliar würde er später entwerfen und bauen.

Mutter Schröder war besänftigt, und die Dörfler staunten. Dieser Mann sprach ja nicht nur Platt, sondern er wusste genau, was er wollte, konnte kräftig zupacken, verstand eine Menge vom Handwerk und sogar ein bisschen was von der Landwirtschaft. Und Martha war sich jetzt sicher, ihn zu lieben.

Fast schien es, als käme mit dem Haus der Erfolg. Eine Gruppenausstellung der Worpsweder Maler in der Bremer Kunsthalle erregte freundliches Aufsehen, der Präsident des Münchner Glaspalastes sah sie sich an und holte sämtliche Bilder zur Jahresausstellung in den Glaspalast, wo sie gleich zweimal präsentiert wurden und für eine mittlere Sensation sorgten. Mackensen bekam eine Goldmedaille, Modersohns *Sturm im Teufelsmoor* kaufte die Neue Pinakothek. Anschließend wanderte die Ausstellung durch zahlreiche deutsche Museen und Galerien. Die gefeierten Kollegen legten Geld zusammen, erwarben eine gebrauchte Kupferpresse und stellten sie im Barkenhoff auf. Vogeler geriet in einen Schaffensrausch, schickte eine komplette Kollektion seiner radierten Märchenfantasien zur grafischen Ausstellung nach Wien.

Der Worpsweder Bäcker, der zugleich auch der Postverwalter des Dorfs war, kam eines Tages in seinem mehlbestaubten Blaumann zum Barkenhoff gerannt und wedelte schon von Weitem in heller Aufregung mit einem Stück Papier. »Herr Vogeler«, keuchte er atemlos, »Sei hebbt beten wat wunnen, 'ne lüttje – – –«

Vogeler griff nach dem Telegramm, aber der Bote ließ es sich nicht nehmen, mit mühevollem Hochdeutsch, aber gravitätischer Würde vom Blatt zu lesen: »Die Kleine Goldene Medaille der Wiener Graphischen Ausstellung.«

Obwohl die Auszeichnungen den jeweils einzelnen Malern galten, die Preise, die sie für ihre Arbeiten bei Mäzenen, Sammlern und Galeristen erzielten, unterschiedlich hoch und die stilistischen Differenzen erheblich waren, wurden sie in der Öffentlichkeit als Gruppe wahrgenommen, was ihren Bekanntheitsgrad steigerte. Sie gründeten den *Künstler-Verein Worpswede,* wussten aber eigentlich nicht recht, welchen Sinn und Zweck ihr Verein erfüllen sollte.

Zu ersten Konflikten kam es, als Mackensen und Hans am Ende es kategorisch ablehnten, die inzwischen in Worpswede ansässigen Künstlerinnen Clara

Westhoff und Paula Becker aufzunehmen. Das war besonders absurd, weil Mackensen beide Frauen als Mal- und Zeichenschülerinnen – und, wie die stille Post des Dorfklatsches wissen wollte, nicht nur zum Malen und Zeichnen – akzeptiert und ausgebildet hatte.

Am Ende und Mackensen, beide erzkonservative, völkisch orientierte Reserveoffiziere, sahen schließlich die Ehre des Vereins und der Künstlerkolonie in den Schmutz getreten, als sie dahinterkamen, dass Vogeler und Modersohn Aktbilder malten, und zwar nicht, wie es sich gehört hätte – wenn es denn überhaupt und unbedingt sein musste! –?, im dezent abgeschirmten Interieur ihrer Ateliers, sondern in freier Natur. Bei der verfallenen Hütte unten am Hammeufer oder oben bei der Lehmkuhle malte Heinrich seine Martha so unbekleidet wie unschuldig, und Modersohn malte die nackte Paula Becker. Sei es, dass spielende Kinder ein paar Blicke erhascht und dann ihren Eltern davon berichtet hatten, sei es, dass sich Spanner im Schutz von Büschen angepirscht und die Szenen lüstern beobachtet hatten – im Dorf kursierten bald die wildesten Gerüchte. Dekadenz! Unzucht! Orgien! Skandal!

Am Ende und Mackensen forderten die sofortige Einstellung des unsittlichen Treibens. Zwischen Vogeler und am Ende, der auf dem Grundstück des Barkenhoffs ein kleines Heuerhaus gemietet hatte, das Vogelers Mutter sich später als Sommerwohnung herrichten wollte, kam es deshalb zu einem heftigen, lautstarken Streit, der darin gipfelte, dass der Maleroffizier Vogeler zum Duell forderte.

Am nächsten Tag erschien tatsächlich als Sekundant der Dorfarzt auf dem Barkenhoff. »Sie müssen Ihre Beleidigungen zurücknehmen«, sagte er und sah Vogeler dabei bitterernst durch seinen Kneifer an. »Andernfalls besteht Herr am Ende auf seiner Forderung. Und er gilt als guter Schütze – – –«

Vogeler lachte dem Arzt ins Gesicht. »Was soll ich denn zurücknehmen? Dass Herr am Ende ein Spießer ist? Dass Modersohns Aktbilder künstlerisch moralischer sind als am Endes radierte Idyllen? Wenn er dafür sorgt, dass die Gerüchte und der widerliche Dorfklatsch aufhören, ist der Fall für mich erledigt.«

»Für Sie? Aber – – –«

»Und Herr am Ende darf dann einstweilen sogar im Heuerhaus wohnen bleiben.«

Der Arzt nickte stumm, verabschiedete sich – und der Fall war erledigt. Diese Posse, die auf einer Schwankbühne vielleicht für ein paar Lacher gut gewesen wäre, bedeutete das endgültige Aus für den Verein, der nur zwei Jahre bestanden hatte. Modersohn, Vogeler und Overbeck erklärten einfach ihren Austritt – und damit war dann auch dieser Fall erledigt.

Vogeler blieb in Worpswede.
Und dann kam Rilke.

»Sü, sü, slaap in, mien Kind – – –«

Ach, Rilke. Vogeler fröstelt in der Frühlingssonne, reckt sich. Durch sein Metier als Schriftsteller und Dichter, zumal einer, der Kunstgeschichte studierte oder jedenfalls für eine Weile studiert hat, ist Rilke unter den bildenden Künstlern zwar immer der Außenseiter geblieben, hat ihnen aber die Macht des Worts voraus, die Fähigkeit, Erfahrungen in Sprache zu verwandeln. Und mit seiner Monografie über die fünf Künstler hat er sich zum Ideologen der Worpsweder Kolonie aufgeschwungen, obwohl die Gruppe schon tief zerstritten war, als Rilke die Bühne betrat. Künstler-Verein? Im Grunde war bereits das Wort ein Widerspruch in sich, vom Gedankenstrich eher getrennt als zusammengehalten. Künstler müssen Einzelgänger sein, Eigensinnige jedenfalls, weil nur aus Eigensinn entstehen kann, was ein Werk ausmacht: Stil. Vereine, Gesellschaften, Gruppen, Organisationen – dergleichen lenkt nur ab, nivelliert.

Aus den Trümmern des Vereins ist das entstanden, was Paula die Worpsweder »Familie« nennt – aber auch diese Familie ist längst zerrüttet und gespalten. Stimmt womöglich Nietzsches Bemerkung, Gemeinsamkeit mache gemein? Natürlich braucht man Freunde, Seelenverwandte, braucht auch Geliebte. Aber braucht man die Ehe? Ist die Ehe womöglich nichts weiter als eine dieser bürgerlichen Institutionen, die alles nivellieren und die Intuition schwächen? Hinter zugezogenen Gardinen liegt Martha in Erwartung des dritten Kindes, unpässlich, enttäuscht und verbittert. Bald wird das Kind im Kinderwagen liegen, sü, sü, aber manchmal kommt es Vogeler so vor, als würden die Kinder die Liebe verschlingen. Oder tötet die Kunst Leben und Liebe?

Vor einigen Tagen hat Martha es ihm ins Gesicht gesagt. »Du hast keine Zeit fürs Leben«, hat sie gesagt und sich dabei über den Schwangerschaftsbauch gestrichen, als habe sie Schmerzen, »du hast auch keine Zeit für deine Kinder und für mich auch nicht mehr. Du bist ein Märtyrer deiner Kunst, ein Sklave deiner Arbeit und deines Erfolgs. Und fühlst dich auch noch wohl dabei – – –«

Er hat keine Antwort gewusst, weiß sie immer noch nicht. Hat er Martha, vielleicht sogar seine Kinder, missbraucht als Material, als Mörtel seiner Arbeit?

Mieke sieht zu ihm herüber. »Bist du traurig, Papa?«

»Nein, nein – – –«

»Willst du mit uns spielen?«

Er hockt sich neben sie in den Sand, streicht ihr

übers Haar. »Ein anderes Mal«, sagt er. »Jetzt muss ich meine Sachen packen.«

Er betritt sein Haus durch den Seiteneingang, der zur Zeit des alten Brennmeisters der einzige Eingang war. Menschen und Tiere benutzten ihn, und der Torfrauch der Feuerstelle zog durch ihn ins Freie ab. Ins Freie? Merkwürdiger Doppelsinn. Als ob ihm das Haus zum Gefängnis geworden sei. Den Haussegen über der Dielentür gab es früher noch nicht. Den hat erst Rilke sich ausgedacht, und Vogeler hat ihn mit Stecheisen und Beiteln eigenhändig in den Fachwerkbalken gekerbt.

Das Weihnachtsfest beging Rilke unterm soliden Gebälk von Vogelers Elternhaus, einer Bremer Patriziervilla an stiller, von alten Linden gesäumter Straße. Hinterm Haus lag ein weitläufiger, parkartiger Garten, durchzogen von Wegen aus weißem Weserkies.

Der Familienkreis, dem nach dem frühen Tod ihres Manns nun Vogelers Mutter vorstand, hatte sich vollständig eingefunden: zwei jüngere, noch ledige Schwestern und, in Begleitung ihrer Verlobten, die beiden Brüder Vogelers. Sie hatten, wie auch Heinrich, kein Interesse an einer Fortführung der väterlichen Firma gezeigt, sondern sich von ihrem Erbe einen Gutshof bei Zeven gekauft. Dort betrieben sie eine erfolgreiche Geflügelzucht nach amerikanischem Muster. Einige Onkel, Tanten, Nichten und Neffen komplettierten die Runde. Martha Schröder verbrachte Weihnachten in Worpswede bei ihrer Mutter.

Der Tisch im Speisezimmer war festlich eingedeckt, und durch die geöffnete Schiebtür funkelte der üppig geschmückte Weihnachtsbaum im großen, mit dunklem Holz getäfelten Salon. Eingestellt auf die gediegene Großbürgerlichkeit hatte Rilke sich mit einem dunkelgrauen, dreiteiligen Anzug, den freilich – als dezenten Ausdruck seines Künstlertums – eine weinrote Krawatte und gleichfarbige Gamaschen gewissermaßen einrahmten. Platziert wurde er zwischen Vogelers jüngster Schwester Henny und einer korpulenten Tante aus Schwanewede, neben der Rilkes schmächtiger Körper spindeldürr wirkte. Da die Tante schwerhörig war, musste er sehr laut sprechen. Seine sonst leise, immer ein wenig bittend klingende Stimme bekam so etwas Durchdringendes und Schrilles und war am ganzen Tisch vernehmbar.

Als Angehöriger eines uralten böhmischen Adels- und Offiziersgeschlechts, rief er zwischen Suppe und Hauptgang der Tante ins geneigte Ohr, sei er zwar mit hanseatischer Lebensart im engeren Sinn unvertraut, doch gebe es auch in seiner weitverzweigten

Familie Vertreter traditionsreicher Kaufleute mit Verbindungen in höchste und, jawohl, allerhöchste Kreise.

Die dicke Tante nickte stumm und lächelte freundlich.

Vogeler fand, dass etwas an Rilkes Gerede nicht stimmte, was durch die forcierte Lautstärke noch betont wurde. Es gab da einen schwer zu definierenden, an Heuchelei grenzenden Unterton, der zwischen unschuldigem Wolkenkuckucksheim und kalkulierter Hochstapelei changierte.

Rilke schien es jedenfalls durchaus nicht unangenehm zu sein, dass ihm schon bald der ganze Tisch zuhörte. Übrigens, rief er, plane er im kommenden Jahr eine Russlandreise, in deren Verlauf er auch dem hochverehrten Grafen Tolstoi sowie dem Fürsten Trubetzkoi seine Aufwartung zu machen gedenke.

Die Tante nickte. »Ach was – – –«

Ob denn diese Herrschaften etwa auch zu seiner Verwandtschaft zählten?, erkundigte sich Vogelers angehende Schwägerin Philine.

Rilke schien einen Augenblick zu überlegen, trank einen Schluck Wasser und sagte dann eher gedämpft: »Nicht direkt.«

»Ach, Russland – – –« Die 17-jährige Henny seufzte ein Backfischseufzen. »Wenn man da doch mitreisen könnte. Die russische Seele. Balalaikaklänge. Und diese zauberhaften Puppen – – –«

Sie warf Rilke einen staunenden, auch sehnsüchtigen Blick zu, der Vogeler nicht entging. Woher, fragte er sich, kam die geradezu magnetische Wirkung auf Frauen, die dieser keineswegs hübsche Mann ausstrahlte?

Ob der Herr Rilke denn allein oder in Gesellschaft zu reisen beabsichtige?, fragte Vogelers Mutter spitz. Hennys Schmachten war auch ihr nicht entgangen. Heinrich stellte diesen merkwürdigen Dichter doch wohl der Familie nicht etwa vor, auf dass er ihren Töchtern nachstellte!

Er fahre, sagte Rilke, in Begleitung des Professors Andreas, jenes hochbedeutenden, dem persischen Königshof eng verbundenen Orientalisten – – –

Dem Mienenspiel der Tischgesellschaft war zu entnehmen, dass der Hochbedeutende hier eher unbekannt war. Man nickte fragend und blickte verständnislos. Nur die schwerhörige Tante machte: »Ach was?«

– – – sowie, fuhr Rilke fort, sowie dessen Gattin, der in ganz Europa berühmten Schriftstellerin, Rilke legte eine kurze Fermate ein, Lou Andreas-Salomé.

»Oho«, machte Vogelers Bruder Franz ebenso vage wie zweideutig.

»Ist das nicht die Dame, die angeblich mit Friedrich Nietzsche – – –«, sagte Henny ganz aufgeregt und errötete dabei, »also ich meine, die, na ja – – –«

Vogelers Mutter schwieg, zuckte aber indigniert

mit den Mundwinkeln – ein untrügliches Zeichen, dass sie das Thema lieber auf sich beruhen lassen würde. Künstler hin, Dichter her, von unmoralischen Philosophen wie Nietzsche und deren Mätressen ganz zu schweigen: Der neue Freund ihres Sohns war ihr ersichtlich unheimlich. In ihren Augen machte Rilke sich bereits dadurch verdächtig, dass er Wein ablehnte, nur Wasser trank, auch Fleisch verschmähte und sich lediglich Gemüse auflegen ließ. Gesund konnte das jedenfalls nicht sein. Immerhin sprach Rilke dem inzwischen gereichten Dessert eifrig zu, roter Grütze mit Vanillesoße und Schlagsahne.

Als nach dem Essen Likör und Zigaretten für die Damen, Cognac und Zigarren für die Herren gereicht wurden, winkte Rilke wiederum ab. Vogeler wunderte sich, hatte Rilke im Frühjahr in Florenz doch noch Alkohol getrunken, und zwar deutlich mehr, als er vertragen konnte. Und hatte er da nicht auch geraucht?

Die naheliegende Frage stellte jedoch die unbefangene Henny. »Sie sind wohl Temperenzler, Herr Rilke?«

Rilke räusperte sich. Er lebe, sagte er dann feierlich, als hätte er die Frage längst erwartet, er lebe, wo es gehe, von Gemüse, um dem einfachen, durch nichts Fremdes gesteigerten Lebensbewusstsein nahe zu sein. Und Wein gehe in ihn nicht mehr ein, weil er wolle, dass nur seine Säfte reden und rauschen und

Seligkeit haben sollten wie in Kindern und Tieren, tief aus sich selbst.

»Ach was?«, sagte die Tante.

»Ich – – – verstehe«, stammelte Henny verständnislos.

Frau Vogeler klatschte in die Hände, aber es war kein Beifall, sondern ein Signal. »Lasst uns noch unterm Weihnachtsbaum singen«, rief sie.

Die Gesellschaft wechselte in den Salon und versammelte sich um den Baum. Onkel Fritz setzte sich ans Klavier, stimmte das Lied an, in dem die grünen Blätter des Weihnachtsbaums besungen werden, und alle fielen ein, gefolgt von Vogelers liebstem Weihnachtslied, in dem der glänzende Baum »getreuer Hoffnung stilles Bild« genannt wird und zwei Engel, die kein Auge kommen sieht, eintreten, beten und unbemerkt wieder verschwinden. Der zwischen religiösem Tiefsinn und deutscher Gemütlichkeit schimmernde Liedtext hätte von Rilke sein können, zumal er als Geschenk seinen ganz neuen Gedichtband mitgebracht hatte, der, dem Anlass angemessen, *Advent* hieß.

»Wir würden uns alle freuen, wenn Sie uns nun etwas daraus lesen wollten«, sagte Vogeler.

»Oh, bitte, jaja – – –«, seufzte Henny.

»Wenn es denn allgemein gewünscht wird.« Mit einem Anflug der Künstlern eigenen Koketterie warf Rilke einen fragenden Blick in die Runde, doch traf die Bitte den Dichter keineswegs unvorbereitet, zog er doch unverzüglich ein Exemplar des Büchleins aus seiner Anzugtasche.

Frau Vogeler zog die Augenbrauen hoch.

Mit leiser, sehr akzentuierter Stimme, rücksichtslos nun allerdings gegenüber der Tante aus Schwanewede, trug Rilke vor.

»Es treibt der Wind im Winterwalde
die Flockenherde wie ein Hirt,
und manche Tanne ahnt, wie balde
sie fromm und lichterheilig wird;
und lauscht hinaus. Den weißen Wegen
streckt sie die Zweige hin – bereit,
und wehrt dem Wind und wächst entgegen,
der einen Nacht der Herrlichkeit.«

Man war durchaus ergriffen. »Wie schön«, raunte es im Kreis, und »vortrefflich«, »bezaubernd« oder gar »betörend«, und Henny seufzte wortlos. Der Dichter ließ sich nicht lumpen und las nun allerlei von trauten, lauschigen Winterstuben, verschneitem Tann und holden Müttern wie Königinnen. Da schwanden selbst aus Frau Vogelers Blick hanseatische Strenge und Skepsis. Das war Lyrik ganz nach ihrem Herzen – besinnlich, harmonisch, erbaulich. Mit einem Wort: poetisch.

Vogeler, der das Bändchen bereits am vorigen

Abend gelesen hatte, gefielen aber jene märchenhaften Verse besser, in denen von Pfauenfedern und Vestageweihten, von weißen Schlössern in weißer Einsamkeit und schimmernden Schwänen in prahlenden Posen die Rede war. Sie hätten von Vogelers Zeichnungen und Radierungen inspiriert sein können, und vielleicht waren sie das sogar. Und ein Gedicht gab es, das Vogeler so aus der Seele sprach, als hätte er es selbst empfunden und erfunden.

»Lehnen im Abendgarten beide,
lauschen lange nach irgendwo.
›Du hast Hände wie weiße Seide …‹
Und da staunte sie: ›Du sagst das so …‹

Etwas ist in den Garten getreten,
und das Gitter hat nicht geknarrt,
und die Rosen in allen Beeten,
beben vor seiner Gegenwart.«

Das Gedicht hatte keinen Titel, aber für Vogeler hieß es stets *Martha, Heinrich und der Engel des Barkenhoffs* – – –

– – – und so heißt es immer noch für ihn, als er jetzt durch die alte Diele geht. Und obwohl der Engel längst das Haus verlassen hat und die Liebe zwischen Martha und ihm so brüchig geworden ist wie die Lederrücken mancher alten Bände in der Bibliothek, wird dies Gedicht bei ihm bleiben. Auch Martha wird bei ihm, in ihm bleiben, wenn sie sich trennen werden und eigene Wege gehen. Denn einen Menschen, den man einmal wirklich geliebt hat, den liebt man für immer. Daran glaubt Vogeler. Er will daran glauben.

Besteht das Geheimnis der Dichtung vielleicht darin, etwas zur Sprache zu bringen, was sich sonst im stummen Dasein verliert? Und macht Malerei nicht etwas zum Bild, was sich eigentlich gar nicht zeigen lässt? »Es ist so vieles nicht gemalt worden, vielleicht alles.« Das hat Rilke in seinem Buch über Worpswede geschrieben, aber Vogeler hat es bislang nicht verstanden. Jetzt, plötzlich, meint er zu verstehen – – –

Am zweiten Weihnachtstag fuhren sie mit dem Pferdeomnibus nach Worpswede. Der norddeutsche Winter war nasskalt und stürmisch; Regen- und Graupelschauer aus düsterem Himmel wechselten unvermittelt mit wolkenlosen Passagen, in denen die niedrige Sonne mit gläserner Klarheit über die Ebene fiel. In der feuchten Luft blieb das Holz der

Zäune und Gatter nicht farblos und fahl, sondern die Maserungen leuchteten und waren manchmal beschlagen mit rauchigem Grün und übersponnen von silbergrauen Flechten wie Brokatdecken oder alte Gewänder, und Seidenschleier schienen um die Birkenstämme gewoben zu sein.

Im Barkenhoff angekommen, brannte im offenen Kamin der Diele ein gelbrotes Torffeuer, das milde Wärme und wohlige Trockenheit ausstrahlte. Vor den Fenstern, gegen die ein Graupelschauer klöppelte, lag der Garten im Winterschlaf. Rilke bezog das blaue Gästezimmer im Giebel. Als er wieder nach unten kam, war der Tisch gedeckt und Martha eingetroffen.

»Meine Braut.« Vogeler lächelte etwas verlegen.

Rilke begrüßte sie mit einem charmanten Handkuss, was sie nicht gewohnt war und erröten ließ. Sie bereitete ein frugales Abendessen, Bratkartoffeln, Rühreier, Speck, Weserstinte. Vogeler bot Rotweinpunsch an, Rilke bat um Hagebuttentee.

Später, als sie in den von Vogeler entworfenen Lehnstühlen schweigend vor dem Kamin saßen und in die Glut schauten, die langsam zu schneeweißer Asche schmolz, sagte Rilke plötzlich, er fühle sich wie einer, der nach langer Reise endlich heimgekehrt sei.

Vogeler empfand die Bemerkung als Kompliment, gehörten Haus und Garten doch zu seinem Werk wie seine Bilder. War auch Martha Teil seines Werks?

Nordwestwind jagte Schauer um die Hausecken, rüttelte und schüttelte an Ziegeln und Traufen und machte die Stille im Haus noch tiefer. Im Flur schlug die Standuhr die Stunden.

Im Winterlicht des nächsten Morgens führte Vogeler Rilke in sein Atelier, zeigte ihm ältere, neue und auch einige entstehende Bilder. Drei Motive fanden sich in zahlreichen Variationen, nämlich erstens Martha – Martha im Profil, Martha von vorn, Martha kindlich, Martha königlich, Martha kostümiert, Martha hüllenlos, Martha realistisch, Martha allegorisch; zweitens der Garten – der Garten in Frühling, Sommer, Herbst und Winter, die helle Schlankheit der Birken, dichtes Gebüsch, prangende Früchte, belaubte Bäume mit nachdenklichen Kronen; und drittens das Haus – immer wieder das Haus, bei jedem Licht und jedem Wetter, von allen Seiten, bei Tag und Nacht, aus jeder Perspektive. Und in einigen Bildern vereinten sich Haus, Garten und Geliebte zu dem Dreiklang, in dem Vogeler zu jener Zeit schwang.

Mehr noch als von den Gemälden zeigte Rilke sich von den Federzeichnungen und Radierungen begeistert. Auf diesen Blättern voll züngelnder Arabesken herrschte ein Wachsen, Werden und Wuchern, ein Gleiten, Sichwinden und Schlängeln, ein Suchen, das nichts finden, sondern reizen wollte, eine Rastlosigkeit, die ins Nichtreale strebte und ratlos machte. Wirkliches und Märchenhaftes waren ineinander verrankt und verschlungen, verflochten zu Ornamenten aus Wellen, Schwänen, Nixen, Seerosen, entblößten Knaben und nackten Mädchen mit Blumengirlanden, Kurvenreichtum der Waldnymphen, Undinen, Faune und Sylphiden, geschmeidige, schlanke Gliedmaßen, lang wallende Haare, Kleider wie zerfranste Kelchblätter, Leiber, die sich in Stängel verwandelten, und Köpfe verzaubert zu nickenden Blüten.

Mit gesenktem Kopf, den gekrümmten Zeigefinger der rechten Hand nachdenklich zwischen Kinn und Unterlippe gelegt, stand Rilke lange vor einem Ölgemälde: unter blassblauem Himmel die von blühenden Apfelbäumen gerahmte Giebelseite des Hauses mit der Gartentreppe, die in eine von gelben Blumen wie mit Sternen übersäte Wiese mündet und zugleich von ihr aufwärtsstrebt.

»Es ist noch nicht fertig«, sagte Vogeler. »Es fehlt etwas. Aber ich weiß nicht genau – – –«

Rilke nickte. »Ein Stern«, sagte er und zeigte auf eine Stelle im Himmel über dem Haus.

Vogeler sah Rilke an, dann das Bild, dann wieder Rilke. »Ja«, sagte Vogeler, »wie recht Sie haben – – –«

Rilke murmelte Unverständliches in seinen Schnauzbart, eine Art Grummeln, Ächzen, als würde eine Maschine zögernd anspringen. Das dauerte einige Sekunden, und dann sagte er wie gedruckt:

»Leis steht das Haus vor einem letzten Sterne,
den die vergangne Nacht hinunterzieht.
Doch seine Fenster sind schon voller Ferne,
voll eines Morgens, welcher groß geschieht.«

Vogeler staunte. »So ist es«, sagte er, verwundert über Rilkes Improvisationskunst, aber auch bewundernd, »genauso ist es.«

Rilke lächelte. »Es ist aber auch noch nicht fertig.«

Fertig war allerdings ein Konvolut neuer Gedichte, die im nächsten Jahr als Buch erscheinen sollten. Und diese Gedichte, erklärte Rilke, müssten in einer großen, jeden Buchstaben klar für sich setzenden Schrift gedruckt werden. Denn das Charakteristische seiner Verse werde am besten ausgedrückt durch das Monumentalwerden auch der kleinsten, nur scheinbar geringen Worte, gebe es doch in seinem Werk nichts Unwichtiges, nichts Unfestliches. Jeder Vokal sei eine Feier, jeder Konsonant ein zur Feier geladener Gast. Weswegen der Titel des Bandes *Mir zur Feier* lauten werde, lauten müsse, ja, gar nicht anders lauten könne als *Mir zur Feier.*

Sich selbst derart schamlos unter Genieverdacht zu stellen, fand Vogeler zwar anmaßend, aber er nickte verständnisvoll. Rilke begriff es als Zustimmung.

Es gebe nur einen einzigen Künstler, der zu einer solch kongenialen Buchgestaltung in der Lage sei, sagte er mit einem bebenden Pathos, das keinen Widerspruch duldete, und sah Vogeler dabei mit schmelzender Dringlichkeit in die Augen, als machte er ihm den Hof. »Und dieser Künstler sind Sie«, flüsterte er. »Mein Weggefährte, Seelenverwandter, Bruder im Geiste, Sie, mein lieber Heinrich Vogeler.«

Vogeler war durchaus unbehaglich zumute. War es nicht eine Unverfrorenheit Rilkes, sich mit ihm auf eine Stufe zu stellen und sein Ansinnen so vorzutragen, als sei es für Vogeler schmeichelhaft, ein Werk Rilkes buchgestalterisch betreuen zu dürfen? Denn Vogeler hatte bereits den Durchbruch geschafft und stand im Begriff, zu einem der gefragtesten Illustratoren und Buchgestalter zu avancieren, der sich vor Anfragen und Aufträgen kaum retten konnte. Aber Rilke? Mit seinen knapp 23 Jahren war er kaum mehr als ein verkrachter Student der Kunstgeschichte, der einige lyrische Talentproben abgeliefert hatte, und über deren Qualität waren die Meinungen auch noch sehr geteilt. Doch klang in Rilkes dreistem Selbstbewusstsein eine innere Überzeugungskraft mit an, ein unwiderstehlicher, alle Vorbehalte überwältigender Charme. Wenn später von Rilkes zahlreichen Affären die Rede war und sich so mancher darüber wunderte, wieso diesem schmächtigen Mann mit dem traurigen Hundeblick junge Mädchen und reife Frauen gleich reihenweise erlagen, musste Vogeler immer an diesen Moment zurückdenken, in dem Rilke ihn für sich gewonnen hatte.

Das Manuskript war mit einem weinroten Samtband wie ein Geschenk verschnürt. Musste man zum Auswickeln Glacéhandschuhe anziehen? Auf dem Titelblatt aus edlem Büttenpapier stand, geschrieben mit lila Tinte in Rilkes eigenwillig-schöner Handschrift:

RAINER MARIA RILKE
MIR ZUR FEIER

Vogeler stutzte. Rainer? Hieß er denn nicht René?

Rilke schüttelte den Kopf. Er habe dem klugen Rat und den Wünschen eines sehr lieben Menschen entsprochen und seinen Namen geändert, da Rainer männlicher und energischer klinge, auch deutscher als das doch recht feminine René.

Vogeler nickte höflich, fragte sich jedoch, warum nicht eher Maria dieser Vermännlichung zum Opfer gefallen war. »Ein sehr lieber Mensch? Gehe ich recht in der Annahme, dass es sich um Frau von Salomé handelt?«

»So ist es, mein lieber Vogeler. Sie müssen sie unbedingt einmal kennenlernen. Neulich bei Ihrem Berlinbesuch ließ es sich ja leider nicht einrichten. Frau Salomé, Lou, meine ich, ist meine – – – ist mir – – –«

Dass Rilke sprachlich derart aus der Fassung geriet, nach Worten rang wie ein Asthmatiker nach Luft, kam höchst selten vor. Vogeler war das sympathisch, weil es die rhetorische Glätte und pathetische Eloquenz, mit denen Rilke zu beeindrucken pflegte, aufraute und menschlicher machte.

Frau von Salomé, fand Rilke den Faden wieder, verdanke er unendlich viel, zum Beispiel den Verzicht auf Alkohol und Nikotin, die Hinwendung zu fleischloser Kost sowie, allgemeiner gesprochen, den Glauben an das einfache Leben, das Leben der kleinen Dinge, das Leben der Tiere und der großen Ebenen, das Leben voller Bewegung, Wachstum und Wärme. Daher rühre auch seine Begeisterung für das Barfußlaufen.

Barfußlaufen? Dem Gedanken konnte Vogeler nicht recht folgen, sagte jedoch: »Ich verstehe – – –«

»Ich liebe es nämlich, Lou und ich lieben es, barfuß weite Wege zu gehen, um kein Sandkorn zu versäumen und meinem Leib, unseren Körpern, in vielen Formen die ganze Welt zu geben zum Gefühl, zum Ereignis. Mir zur Feier.«

Für die gemeinsamen Spaziergänge durch die winterliche Moorlandschaft lieh Rilke sich dann allerdings doch lieber Stiefel von Vogeler aus; sie waren ihm zu groß, aber Martha stopfte Stroh hinein – dann ging es. Am Himmel stand brach und weit schwefelfarbene Abendluft, in die sich von Westen eine lange dunkelviolette Wolke schob. Sie wirkte wie ein zum Moor greifender Arm, der in einer Krallenhand auslief. Im kahlen Pappelgeäst schrie ein Vogel. Es klang wie ein heiseres Schäckern.

Rilke blieb stehen und fasste Vogeler am Arm. »Haben Sie das gehört?«

»Natürlich. Eine Elster.«

»Ja«, flüsterte Rilke, »der Totenvogel. Aber haben Sie denn nicht gehört, wie sich das ganze Land und der Wind in diesen Schrei gelegt haben? Als ob der Vogel Dinge weiß, an denen man sterben muss.«

»Ich weiß nicht recht – – –«, sagte Vogeler. Wovon redete Rilke eigentlich?

»Da«, Rilke wurde leichenblass, zitterte, deutete auf die Pappelreihe, »die Bäume, aus denen es geschrien hat. Allein mit toten Menschen ist man lange nicht so preisgegeben wie allein mit Bäumen, weil sie ein Leben führen, das nicht an uns teilnimmt, uns nicht einmal sieht. Schauriges Land, euer Teufelsmoor. Schön, aber auch der Anfang des Schrecklichen.«

Rilke raunte so dringlich, dass Vogeler für ein paar Augenblicke fast glauben mochte, wie Elster und Bäume zu Gespenstern wurden. Als Künstler war er selbst ein Träumer und Märchengläubiger, aber solche Spökenkiekereien waren nicht seine Sache, und er wusste nicht, was er dazu sagen sollte.

Später, als Rilke mit seinem Rodin abgelauschten

Mantra *il faut travailler toujours* die Worpsweder »Familie« in eine Sklaverei permanenten Schaffens treiben wollte, musste Vogeler manchmal an den merkwürdigen Baum- und Vogelspuk zurückdenken. Gab es da einen Zusammenhang mit der Kluft zwischen Glück und Arbeit, zwischen Erfahrung und deren Gestaltung, die dem wirklichen Leben nie gerecht werden konnte? Wollte Rilke die Spannung mildern, die Widersprüche einfach wegzaubern durch Fantasien des Übersinnlichen, die er dann zu mystischer Wissensfülle stilisierte? In solchen Momenten verwandelte sich das Genie zum Geheimniskrämer, der Mönch zum Scharlatan.

Auch Martha war dieser Gast nicht ganz geheuer. Gewiss, er war charmant, aber wenn er wie geistesabwesend durchs Haus ging oder regungslos aus einem Fenster in den Garten starrte, dabei Unverständliches vor sich hin murmelte und in sein Notizbuch kritzelte, war ihr das unheimlich.

Einmal stieß er versehentlich eine Teetasse vom Tisch. Sie zerbrach. »Die Dinge des Alltags«, sagte er, »sträuben sich gegen den Umgang mit mir. Sie sehnen sich wohl nach Ihnen, liebe Martha.«

Sollte das eine Entschuldigung sein? Oder ein Kompliment?

Als er abreiste und Vogeler ihm zum Abschied die Hand reichte, umfasste Rilke sie mit beiden Händen, hielt sie fest und bedankte sich für die Gastfreundschaft. »Ich beneide Sie um Ihr Haus«, sagte er. »Das ist ein Werk, in dem man leben kann. Aber es ist *Ihr* Werk.«

»Kommen Sie recht bald wieder«, sagte Vogeler. »Sie sind hier stets willkommen.«

Als Rilke seine Hand losließ, bemerkte Vogeler auf Rilkes Zeige- und Mittelfinger lila Tintenflecken und unter seinen eigenen Fingernägeln Spuren grüner Ölfarbe – als wäre dies der Lack, mit dem ihre Freundschaft besiegelt wurde.

Im Atelier stellte er das Bild des Hauses auf die Staffelei, tupfte einen Stern in den Himmel, trat zwei Schritte zurück, neigte den Kopf zur Seite. Immer noch fehlte etwas. Aber dann malte er ins rechte Giebelfenster die dunkle Gestalt eines Mannes, der nach draußen schaut, und wusste, dass das Bild fertig war.

Einige Tage später kam ein Brief aus Berlin. Rilke bedankte sich noch einmal für die Tage in Bremen und Worpswede und insbesondere für Vogelers Zusage, *Mir zur Feier* zu gestalten. Zu den Versen, die er im Atelier vor dem Bild improvisiert hatte, schickte er eine Ergänzung.

»Zukünftiges und Weites im Gesicht –
so steht das Haus im noch nicht wachen Garten, –
und seine Stufen, die auf Wunder warten, –
täuschen sich nicht …«

Und schließlich habe er sich erlaubt, als Zeichen seiner tiefen Verbundenheit mit dem Barkenhoff und dessen Herrn einen Haus-Segen nach altdeutscher Tradition zu verfassen. Wenn Vogeler diesen Spruch überm Dieleneingang anbringen wolle, empfinde Rilke das als eine hohe Ehre und als Freundschaftsbeweis.

Vogeler ließ sich von dem alten Zimmermann anleiten, wie und mit welchem Werkzeug man dergleichen Inschriften in Holz kerbt. Nachdem sie die Buchstaben mit Kreide auf den Fachwerkbalken aufgetragen hatten, kratzte August sich nachdenklich am Hinterkopf. »Wat hett de Spröök egens to seggen, Heini?«

Vogeler sah August an, dann den Haussegen, dann wieder August und klopfte dem Alten auf die Schulter. »Nix«, sagte er lachend. »Dat is Kunst, ehm as miene Biller.«

»Un worüm maakt ji so 'n Tüüch?«

Ja, warum machte man eigentlich Kunst? Warum malte man Bilder? Warum schrieb man Gedichte? Vogeler überlegte. Vielleicht, weil man geliebt werden will, dachte er. Und weil es Spaß macht.

»Maakt Spoß«, sagte er schließlich, »un geiht de Tied mit hen.«

»Na, denn man tau.« Der Alte lachte wie eine Möwe keckernd vor sich hin und drückte Vogeler Hammer und Stechbeitel in die Hand.

LICHT SEI SEIN LOOS
IST DER HERR NUR DAS
HERZ UND DIE HAND DES BAU'S
MIT DEN LINDEN IM LAND
WIRD AUCH SEIN HAUS
SCHATTIG UND GROSS

Lichtbündel in den staubigen Rundbogenfenstern füllen den Raum mit ruhiger, weißgoldener Helligkeit. Es riecht nach Heu und Riemenzeug, beizendem Pferdedunst und Leder. Zwischen den Strohballen rascheln Mäuse. Ab und zu klirrt eine Kette, oder ein Huf schlägt auf den Boden, und jeder Ton lässt über die Flanken der Tiere ein Zittern laufen. Die Stute schnaubt, als Vogeler ihr auf den Hals klopft und eine Karotte hinhält. Er hält sich gern im Stall auf, lieber als jetzt noch im Winter, wenn das Licht seltener und kostbarer ist und den warmen Atem der Tiere sichtbar in der Luft schweben lässt.

Gottlieb, der Kutscher, führt die Stute nach draußen, um sie einzuschirren. Aber Kutscher ist eigentlich nicht das richtige Wort für einen wie Gottlieb. Angefangen hat der Bauernsohn als Vogelers Gehilfe beim Ausbau des Barkenhoffs, wollte sich dann auch mal anderen Wind um die Nase wehen lassen und hat erst als Stallknecht, dann als Kutscher und

Stallmeister, viel gelernt auf Gestüten und in noblen Renn- und Marställen, hat sogar für den König von Württemberg in Stuttgart gearbeitet. Da hat er die Majestät manchmal im Vierspänner auf den Exerzierplatz kutschiert und dafür ein Goldstück als Extrabelohnung kassiert. Aber dann hat er doch Heimweh nach Worpswede bekommen, nach Land, Leuten und Sprache, und ist zu Vogeler zurückgekehrt. Und ohne Gottlieb wäre der immer noch wachsende Barkenhoff gar nicht mehr zu bewirtschaften. Er weiß zu säen und zu ernten, zu pflügen und zu mähen, hat ein Auge für die Gestaltung von Landschaften und zwei grüne Daumen für den Garten. Bei alldem ist er für Vogeler eher Kollege als Knecht, eher Partner als Gehilfe. Die gemeinsame Arbeit verwischt die Grenzen zwischen Herr und Knecht und verleiht dem Verhältnis einen freundschaftlichen Zug. Jedenfalls ist Gottlieb unentbehrlich – ein Faktotum im besten Sinn.

Nur von Kunst versteht Gottlieb nichts, aber als sie einmal gemeinsam den Stall gesäubert haben und Vogeler achtlos Spinnweben aus den Fensterecken gefegt hat, da hat Gottlieb ihn am Arm gefasst und gesagt, man dürfe nur die alten Netze entfernen, die von den Spinnen aufgegeben seien. Die Netze, an denen noch gewebt werde, und die fertigen Netze, in denen sich die Beute der Spinnen verfange, müsse man schonen. Spinnen seien nämlich sehr nützliche

Tiere, besonders in Ställen, weil sie Fliegen und anderes Ungeziefer fingen und den Pferden vom Leib hielten.

»Und so 'n Spinnwüüb is jüst ok moi«, sagte Gottlieb und zeigte auf ein frisches Netz.

Vogeler sah sich das zarte Muster aus der Nähe an. Das durchs Netz filternde Sonnenlicht warf filigrane Schattenrisse auf die Fensterbank. Je länger er das vibrierende, wie Seide schimmernde Gewebe ansah, desto stärker wuchsen in ihm Achtung und Bewunderung. Wie recht Gottlieb hatte: So ein Netz war schön. Und es war nützlich. Daraus ließ sich lernen. Denn wofür sollte Kunst gut sein, wenn sie dem Leben nicht diente? Offenbar verstand Gottlieb doch etwas von Kunst.

In dunkelgrüner Livree mit silbernen Knöpfen, am Zylinder die grünweiße Kokarde des Barkenhoffs, sitzt er jetzt auf dem Kutschbock des gelben, hochrädrigen Einspänners, um Vogeler zum Bahnhof in Osterholz zu bringen. Von dort will er nach Bremen fahren, im Haus seiner Mutter übernachten und morgen dann weiter nach Oldenburg reisen.

Er steigt neben Gottlieb auf den Bock. »Was hast du dich denn so schnieke rausgeputzt, Gottlieb? Es geht doch nur bis zum Bahnhof.«

Es hat sich aber längst herumgesprochen, dass Vogeler übermorgen auf der Nordwestdeutschen Kunstausstellung die Große Goldene Medaille verliehen bekommt, aus der Hand des Großherzogs persönlich. Und wenn sich in Worpswede etwas herumspricht, geht es an Gottlieb nicht vorbei. »Ehre, wem Ehre gebührt«, sagt er in seinem ungelenken Hochdeutsch.

Vogeler lächelt. »Wo hast du das denn wieder aufgeschnappt?«

»Beim König in Stuttgart«, sagt Gottlieb und lässt die Peitsche knallen. »Hü!«

II
Von Bremen nach Oldenburg
8. Juni 1905

Ludwig Roselius hat seinen Chauffeur auf den Rücksitz des nagelneuen Mercedes-Simplex verbannt, Vogeler neben sich auf den Beifahrersitz beordert und höchstpersönlich das Lenkrad ergriffen. Den Hals vorgereckt, die Halbglatze unter der schneidigen Ledermütze, die Schutzbrille vor Augen wie ein Schweißer, gibt der große Mäzen sich der Lust hin, die Welt zu durchrasen.

»32 PS!«, ruft er begeistert, wenn nicht gar berauscht von Motorkraft und Geschwindigkeit. »Stellen Sie sich das mal vor, Vogeler. Als hätte man 32 Gäule vorgespannt!«

Nun fressen sie blaue Fernen in sich hinein, karriolen, kaum dass Bremens Brücken, Häuser und Türme hinter ihnen versunken sind, über frühsommerliche Wege und Landstraßen der Wesermarsch. Wäre da nicht das Knattern des Motors, synkopiert vom gelegentlichen Knallen der Fehlzündungen, könnte man hoch in Wind und Licht wohl die Pappeln leise rascheln hören. Still glänzen Weiden an

Wegrainen, und ein milder Himmel fließt blau zwischen Wolkenbergen.

»Und die Tachometernadel steht schon fast bei 35! Da, sehen Sie doch! Das heißt, wir legen sage und schreibe 35 Kilometer zurück. Pro Stunde! Ist doch enorm, was?«

Die Vögel flüchten schimpfend aus Bäumen, Sträuchern und Büschen der Knicks. Weidende Kühe nehmen großäugig glotzend Reißaus. Hühner, Enten, Gänse und die sie hütenden barfüßigen Buben und Mädchen retten sich gackernd, schnatternd, kreischend in Straßengräben und staunen dem lärmenden Ungetüm hinterher. Alte Frauen ducken sich verängstigt hinter Hecken und Gartenzäune, wenn das Automobil, giftrot lackiert, vorn mit zwei stumpfen Augen wie ein monströses, der Hölle entkommenes Blechinsekt, drohend und besinnungslos lärmend in einem Schweif von Pestgestank und Staub vorbeidröhnt.

Einmal verursachen sie Panik unter Pferden und Soldaten der Oldenburger Dragoner, die singend ihrer Garnison entgegentraben. Die Pferde bäumen sich, wollen wiehernd durchgehen. Die schneidigen Herren müssen absitzen, sonst sind die Tiere nicht zu halten. Und das Automobil rasselt im Triumph vorbei, über den ohnmächtigen Zorn der Reiter hinweg.

»Die Kerls meinen ja immer, sie seien die Herren der Welt. Ha!« Roselius lacht grimmig. Er muss es wissen, hat er doch seine Dienstzeit selbst im Sattel abgesessen. So weiß er die Demütigung seiner ehemaligen Kameraden erst richtig zu goutieren.

Vor lauter Genugtuung über seine automobile Allmacht übersieht Roselius allerdings ein Schlagloch, an dem krachend und zischend ein Vorderreifen zugrunde geht.

»Na, Petersen«, sagt Roselius zu seinem Chauffeur, »jetzt können Sie endlich mal Ihre Fähigkeiten unter Beweis stellen. Man hat ja nicht umsonst den Reservepneu an Bord.«

»Jawohl, Herr Generalkonsul.«

»Bis Hude sind's nur noch ein paar Schritte. Der Herr Vogeler und ich, wir marschieren jetzt schon mal ins Dorf und machen Mittagspause. Und wenn Sie den Reifen gewechselt haben, holen Sie uns da ab. Dann spendier ich Ihnen auch 'ne Bockwurst und 'n Bier.«

»Jawohl, Herr Generalkonsul.«

Bei den Ruinen der Zisterzienser-Abtei kehren sie in der *Klosterschänke* ein. Man empfiehlt frischen Spargel mit Ammerländer Räucherschinken, dazu eine Flasche spritzigen Moselwein. Nach dem Essen legen sie sich im Schatten einer Eiche ins Gras.

»Das Kloster sollten Sie mal malen, mein Bester«, sagt Roselius gähnend. »Das würde Ihnen liegen, Mittelalter und so, Ritter, Mönche und Fräuleins – – –« Er gähnt noch einmal und schläft ein.

Die Brise fächelt warm durchs frische Grün, mischt sich mit dem Himmelsblau und scheint sogar die Arkaden, Mauerbögen, Gesimse und Spitzbogenfenster der verfallenen Backsteingebäude in Bewegung zu setzen. Es gibt keine festen Linien. Wenn Vogeler so malen würde, könnte er den Eindruck von der Bewegung eines sich ereignenden Geschehens darstellen. Ich könnte, denkt er, das Leben an sich festhalten, das wirkliche, echte Leben. Das würde eine weniger exakte, lockere Pinselführung erfordern, weil er dann die Unfähigkeit des Auges, genau festzustellen, wo sich in der Brise die Blätter des Eichenlaubs in jedem einzelnen Moment befinden, nachahmen müsste. Oder ist das eine optische Täuschung? Eine Willkür des Lichts? Er hat ja neuerdings auch dies Flimmern vor Augen, diese nervöse Sehstörung, wie die Ärzte ratlos diagnostizieren. Sobald er ein Blatt fixiert, löst es sich bereits wieder auf, und das gilt sogar für die blutroten Backsteine, die wie lebendige Zellen sind. All das pulsiert vor und zurück. Alles atmet. Alles lebt. Auf dem Bild jedoch, das jetzt in Oldenburg Furore macht, sind die Blätter der Bäume versteinert wie die Mienen der Menschen in freudloser, lebloser Erstarrung, in malerischer Pedanterie, und ausgerechnet die bringt ihm die Goldmedaille ein. Das ist wie ein Ritterschlag, eine Krönung: Heinrich Vogeler, König des Jugendstils. Er weiß aber, dass er nur ein Bettler am Hof der Kunst ist. Auf der Schwelle zu den wogigen Regionen des Halbschlafs blinzelt er ins Laubgewölbe, ein Irrgarten des Ornaments, in dem er sich verlaufen hat. So kann es nicht weitergehen, flüstern die Blätter im Wind, du musst heraus aus diesem Labyrinth. Gibt es einen Ausgang? Wie ist er hineingeraten? Wann? Womit hat es begonnen? Mit den Birken? Ach ja, natürlich – – –

– – – die Birken auf der verwahrlosten Wiese. Mit dem Spaten grub er Pflanzlöcher für noch mehr Birken, Birken, Birken. Von Birken konnte er gar nicht genug bekommen. Das waren mädchenhafte, tänzerische Bäume, hell und schlank im lindgrünen Laub und ihren silberweißen, im Morgenlicht manchmal wie Seidenpapier schimmernden Borken. Noch im windgebeugten Alter wirkten sie so, als blieben sie für immer jung. Und selbst wenn ihre Zeit in Feuerstellen, Öfen und Kaminen gekommen war, brannten die Flammen heller und milder, und ihre Asche war lichtgrau. Hätte es noch keine Birken gegeben auf der Welt – der Jugendstil hätte sie erfunden. Vogeler persönlich hätte sie erfunden für seinen Barkenhoff.

Auf dieser Birkenwiese also erschien plötzlich Rudolf Alexander Schröder, jüngster Spross einer sehr gut betuchten Bremer Kaufmannssippe, der soeben sein Abitur abgelegt und den Kopf voller poetischer

Flausen hatte, ein glühender Bewunderer Vogelers war und ihm ein Angebot unterbreiten wollte. Mit der armen Worpsweder Lehrerwitwe Schröder war er übrigens nicht verwandt, sondern er war ein Cousin Alfred Walter Heymels. Heymel, Adoptivsohn eines schwerreichen Bremer Kaufmanns und brasilianischen Konsuls, hatte beim frühen Tod seines Adoptivvaters ein enormes Vermögen geerbt, war soeben volljährig geworden und konnte nun frei über die Millionen verfügen.

»Alfred und ich gründen in München eine moderne Zeitschrift für Kunst und Kultur auf höchstmöglichem ästhetischen Niveau«, erläuterte Schröder sein Anliegen, als sie im Barkenhoff vor dem Kamin saßen und Tee tranken. »Die Redaktion übernimmt Otto Julius Bierbaum, und wir haben schon bekannte Autoren für die Mitarbeit gewonnen, Hofmannsthal, Dehmel und so weiter. Für die grafische Gestaltung möchten wir Sie gewinnen, weil nur Sie realisieren können, was uns vorschwebt. Ihr Werk steht beispielhaft für das, was die Zeitschrift vertreten wird. Sie sollen da eigene Arbeiten platzieren, aber auch andere Künstler auswählen und der Zeitschrift zuführen. Das soll nicht auf ewig sein, nur für den ersten Jahrgang. Wenn Sie die Sache erst einmal in die richtige Bahn gelenkt haben, können Sie uns von Worpswede aus beliefern. Reisespesen übernehmen wir, und selbstverständlich stellen wir Ihnen in München kostenlos Wohnung und Atelier. Geld spielt überhaupt keine Rolle bei Alfred. Was sagen Sie dazu?«

»Mh, mh, mh«, machte Vogeler. Das klang alles schön und gut, war auch schmeichelhaft für ihn, und das Honorar würde bei Heymels Möglichkeiten üppig genug ausfallen. Aber München? Jetzt, wo der Barkenhoff Form annahm? Und Martha? Sie allein in Worpswede zurücklassen?

»Was gibt es da groß zu überlegen, Vogeler?«, hakte Schröder nach. »Die Zeitschrift wird *Insel* heißen – ein Rettungs- und Rückzugseiland für unsere besten jungen Kräfte aus Literatur und Kunst, eine Manifestation gegen Unkultur und Vulgarität, ein Sammelpunkt der Begabtesten der Neuromantik und des Jugendstils. Wir werden nur Texte von erlesener Qualität drucken, und wir werden sie auf erstklassiges Papier drucken. Wenn Sie die Ausstattung übernehmen, den Buchschmuck und die Illustrationen und den Druck überwachen, dann wird unser Journal das Beste sein, was deutsche Buchkunst je hervorgebracht hat. Außerdem ist München eine schöne Stadt. Schlagen Sie ein, Vogeler. Nennen Sie uns Ihren Preis. Alfred zahlt alles. Mein Cousin ist allerdings ein ziemlich wilder Charakter, in keine Fessel zu bringen. Nun ja, er schreibt ja auch selbst. Gedichte hauptsächlich – – –« Hier machte Schröder eine Pause und hüstelte affektiert, vielleicht spöttisch, bevor er fortfuhr. »Das viele Geld macht Alfred manchmal unerträglich. Übermütig, verschwenderisch, laut. Er kann sogar gewalttätig werden, und gegenüber Frauen zeigt er eine, wie soll ich sagen, eine gewisse Unersättlichkeit. München bietet da allerlei Reize, Sie werden schon sehen. Am Ende gefällt es Ihnen da besser als in Ihrem düsteren Moordorf. Also, machen Sie mit, Vogeler. Alfred zahlt.«

Vogeler erbat sich zwei Tage Bedenkzeit. Nach zwei schlaflosen Nächten sagte er zu. Seine Honorarforderung war hoch – aber nicht zu hoch für Heymel. Martha weinte beim Abschied. Vogeler machte die Szene zum Bild: Ein Ritter mit Helm und Kettenhemd wendet den Blick von der weinenden Geliebten ab in die lockende, blaue Ferne.

Wohl versprach er Heimkehr und seliges Wiedersehen, doch vorerst zog es Ritter Heinrich gen München. In der noblen Pension Beckenbauer, die vor allem von reichen ausländischen Touristen frequentiert wurde, hatte Alfred Walter Heymel gleich eine ganze Etage angemietet. Untergebracht waren hier seine Privaträume, aber auch die Redaktion der *Insel*.

»Willkommen im Elysium«, sagte Heymel zur Begrüßung. Er war gerade von einem Ausritt gekommen und klopfte mit der Gerte gegen den Stiefelschaft. »Hat der Rudi Sie also ausgegraben aus Ihrem öden Teufelsmoor.«

Mit seinem ebenso exquisiten wie teuren Geschmack hatte Vetter »Rudi« Schröder auch die Räume dekoriert. Vogeler bestaunte Aquarelle Manets, Zeichnungen Gauguins. Im Flur stand eine Skulptur von Minne, vor dem Spiegel eine Reiterstatuette Napoleons. Sollte Heymel sich etwa darin wiedererkennen? Wie Napoleon, fand Vogeler, sah er eigentlich gar nicht aus.

»Ihr Stil, verehrter Meister«, sagte Heymel, »soll zum Markenzeichen meiner *Insel* werden. Und meine *Insel* wird Sie zu einer Berühmtheit machen. Wir profitieren beide.«

So war es. Mit seiner nie auftrumpfenden Kompetenz, seinen Fähigkeiten und Kenntnissen, geschult an Pergamenten und Stundenbüchern des Mittelalters wie auch an der englischen Buchkunst William Morris' und der zeichnerischen Delikatesse Aubrey Beardsleys, verschaffte sich Vogeler schnell Sympathien und Respekt unter den hochkarätigen Mitarbeitern und Zulieferern des Journals.

Nachdem Rilkes Gedichtband *Mir zur Feier,* von Vogeler nach allen Regeln der Buchkunst gestaltet und ausgestattet, in einem Berliner Verlag erschienen war, drückte Vogeler dem Redakteur Bierbaum ein Exemplar in die Hand. Bierbaum war hellauf begeistert, ließ sich von Vogeler Rilkes Adresse geben, schrieb ihm unverzüglich einen Brief und bat Rilke um Beiträge für die *Insel.* Rilke schickte postwendend Gedichte, darunter *Die Heiligen Drei Könige.* Vogeler zeichnete ein Blatt dazu.

Bierbaum war aus dem Häuschen. »Entzückend, außerordentlich, ein Wurf, wie er nur selten gelingt.«

Vogeler hatte Rilke also als Lotse zur *Insel* manövriert. Der Kontakt erwies sich für Rilke als Glücksfall und sollte sich im Lauf der Jahre zu einer Erfolgsgeschichte entwickeln – auch finanziell. Aber das war zu einer Zeit, als die beiden längst getrennte Wege gingen und Rilke über Vogelers Arbeiten die Nase rümpfte.

Zu Vogelers Missvergnügen behandelten Heymel und Schröder ihre Bediensteten mit der blasierten Arroganz des Geldadels, pflegten jedoch mit den Schriftstellern und Künstlern des Journals einen freundschaftlichen, manchmal vertraulichen Umgang. War man zum Dinner geladen, saß Schröder gern am Bechsteinflügel und fantasierte neoromantisch vor sich hin, während Heymels Diener, in kaffeebrauner Livree, nebenan die Speisetafel eindeckte. Weiße Kerzen strahlten auf silbernen Kandelabern, weißseidener Goldbrokat bedeckte den kreisrunden Tisch, weiße Chrysanthemen dufteten dezent. Vorspeise und Suppe wurden auf englischem Steingut aus Wedgwood serviert, im Übrigen hatte man Sèvres und Nymphenburger Porzellan, Teller, auf deren Boden weiße Lotusblumen von Mondlicht bläulich geschminkt schienen. Helle Weine schlürfte man aus altem venezianischen Glas, Rotwein aus silbernen, innen vergoldeten Renaissancepokalen. In der Tischmitte, umgeben von Früchten des Südens und der Kolonien, thronte auf einem weißen Porzellanbaumstamm ein scharfgrüner Meißener Porzellanpapagei. Gewundene Orchideen mit rosavioletten Blüten erhoben sich aus dem Baumstamm und schwebten wie tropische Insekten über dem Gold und Weiß des Tischs.

Heymel fand, das silberne Essbesteck sei zu schwer. »Das können wir doch besser machen, nicht wahr, lieber Vogeler?«

Vogeler überlegte einen Moment, nickte. »Ich denke schon. Man müsste sich an der flachen Plastik von Tulpenblättern orientieren. Das könnte die Grundlage geben für ein Besteck, das bequem in der Hand liegt und zugleich schön ist. Man muss nur die Naturformen so modellieren, dass sie abstrakt wirken, geboren aus den Bedürfnissen des praktischen Gebrauchs.«

Heymel tupfte sich Reste der Trüffelsoße aus den Mundwinkeln. »Bravo, Vogeler, ich wusste gleich, dass Sie mein Mann sind. Ich ziehe demnächst in eine größere Wohnung um. Da fehlt noch so einiges. Machen Sie das mal.«

Und Vogeler machte. In seinem Atelier, umgeben von schlicht grau gestrichenen Wänden, entstanden Entwürfe für Heymels Tafelsilber, Tischleuchter und

Wandkandelaber mit dem Tulpenmotiv, für Spiegel, gerahmt mit Ranken-Motiven, die ein großer Vogel zusammenfasste, für grauseidene Vorhänge, an deren unteren Schichtungen schwere Volants aus gestickten hellen Rosenbuketts hervorquollen, die wiederum an Seidenbändern hingen, gehalten von gestickten Rosen. In Heymels Wohnung wirkten sie wie rauschende, duftige Frauengewänder. Ein intrikates Rosengitter aus Messing entstand für die Kaminverkleidung. Aus flammenden Grasblumen wuchs es zu einem wogenden Rhythmus blühender Rosenbüsche. Porzellan. Möbel. Gläser. Schmuck. Türklinken und -beschläge. Garderobenhaken. Vogeler hätte bei Bedarf und Nachfrage auch Nägel, Schrauben und Kloschüsseln entworfen. Jedenfalls arbeitete er wie im Rausch, lernte viel, verdiente sehr gut. Zu Weihnachten schenkte Heymel ihm Karla, die Barsoihündin. Manchmal realisierte er seine Grundidee, dass die Form der Funktion zu folgen hätte, aber öfter verirrte er sich noch in den Labyrinthen des Ornaments, in denen es keine Pausen oder Lücken gab – und vor lauter Überfluss nirgends einen Ausgang.

Als Heymels neues Domizil in der Leopoldstraße fertig war, kursierten die fantastischsten Gerüchte über unermesslichen Reichtum und die Verschwendung edelsten Materials, das angeblich mit Schiffen, Zügen, Sklaven- und Kamelkarawanen aus den entlegensten Regionen der Welt herbeigeschafft worden war – Preziosen, die der Multimillionär auf Anraten seines snobistischen Cousins Schröder und seiner Kunstschranze Vogeler mit profaner Farbe habe überpinseln lassen, um nicht als Protz und Nabob zu erscheinen.

Heymel gab große Gesellschaften, aber auch intime Herrenpartys für Musiker, Dichter, Künstler. Nach dem Dinner verfügte man sich in einen Rauchsalon, wo man von einbestellten Damen erwartet wurde. Sie versorgten die Herren mit Mokka und Schnäpsen, Zigarren und Zigaretten, für besonders Wagemutige auch mal ein Opiumpfeifchen. Zum Zeichen, dass niemand sich Zwang antun möge, legte Heymel sein englisches Frackjackett ab, ließ sich eine grünseidene, japanische Weste mit silbergewirkter Reiherstickerei reichen und verwandelte sich vom Millionär in einen Bohemien. Im Verlauf dieser Abende war der Verschleiß an Luxusgegenständen grotesk. Venezianisches Glas splitterte, Champagner ergoss sich über Sessel, Parkett und in Dekolletés, Kerzen ließen kostbare Perserteppiche unter Wachsgletschern versinken.

Getanzt wurde allerdings im Vorsaal, einem Kabinettstück Vogelers. Der Raum war in viele kleine, quadratische Schwarzspiegel geteilt, deren Rhythmus durch echte Spiegelflächen variiert wurde. Der rötliche Feuerschein, der hinter den durchbrochenen Silhouetten des Kamingitters flimmerte, warf warme, sternengleiche Flämmchen durch diese Spiegelwelt. Der Raum weitete sich im tausendfältigen Lichterglanz ins Unendliche – in etwas unendlich Künstliches.

Die dienstbaren Damen, trotz ihrer Jugendlichkeit augenzwinkernd als Witwen vorgestellt, waren mit den weitläufigen Räumlichkeiten bestens vertraut und entführten, wenn ihr Vorschlag auf Gegenliebe stieß, den jeweiligen Herrn in ein sogenanntes Ankleidezimmer, in dem es dann ans Auskleiden ging.

Einmal, ein einziges Mal, verschlug es auch Vogeler in eins dieser Boudoirs. Die Witwe war blond, erinnerte ihn an Botticellis Venus und also an Martha, und da entledigte sich der ansonsten brave und treue Ritter Heinrich, halb hingerissen, halb hingesunken auf den Diwan, seiner Rüstung. Die Aventüre war freilich schal wie abgestandener Champagner, vonseiten der Witwe allzu geschäftsmäßig, vonseiten des Ritters unkonzentriert, weil ihm während des Geschehens erst die in Worpswede wartende Braut in den Sinn kam und dann, ausgerechnet, Rilke, wie er sich, noch nicht zum Rainer geadelt, sondern noch als René, auf dem Sofa im Salon der Signora Aretino zwischen zwei Gräfinnen verlor und schließlich mit Vogeler das Weite suchte. Im Café am Arnoufer hatte Rilke dann davon doziert, dass Fleischeslust und künstlerisches Schaffen irgendwie miteinander verwandt wären, verschiedene Formen ein und derselben Sehnsucht. Aber Sehnsucht allein, ach, malte noch keine guten Bilder – – –

Vogeler blieb ein halbes Jahr in München, gestaltete drei Hefte der *Insel* – und Heymels Wohnung. Das editorische Triumvirat zerfiel. Die Redaktionsarbeit erledigte Bierbaum allein. Schröder verlor die Lust an der Sache und zog sich zurück. Heymel verlor den Überblick. Das Leben stellte zu große Ansprüche an den Lebemann: die Pferde, das Polospiel, die Frauen, nicht nur die Witwen, sondern auch allerlei Nebenlinien aus Schauspielerinnen und Tänzerinnen, das gute Essen und der Champagner zum Frühstück. Er ließ das Journal Journal sein, beteiligte sich aber noch an der Gründung des Buchverlags *Insel.*

Vogeler kehrte auf den Barkenhoff zurück und machte daraus ebenfalls ein Bild, das Gegenstück zum Abschied: Der heimkehrende Ritter umarmt seine holde, blonde Braut, umrahmt – wie konnte es anders sein – von jungen Birken. Die Stimmung ist die eines letzten Frühlingstags. Rosen stehen kurz vorm Erblühen, und morgen wird Sommer sein. Die Farben sind von einer zarten Dämmerung erfüllt, als gäbe es da ein Licht, das noch nicht reif geworden ist. Aber im Hintergrund ragen zwei hohe, alte Bäume auf, zwischen deren Stämmen ein Tor erkennbar ist, ein Ausweg vielleicht, und ihre dicht belaubten Kronen greifen ineinander – – –

– – – vereinigen sich zum grünen, windbewegten Gewölbe vorm Ziegelrot der Klosterruine. Motorengeräusch. Benzingeruch. Vogeler schreckt aus dem Halbschlaf hoch, schaut sich blinzelnd um. Der Chauffeur hat den defekten Reifen gewechselt, wartet auf die Herren.

»Gut gemacht, Petersen«, sagt Roselius. »Ab jetzt fahren *Sie* mal lieber, sonst gibt's noch ein Unglück. Heute Abend spendier ich Ihnen auch 'n Bier.« Er lacht über sich selbst. »Also los, Vogeler, steigen Sie ein. Wir wollen den guten Theo nicht warten lassen.«

Beim guten Theo handelt es sich um Theodor Francksen, den Oldenburger Privatgelehrten, Sammler und Mäzen, der nach dem frühen Tod seiner Eltern ein enormes Vermögen geerbt hat.

»Der Alte«, erzählt Roselius, während sie über Eichenalleen und staubige Landstraßen dahinrasen, vorbei an reetgedeckten Fachwerkhöfen, Weiden mit staunendem Vieh und Pferden, die vor der knatternden, stinkenden Blechkonkurrenz scheuen, »der alte Francksen stammte aus einer Bauernfamilie, bestes Schrot und Korn, und hat sein Geld im Getreidehandel gemacht. Aber der gute Theo ist für derlei ungeeignet, hat schon als Kind dauernd gekränkelt, Schwindsucht, armer Kerl. Ist monatelang auf Reisen, Schweiz, Südfrankreich, Monte Carlo, Kuren, Sanatorien, Heilbäder, immer auf der Suche nach Linderung. Und Italien, immer wieder Italien.

Da sammelt er sich dann all die antiken Vasen und Terrakotten zusammen. Übrigens sammelt er auch chinesisches Porzellan. Er sammelt überhaupt sehr viel. Na ja, ich kann ihn verstehen. Irgendwo muss man mit all dem Mammon schließlich hin. Jetzt drücken Sie aber mal auf die Tube, Petersen. 50 Sachen müsste die Kiste doch schaffen.«

»Angeblich sogar 60, Herr Generalkonsul. Aber dafür braucht man wohl eine glatte Rennstrecke, nicht diese Holperpiste.«

»So? Na, wir sind ja auch schon fast da. Ach, und Vogeler, das dürfte Sie besonders interessieren: Theo hat neulich über 100 japanische Farbholzschnitte aufgekauft. Und wenn Sie nett zu ihm sind, dann zeigt er Ihnen vielleicht sogar seine Goya-Grafiken. Natürlich kauft er auch Zeitgenossen, hat ein Herz für Landsleute. Dass er von Ihnen noch nichts gekauft hat, wundert mich sehr. Na ja, was nicht ist, kann ja noch werden – – –«

Sie haben bereits die ländlichen Außenbezirke Oldenburgs passiert. Petersen drosselt das Tempo, als sie jetzt durch ein gepflegtes Villenviertel fahren. Satt liegt die Spätnachmittagssonne auf rosenberankten Hauswänden; üppige Schleier aus Efeu und Wein spinnen um Balkone und Loggien, Galerien und Erker, getragen von Karyatiden und Kanephoren. Aus Gärten duften Goldlack, Nelken, Hyazinthen; Rhododendren in Weiß, Rot, Lila scheinen unter ihrer Blütenlast fast zusammenbrechen zu müssen. Kirschlorbeer, Taxus und Buchsbaumhecken säumen Rasenflächen, auf denen Lauben und Pavillons stehen.

»Immer wieder schön, diese kleinen deutschen Residenzstädte«, schwärmt Roselius, während sie durch eine Allee alter Linden fahren, deren Blütenrispen eben aufgesprungen sind, »zum Malen schön! Hier sind frohsinnige Anmut und Poesie, Behaglichkeit, Idylle und unaufgeregte Kultiviertheit zu Hause. Wer wollte hier an Umsturz denken? Da geht dir das Leben so wohlig ein – das passt nicht nur für den Rhein! Kein Wunder, dass Theo sich hier wohlfühlt. Was sagen Sie dazu, Vogeler? Sagen Sie doch auch mal was!«

Vogeler ist froh, nichts sagen zu müssen, weil sie jetzt vor Francksens pracht- bis prunkvoller Gründerzeitvilla ankommen. Passenderweise steht das Haus in der Rosenstraße. Was soll man dazu auch sagen? Anmut, Poesie, Behaglichkeit sind nun mal Vogelers Geschäft, aber dies Geschäft hängt ihm zum Halse heraus. Das kann er natürlich niemandem sagen, schon gar nicht einem Goldesel wie Roselius.

Petersen lädt die Koffer vom Automobil, ein livrierter Diener trägt sie ins Haus. In Empfang genommen werden die Herren von Fräulein Knoche, früher Francksens Kindermädchen und Erzieherin, heute Haushälterin. Als Roselius ihr die Hand reicht, deutet sie einen Knicks an. Der Hausherr, sagt sie mit gedämpfter Stimme und ernstem Gesichtsausdruck, sei unpässlich, lasse sich einstweilen entschuldigen, werde aber, hoffentlich, zum Dinner erscheinen können. Der Herr Generalkonsul Roselius wisse ja um Theos heikle Konstitution.

Der Diener führt sie in die Gästezimmer im Obergeschoss. Um halb sieben werde auf der Terrasse zum Aperitif gebeten. Bis dahin sind noch anderthalb Stunden Zeit. Vom Fenster überblickt man einen weitläufigen Hintergarten, Rosen und Rhododendren im Übermaß, antike oder antikisierende Statuen, ein Springbrunnen, ein japanischer Pavillon. Der Rasen fällt sanft zu einem Flüsschen ab, hinter dem sich die Altstadt erhebt, die Spitze eines Türmchens, viel Fachwerk, etwas Klassizismus.

Vogeler greift zu Skizzenbuch und Bleistift, zieht einen Stuhl ans Fenster. Wenn Roselius denn unbedingt Idylle und Poesie haben will, dann soll er sie bekommen. Und dafür bezahlen. Der Ausbau des Barkenhoffs verschlingt Unsummen, das Gesinde muss anständig bezahlt werden, die wachsende Familie kostet viel Geld, leisten können muss man sich großzügige Gastgeberschaft, zum Beispiel, und immer wieder Kredit für die herumvagabundierenden Rilkes, Reisen sind teuer und Rechnungen hier und Kosten dort und Ausgaben überall. Da wird Ritter Heinrich notgedrungen zum Bartel, der weiß, wo der Most zu holen ist.

Und plötzlich ist da wieder dies Flimmern von den Augenrändern her, begleitet von stechenden Schmerzen in den Schläfen. Das Flimmern geht in ein Pulsieren über, Ringe und Blasen blähen sich vor dem Gesichtsfeld. Wenn er die Augen schließt, geistern diese Muster, bevor sie vergehen, noch eine Weile durch die Nacht der Netzhaut. Er reibt sich die Augen, zieht das grüne Rollo herunter, wendet sich vom Fenster ab.

Begonnen hat es vor einigen Monaten. Er hatte den Auftrag, für eine wohlhabende Familie zur Silberhochzeit ein Blatt herzustellen. Das Gutshaus musste darauf abgebildet sein, aber auch die Familie. Die Gesichter machten ihm Schwierigkeiten, als weigerten sie sich, von ihm gebannt zu werden. Er schnitt sie unter Zuhilfenahme der Lupe in die Platte. Als er fertig war, kam das Flimmern, dann der Schmerz. Er schob es auf die Reflexionen der blanken Platte. Die Radierung wurde pünktlich geliefert und hoch bezahlt, aber er konnte kaum noch sehen und floh vor Sonnenlicht in verdunkelte Zimmer, konsultierte Augenärzte in Bremen und Hamburg. Ein organisches Leiden ist nicht festzustellen, doch liegt zweifellos eine akute Überanstrengung des Sehnervs vor. Er arbeitet einfach zu viel. Die Ärzte empfehlen Ruhe, Kuren, wochen-, ja monatelange Aufenthalte in Sanatorien. Und Seeluft. Seeluft tue gut! Wie wäre es mit den Ostfriesischen Inseln? Juist, Norderney, Langeoog.

Ein Hamburger Arzt, der für die Handelsfirma Laeisz einige Jahre in den Tropen gelebt und dort praktiziert hat, rät gar zu Sumatra, Bali oder Ceylon. Der Reeder bietet dem Berühmten einen Platz in einer komfortablen Kabine, kostenlos, auf einem neuen Großsegler, der Salpeter von Chile nach Hamburg bringen soll. Als Gegenleistung müsste Vogeler während der Passage ein paar Bilder malen, Seestücke, Marinen, und der Reederei überlassen. Er wollte bereits zusagen, als man ihm erklärte, dass Hin- und Rückfahrt länger als ein Jahr dauern würden.

Also sagte er ab, denn zur gleichen Zeit begannen die Vorarbeiten für die Oldenburger Ausstellung, die ihm huldigen würde wie keine Ausstellung zuvor. Statt mit dem Fünf-Mast-Vollschiff *Preußen* in See zu stechen, Kap Hoorn zu umrunden und in Valparaiso an Land zu gehen, stellte Vogeler sich vor das immer noch unvollendete *Konzert* und malte mit schmerzenden Augen und bei heruntergelassenen Jalousien akribisch Buchsbaumblätter, Spitzenkragen, Dachziegel und Karlas seidiges Fell. Roselius wird bekommen, was er sich wünscht, Anmut und Poesie – – –

Es klopft. Der Livrierte meldet, der gnädige Herr bitte zum Aperitif.

Vogeler blickt in den Spiegel über der Kommode. Er steckt ja noch in seinem abgetragenen, bequemen Reiseanzug. So kann er dem Hausherrn nicht unter die Augen treten. Francksen wird erwarten, was alle Welt von Vogeler erwartet, Biedermeierkragen und so weiter, und auch Francksen wird bekommen, was er sich wünscht – und das erst recht, wenn er auch Zeitgenossen kauft. Er zieht sich um, schlüpft in die Weste aus Scharmbecker Tuch, außen blau und innen purpurrot, eine unscheinbare Raupe, die sich als farbenprächtiger Falter entpuppt. Der Falter hat ja etwas zu verkaufen, und im Grunde, denkt er grimmig, gibt er sich selbst gleich mit in den Kauf, denn wäre der Falter Vogeler nicht so bunt, wäre das, was er verkauft, wohl billiger zu haben.

Auf der Terrasse hat sich die Abendgesellschaft versammelt. Francksen kommt Vogeler entgegen, die Hände leicht geöffnet, als wolle er ihn in die Arme schließen. Der sehr schlanke, zerbrechlich wirkende Mann trägt einen hellen Leinenanzug mit lindgrüner Seidenweste, über der sich eine goldene Uhrkette spannt, und einen dunkelgrünen Seidenbinder überm Stehkragen. Wachsbleiche, leicht gelbstichige Gesichtshaut. Über einem nach außen gezwirbelten Schnurrbart mustern Vogeler kluge, neugierige Augen durch einen goldgerahmten Kneifer.

»Willkommen.« Beim übertrieben festen Händedruck spürt Vogeler Francksens Siegelring. »Es ist mir eine Ehre, Sie endlich einmal persönlich in meinem Hause begrüßen zu dürfen. Und zu einem derart erfreulichen Anlass! Gratuliert wird natürlich erst morgen, wenn man Ihnen die Medaille überreicht.« Francksen spricht leise, heiser und kurzatmig. Sichtbar, hörbar ein kranker Mann.

Ein Hausmädchen mit gestärkter, schneeweißer Schürze und Spitzenhäubchen reicht auf einem Silbertablett Champagnerschalen an. Als Francksen sein Glas hebt und einen Toast ausbringt – »auf die Musen, auf die Freundschaft« –?, sieht Vogeler den Stein des Siegelrings, einen dunkelgrünen Heliotrop, passend zur Farbe von Weste und Krawatte.

Geladen sind neben Vogeler und Roselius ein Bankdirektor sowie der Präsident des Oberlandesgerichts nebst ihren Gattinnen, die sich im Kunstverein engagieren und ihre Männer gelegentlich dazu überreden, das eine oder andere Werk anzukaufen. Und geladen sind auch Vogelers Malerkollegen Georg Müller vom Siel, begleitet von einer seiner aparten Malschülerinnen, und Bernhard Winter, begleitet von seiner Frau. An der Ausstellung, die morgen eröffnet wird, sind beide beteiligt, und von beiden hat Francksen bereits mehrere Bilder gekauft.

Als Vogeler vor einer Woche in größter Hektik und als Letzter das *Konzert* eingeliefert – die Farben waren noch gar nicht ganz trocken – und Aufstellung und Montage des Rahmens überwacht hat, hingen die Bilder der Kollegen bereits. Winters *Bauerndiele,* in der Flachs gesponnen wird, zeugt von der realistischen Rechtschaffenheit eines soliden Handwerkers, gepaart mit der umständlichen Sorgfalt eines Geschichtsprofessors – Qualitäten, die ihm zwangsläufig den Professorentitel und die Position des Oldenburger Hofmalers eingetragen haben. Müller vom Siel, der in Dötlingen, südlich von Oldenburg, eine Künstlerkolonie gegründet hat, ist jedoch ein anderes Kaliber. Seine *Flusslandschaft* beweist eine über jeden Zweifel erhabene technische Meisterschaft und Detailschärfe, aber anders als in Winters schwerfälliger Statik vibriert in Müller vom Siels Realismus eine Bewegung des Lichts und der Atmosphäre wie sonst nur auf Arbeiten Courbets. Vogeler erkennt das bewundernd an, und wenn die Goldmedaille nicht an ihn fallen würde, sondern an einen Kollegen, dann gebührte sie Müller vom Siel.

»Ihre Landschaft«, sagt Vogeler, »könnte mich fast neidisch machen. Sie *lebt.*«

Müller lacht, hebt sein Glas und stößt mit Vogeler an. »In Wirklichkeit ist sie noch viel lebendiger. Besuchen Sie uns doch mal in Dötlingen. Sie werden schon sehen.«

Die verehrten Herrschaften werden zum Dinner in den Weißen Salon gebeten. Auf dem Weg dorthin passiert man in Halle und Durchgängen allerlei Porträts und Genrebilder Winters und einige Radierungen Müllers. Die Qualität der Radierungen ist dazu angetan, in Vogeler dann doch so etwas wie Neid zu wecken.

»Ich hänge natürlich nicht immer an diesen Wänden, der gute Winter auch nicht«, flüstert Müller Vogeler zu, als sie den im Stil des Rokoko prachtvoll möblierten, prunkvoll dekorierten Speisesalon betreten. »Aber Francksen ist nun mal ein exzellenter Gastgeber. Der Mann hat Geschmack. Sehen Sie doch mal – – –«

Müller kneift grinsend ein Auge zu und nickt in Richtung eines Wandtischchens, auf dem, wie beiläufig abgelegt, eine alte Nummer der *Insel* und ein halbes Dutzend von Vogeler illustrierte Bücher drapiert sind. Oben auf dem Stapel liegt die Prachtausgabe von Gerhart Hauptmanns *Die versunkene Glocke,* und der Band mit Oscar Wildes *Erzählungen und Märchen* ist aufgeschlagen, als hätte Francksen, vom Eintreffen der Gäste aus der Lektüre gerissen, eben noch darin geblättert.

Vogeler zuckt zusammen. Ausgerechnet Wildes Märchen! Er hat dies Buch ausgeschmückt und illustriert nach allen Regeln der Kunst, der Kunst seines unverwechselbaren Stils: Märchenhafte Vögel, Schwäne auf dunklen Teichen, Rüsseltiere und Drachen, blätter- und blumengeborene Geschöpfe mit wallendem Gefieder, das wieder in wogende Zweige, Früchte und Blumen übergeht, Blütenkelche, die Blütenkelche aus sich hervorstoßen – ein Formenreichtum, der nach Farben schreit, nach giftigen, süßen, einschmeichelnden, aufreizenden Farben. Im Aufbau sind die Blätter zwar organisch, doch der Rhythmus der Flächen formt eine geschlossene, exklusive Welt. Nirgends öffnet sich ein Horizont, nirgends ein Durchblick, nirgends eine neue Perspektive. Nirgends Freiheit. Ein schöner Vorhang, der die Wirklichkeit verbirgt, eine Mauer, die das Leben ausschließt. Und plötzlich, als er das Märchen vom eigensüchtigen Riesen illustriert hat, ist ihm durch den Kopf geschossen, dass er ja selbst ein Verwandter dieses Riesen ist, der die spielenden Kinder aus seinem Garten vertreibt und eine Mauer ringsum baut, woraufhin der Garten in dauernden Winterschlaf fällt. Vogeler ahnt, dass seine Romantik nicht ins Offene weist, sondern Träume, Wolkenkuckucksheime, Luftschlösser, Kulissen, Märchen verkauft – handwerklich erstklassige Kinkerlitzchen, teuren Klimbim, edlen Firlefanz. Das alles flieht vor der Gegenwart und ihren Konflikten, und gerade deshalb hat es Erfolg, liefert Trost- und Schönheitspflästerchen gegenüber einer Zeit, deren Industrielärm, Tempo und Rhythmus im Maschinentakt man nicht mehr folgen kann. Ritter Heinrich? Mostholender Bartel? Biedermeierdarsteller? Selbstsüchtiger Riese? Je größer Erfolg und Ruhm, desto fremder wird Vogeler sich selbst. Bald wird er zu einem lebenden Fragezeichen geschrumpft sein, und das Fragezeichen wird unter einer Flut floraler Ornamente zusammenbrechen.

Über Floskelstock und Phrasenstein holpert und

stolpert das Tischgespräch dahin. Alle wissen, warum Vogeler nach Oldenburg gekommen und bei Francksen zu Gast ist, und alle sind peinlich darum bemüht, das Thema der Ausstellung zu vermeiden, um Müller vom Siel und Winter nicht zu kränken. Gerüchte, die bis nach Worpswede gedrungen sind, wollen wissen, dass Winter fest mit dem Sieg gerechnet habe, doch waren Auswahlkomitee und Jury nicht fest genug in Oldenburger Hand, um dem Lokalmatador den Lorbeer zuzuschanzen. Man munkelt, der Hamburger Kunsthallendirektor Alfred Lichtwark habe in seiner Eigenschaft als Juryvorsitzender die Bemerkung gemacht: »Die Leinwände der meisten Maler sind zwar frei von Schwächen, sind aber keine Bilder. Vogelers Bilder haben Schwächen, sind aber jedenfalls Bilder.« Nur ein Gerücht, versteht sich, und außerdem eine einigermaßen kryptische Aussage, aber man lässt das jetzt in trauter Runde lieber auf sich beruhen. Erfolg tut gut, Erfolg schmeckt gut, Erfolg zieht weiteren Erfolg nach sich. Das weiß Vogeler sehr genau, aber er weiß auch, dass jeder Erfolg mit den Misserfolgen anderer erkauft wird. Und Ruhm? Nichts weiter als der trügerische Schatten des Erfolgs – – –

Das Gespräch kreist um Francksens ständig wachsende Sammlungen. Die Villa, sagt er, biete kaum noch genügend Raum, um alles angemessen und sachgerecht unterzubringen und präsentieren zu können. Er habe deshalb die Absicht, das Nachbarhaus zu erwerben und durch einen Zwischentrakt mit der Villa zu verbinden. »Und dann, verehrter Herr Vogeler, wäre es mir eine Freude, wenn auch ich einmal Ihr gestalterisches und architektonisches Talent in Anspruch nehmen dürfte.«

Dies Kompliment, verknüpft mit dem vagen Versprechen auf einen zukünftigen, gewiss höchst lukrativen Auftrag, kann Francksen ohne Rücksicht auf Müller vom Siel und Winter machen, da nur Vogeler als Kunsthandwerker, Innenarchitekt und Designer infrage kommt.

Vogeler nickt. »Es wäre mir eine Ehre.«

»Man hat ja wahre Wunderdinge über die Heymel'sche Wohnung in München gehört«, sagt die Gattin des Oberlandesgerichtspräsidenten.

Vogeler winkt ab. »Das ist doch schon fünf Jahre her.«

»Gleichwohl, gleichwohl. Und was das Güldenzimmer im Bremer Rathaus betrifft – – –«

»Das ist immer noch nicht fertig.«

Vogeler lächelt verkrampft, hat doch das Güldenzimmer sein Augenleiden noch verschärft, weil ihm die Arbeit einfach über den Kopf wächst. Es ist zu viel. Und hört nicht auf. Es reicht. Und immer noch nicht fertig. Eine Tretmühle, in der Fleiß und Ehrgeiz und ständiger Geldmangel zu einem groben, grauen Granulat zermahlen werden.

»Platzmangel hin oder her – bekommen wir denn heute auch noch deine neueste Errungenschaft zu sehen, Theo?«, erkundigt sich Roselius beim Dessert. »Diese japanischen Holzschnitte? Herr Vogeler ist sehr interessiert.«

Vogeler wundert sich. Woher weiß er, dass ich interessiert bin? Warum sagt er das?

»Man sieht sie besser bei Tageslicht«, sagt Francksen, und dann, an Vogeler gewandt: »Morgen nach dem Frühstück.«

»Na schön«, sagt Roselius.

Weil er über mich verfügt, denkt Vogeler. Weil er mich als sein Eigentum sieht, seinen Kunstknecht.

»Nach dem Frühstück? Ach, wie schade.« Die Bankdirektorengattin zieht einen Schmollmund und wirft Francksen einen schmachtenden Blick zu. »Leider übernachte ich hier ja nicht.«

»Also bitte, Gertrude«, sagt ihr Mann mit gespielter Empörung und zur allgemeinen Erheiterung.

Der Abend ist immer noch lau, und so wird dann zu Mokka, Likör und Zigarren wiederum auf die Terrasse gebeten. Zwischen Rhododendron- und Azaleenblüten werfen japanische Papierlampions ihren fernöstlichen Schein in den Park.

»Ludwig schwärmt immer so von Ihrem Garten«, sagt Francksen. »Ich wüsste gern, was Sie von meinem halten. Kommen Sie – – –«

Er fasst Vogeler am Arm. Roselius schließt sich

ihnen wie selbstverständlich an. Wie ein Wachhund, denkt Vogeler. Hat er etwa Angst, dass Francksen mich entführt, mich ihm abspenstig macht? Dass Francksen mehr bietet?

Ein weißer Schotterweg führt durch eine von Kletterrosen überrankte Pergola, vorbei an einer Grotte im antiken Stil und einem Seerosenteich, komplett mit Nymphen, Nixen und Undinen aus Beton, bis zu einem Teepavillon im Jugendstil, der von Vogeler hätte entworfen sein können. Auf einem Bambustischchen stehen Gläser neben einem Eiskühler mit einer Flasche Champagner. Von der Decke hängt eine elektrisch beleuchtete Lampe, deren Schirm aus farbigen Glasstücken besteht.

Vogeler staunt. »Eine Tiffany-Leuchte?«

»Ganz recht. Amerikanischer Jugendstil. Habe ich mir letztes Jahr aus New York kommen lassen.«

Vogeler tritt dichter heran. »Ich habe gelesen, dass Tiffany bei einer Reise durch Ägypten inspiriert worden ist von Gläsern aus Pharaonengräbern. Die einzelnen Glaselemente sind offenbar in Kupferfolie eingefasst und dann miteinander verlötet. Interessante Technik. Sehr saubere Arbeit. Praktisch und schön – – –«

»Schön teuer wohl auch«, sagt Roselius.

Francksen macht eine wegwerfende Handbewegung. Über Geld spricht man nicht, man hat es. Sein Vater hat das Geld noch verdient, Francksen lebt in einer Welt, in der man es ausgibt – zum Beispiel für Kunst, die Geld kostet, aber leider wenig einbringt, was ja immer noch vernünftiger ist, als es für Frauen auszugeben, die weder Ahnung von Kunst noch von Geld haben. Denken diese beiden Mäzene so?

»Sie verstehen etwas vom Handwerk, Herr Vogeler«, sagt Francksen, »von Handwerkskunst. Das gefällt mir. Trinken wir ein Gläschen?« Francksen tritt an den Tisch, füllt drei Gläser. »Auf das Handwerk«, sagt er.

Roselius schmunzelt schlau. »Und auf den goldenen Boden.«

Man trinkt sich zu. Er will etwas von mir, denkt Vogeler. Es geht nicht um seinen Garten, es geht auch nicht um den Umbau des Nachbarhauses. Was will er?

»Die Ausstellung wird morgen eröffnet«, sagt Francksen, »aber ich war vorgestern schon einmal auf dem Gelände und habe mich umgesehen. Wer zuerst kommt, mahlt zuerst. Sie verstehen?«

Vogeler nickt. Daher also weht der Wind. Roselius runzelt die Stirn.

»Ihr Bild«, fährt Francksen fort, »ich meine natürlich *das* Bild, ist großartig. Ein Meisterwerk. Es fängt den Geist unserer Zeit ein, kolossal, zugleich voller Anmut, realistisch, ungekünstelt und doch auch voller Musik, welt- und zeitenferner, reiner Genuss.«

Nichts davon ist wahr, denkt Vogeler, es ist meine Bankrotterklärung – – –

»Kurz und gut: ich würde es gern kaufen.«

Einige Sekunden herrscht Schweigen. Von der Terrasse weht Stimmengemurmel, Gläserklirren und leises Lachen herüber.

Und plötzlich lacht Roselius. »Ach, lieber Theo!«, prustet er. »Du sagst es. Wer zuerst kommt und so weiter. Das Bild ist längst verkauft.«

»Ach ja? An wen?« In Francksens müder Jovialität blitzt für einen Wimpernschlag das Misstrauen des Konkurrenten auf.

»An mich natürlich. An wen denn sonst?«

»Natürlich – – –« Francksen ist enttäuscht.

»Ich habe es sozusagen auf dem Halm gekauft«, sagt Roselius.

»Wie meinst du das?«

»Das müsstest du doch verstehen, Theo. Damit hat dein Herr Papa, Gott hab ihn selig, die lukrativsten Geschäfte gemacht. Man kauft den Bauern das Getreide ab, solange es auf dem Feld steht und noch nicht eingebracht ist. Natürlich ist das ein Risiko. Die Ernte ist ja schnell verhagelt. Und ob ein Bild, an dem der Maler noch arbeitet, so wird, wie man es sich erhofft, ob es überhaupt je fertig wird, das weiß man vorher auch nicht, nicht einmal der Künstler weiß es – – –«

»– – – aber ich vertraue Ihrem Genie, mein lieber Vogeler«, sagte Roselius. »Nennen Sie mir einfach einen Preis.«

Am Abend des Sommertags, an dem Roselius als Weihnachtsmann aus Kaffernland durch Worpswede gezogen war, saßen sie in Vogelers Atelier beim Wein. Roselius suchte sich einige Radierungen und erotische Zeichnungen aus, schien aber mit der Ausbeute noch unzufrieden zu sein.

»Haben Sie nicht etwas Neues in Öl, Meister?«

Vogeler zögerte, zeigte ihm dann aber ein Bild, auf dem Martha, ganz in Grün gewandet, gelbe Tulpen in Händen, im Hintergrund die unvermeidlichen Birken, an der Balustrade der Barkenhofftreppe lehnt und mit leicht geneigtem Kopf den Betrachter anschaut.

»Es könnte vielleicht *Frühlingsabend* heißen«, sagte er, »aber ich möchte es noch nicht abgeben. Es ist nur eine Art Vorarbeit, eine Studie für etwas Größeres.«

»Und das wäre?«

»Ein Gruppenbild, das die Atmosphäre festhalten soll, die im letzten Sommer hier auf dem Barkenhoff geherrscht hat, zum Beispiel bei unseren kleinen Abendkonzerten.«

»Schade, dass ich nicht dabei sein konnte«, sagte Roselius. »Sie sprachen eben von ›etwas Größerem‹. An was für ein Format denken Sie denn?«

»Circa zwei mal drei Meter. Vielleicht. Aber ich weiß noch nicht – – –«

»Donnerwetter! Lebensgroß!« Roselius stand auf, ging im Atelier hin und her. »Gibt es noch mehr Vorarbeiten? Skizzen vielleicht?«

»Hören Sie, Roselius, da gibt es nicht viel zu sehen, das ist alles noch im Werden, wie ein unausgebrütetes Ei. Und je länger ich daran arbeite, desto schwerer tue ich mich damit.«

Und dann, nach kurzem Schweigen, in dem Roselius nachzudenken oder zu rechnen schien, waren diese Sätze gefallen: »Aber ich vertraue Ihrem Genie, mein lieber Vogeler. Nennen Sie mir einfach einen Preis.«

»Ich überlege es mir«, sagte Vogeler. »Geben Sie mir bis zum Frühstück Bedenkzeit.«

Bedenkzeit? In dieser Nacht findet Vogeler nicht in den Schlaf. Kränklich und blass wie Francksens Gesicht fällt Mondlicht übers Laken. Auf dem Halm – – – lächerlich. Der Preis, den Vogeler verlangt hat, war enorm, fast schon unverschämt, aber Roselius zahlte mit einem Lächeln. Vielleicht kann Vogeler es zurückkaufen? Oder gegen andere, bessere Bilder eintauschen? Er muss es wieder in seinen Besitz bringen, muss es verstecken oder, besser, wird es vernichten. Gäbe es die morgige Ausstellung nicht, hätte er das Bild nie vollendet, hätte es auf dem Halm gelassen. Dann hätte Roselius sich verspekuliert. Es ist vielleicht auch gar nicht vollendet – er hat es nur verlassen. Im Grunde ist das mit jedem Bild so: Weil man nicht mehr derselbe ist, der man war, als man mit dem Werk begann, müsste man wie Sisyphos, am Ende angekommen, noch einmal von vorn beginnen, immer wieder von ganz unten. Dann geriete man jedoch in den Strudel endloser Selbstzweifel, müsste sein Leben lang an einem einzigen Werk arbeiten. Beim *Konzert* oder *Sommerabend* – wie auch immer es heißen möge, ist Vogeler völlig egal – wäre er fast in diesem Strudel ertrunken. Vier, fast fünf Jahre hat er daran gearbeitet, hat es immer wieder verändert, verworfen, neu begonnen, hat Birken für Buchsbaum und Buchsbaum für Birken eingesetzt, hat Martha in verschiedenen Posen und Garderoben skizziert, mit und ohne Hund, hat sich selbst porträtiert, sich dann aber hinter seinem Bruder halb versteckt, und hat Rilke erst hinein- und dann schließlich wieder hinausgemalt, hinausgeworfen aus dem Barkenhoff.

Inspiriert und gezeugt worden ist das Bild von der unvergesslichen Stimmung eines einzigen Sommers, eines Spätsommers, eines Monats nur, in dem Worpswede in Arkadien verzaubert wurde und der Barkenhoff in Elysium, Insel der Seligen. In diesem kurzen Sommer der Harmonie verschmolzen Liebe und Freundschaft, Natur und Kunst, Lebenslust und Arbeit zu einem schwebenden Wohlklang, der, kaum angeschlagen, wieder verging wie Magnolienblüten im Mai.

Aber das Bild zeigt eben *nicht* diesen Zauber, sondern die Trauer über seinen Verlust und die Einsicht, dass sich diese Stimmung nie wiederholen lässt. Es ist eine Scharade, der Schwanengesang auf eine Zeit, in der das Träumen noch geholfen hat – eine missglückte Geisterbeschwörung. So gesehen ist es durchaus vollendet, weil sich unter der Hand und wider Willen eine bittere Wahrheit in dies Bild gestohlen hat, die Wahrheit verlorenen, von einem Ungeist vertriebenen Glücks, die Wahrheit erstarrten Lächelns.

Das Ende kam, als Rilke wie ein Priester, der einzig über Wort und Schrift verfügt, seine Bannflüche über Worpswede auszustreuen begann. »Es gibt nur ein Heiliges: Arbeit«, hat er verkündet, und der dazugehörige Gott heißt Rodin, weil der nämlich sagt: »Man muss *immer* arbeiten.« Und sein Prophet Rilke spricht: »Kunst und Leben sind ein Entweder-oder.« Und: »Wer ein Werk will, muss auf Glück verzichten.«

Am Anfang hat das allerdings noch ganz anders geklungen. Wann hat es denn angefangen? Bedenkzeit – – – Wo steckt der Fadenanfang in diesen dunkelbunten Geweben von Erlebnissen und Erinnerungen?

Vor fünf Jahren, Ende August 1900, hat es angefangen. Rilke kam eben aus Russland zurück, folgte Vogelers Einladung und erschien in aufsehenerregender russischer Kostümierung in Worpswede. Da klangen seine Worte noch nicht wie Bannflüche, sondern wie betörende, beschwörende Zaubersprüche – – –

Gleich am ersten Nachmittag unternahmen Rilke und Vogeler einen ausgedehnten Spaziergang durch Moor und Heide. Im Abendwind schwebte verglühender Sommer, dunkelnde, farbige Felder, Hügelwellen voll bewegter Erika, daran grenzend das Gelb der Stoppelfelder und das Stängelrot eben gemähten Buchweizens. Es war, als würde jeden Augenblick etwas von unsichtbaren Händen in die tonige Luft gehalten, ein Baum, ein Haus, eine Mühle, deren Flügel sich nur noch ganz müde drehten, als wollte sie endlich Feierabend machen. Schließlich bogen sie in die schimmernde Birkenallee Richtung Westerwede ab.

Es dunkelte bereits, als sie vor dem Giebel eines baufälligen Strohdachhauses standen. In der großen Dielentür erschien das leuchtende Weiß einer Frauengestalt. Clara Westhoff begrüßte die beiden Männer, als hätte sie schon auf sie gewartet. Im Zwielicht der hereinbrechenden Nacht war ihr Gesicht kaum zu erkennen.

Vogeler stellte den Neuankömmling vor. »Herr Rilke aus Berlin, Seelenverwandter und Bruder im Geiste. Mein Gast auf dem Barkenhoff.«

Rilke verbeugte sich linkisch.

Sie fragte die unerwarteten Gäste, ob sie nicht auf ein Glas selbst gemachten Apfelmostes hereinkommen wollten, und führte sie in die Weinlaube. Dann ging sie ins Haus, brachte Gläser und eine Karaffe mit Most und entzündete eine Petroleumlampe, in deren Licht sich ein seltsamer Anblick bot. Clara stand groß, knochig, herbe, fast männlich da und reichte Rilke ein Glas, während der Dichter zusammengekauert mit übergeschlagenen Beinen auf dem Stuhl saß und trotz seines melancholischen Schnauzbarts feminin und zerbrechlich wirkte.

Clara war zusammen mit Paula Becker für längere Zeit in Paris gewesen und erst vor zwei Monaten zurückgekehrt, als sie die Nachricht erhalten hatten, dass Otto Modersohns Frau gestorben war. In Paris hatte Clara erst eine Kunstakademie und dann die Bildhauerschule Auguste Rodins besucht.

»Ah, Rodin«, sagte Rilke begeistert, obwohl er ihn zu dem Zeitpunkt noch gar nicht kennengelernt hatte.

Clara lächelte. »Ja, Rodin. Ich habe viel von ihm gelernt, obwohl die Kurse von seinen Assistenten gegeben wurden. Der Meister hat nur gelegentlich seinen Rat erteilt, ganz selten nur selbst Hand angelegt. Er hat stets vor plattem Naturalismus und der pompösen Nachahmung der Antike gewarnt. Es geht vielmehr um das Innenleben, wie soll man es nennen, um den psychologischen Ausdruck sozusagen, um Gefühl und Leidenschaft – – –«

»Verzeihen Sie, wenn ich unterbreche«, unterbrach Rilke sie mit sanfter, keinen Widerspruch duldender Entschiedenheit und legte mit zärtlich-besitzergreifender Geste eine Hand auf ihren Unterarm. »Aber ich glaube, dass man Kunstwerke mit nichts so wenig berühren kann als mit abstrakten oder gar kritischen Worten. Sind denn die Dinge je so fassbar und sagbar, wie man uns glauben machen möchte? Die meisten Ereignisse bleiben unsagbar, vollziehen sich in Räumen und Sphären, die man mit Worten nicht schildern kann. Kunstwerke sind geheimnisvolle Existenzen, deren Leben dauert, während das unsere vergeht wie Sterne im Morgenlicht.«

Clara starrte ihn an, als hätte er sie hypnotisiert, und auch Vogeler war beeindruckt: Rilke hatte eine erste Kostprobe seiner Zaubersprüche geliefert. Für einige Momente herrschte Schweigen. Dann legte Rilke nach.

»In Moskau, auf unserer Russlandreise – – –«, er stockte und korrigierte sich, indem er Lou Andreas-Salomé von seiner Seite strich, »ich meine, während *meiner* Russlandreise habe ich erst kürzlich die Tretjakow'sche Gemäldegalerie besichtigt. Vor einem großen Bild mit dem Titel *Weidendes Vieh* standen zwei Bauern. Der eine äußerte unzufrieden: ›Kühe! Na, die kennen wir! Die muss man doch nicht malen. Was die uns schon angehen?‹ Der andere widersprach mit einem verschmitzten Grinsen: ›Die sind gemalt, *damit* sie dich was angehen. Weil man sie lieben muss, siehst du, *darum* sind sie gemalt.‹ Über seine eigene Erklärung vielleicht selbst verdutzt, hat dann der Bauer *mich* mit einem fragenden Blick angeschaut. Und ich, mit meinem dürftigen Russisch, ich konnte gar nicht anders, als hingerissen zu stammeln: ›Du sagst es.‹ Und es war ja auch die Wahrheit.«

Vogeler schmunzelte. So einen Dialog hätte er auch mit einem Worpsweder Bauern oder mit Gottlieb, seinem Faktotum, führen können. »Ach, das ist aber hübsch«, sagte er.

»Es ist *tief*«, sagte Rilke und blickte dabei Clara noch tiefer in die Augen. »Was sagen *Sie* dazu?«

Sie hielt dem Blick stand, wiegte den Kopf hin und her, ließ leicht kokett die Locken schwingen. »Ich fürchte«, sagte sie schließlich leise, »mir liegt der russische Mensch eher fern. Mich beunruhigen die mystischen Gefühle des slawischen Charakters.«

Als Vogeler später an dies Zusammentreffen dachte, kam es ihm vor, als hätte Clara, ohne es zu ahnen, mit ihrer Bemerkung nicht den slawischen Typus, sondern den Charakter des Mannes geschildert, der da plötzlich wie ein Geist aus der Dämmerung vor ihr aufgetaucht war. Acht Monate später waren sie verheiratet – und das, obwohl sich Rilke in Paula Becker verlieben sollte und obwohl er sich nie ganz von Lou Andreas-Salomé lösen konnte. Vielleicht aber traf dies *obwohl* gar nicht den Kern der verwickelten Affäre – vielleicht wäre das Wörtchen *weil* der Sache angemessener gewesen. Jedenfalls sah Martha Vogeler es so, Martha mit dem gesunden Menschenverstand – – –

Fast gleichzeitig mit Rilke war der Schriftsteller Carl Hauptmann als Gast Otto Modersohns nach Worpswede gekommen. Vogeler nahm die Ankunft der beiden Dichter zum Anlass, auf dem Barkenhoff eine seiner überaus beliebten Sonntagabend-Gesellschaften zu geben, fürs Erste im kleinen Kreis. Rudolf Alexander Schröder war erschienen, begleitet von einer jungen Pianistin und dem Dramaturgen des Bremer Theaters. Modersohn, seit zwei Monaten verwitwet, kam zusammen mit Hauptmann und zwei jungen Frauen: Clara Westhoff trug ein Kleid aus weißem Batist ohne Mieder im Empirestil, mit kurzer, leicht unterbundener Brust und langen Falten. Paula Becker hatte ein Reformkleid aus weißem Leinen an und trug einen weißen Florentiner Hut, leicht schräg und keck aufs blonde, im Nacken zusammengebundene Haar gedrückt.

»Clara hat mir schon von Ihnen erzählt«, sagte sie

munter, als Vogeler sie mit Rilke bekannt machte. »Wir sind gespannt, von Ihren russischen Abenteuern zu hören.«

Rilke sah sie an, nickte und hätte vermutlich unverzüglich zu erzählen begonnen, hätte nicht Stine, das Hausmädchen, Marthas Waldmeisterbowle angereicht. Man stand plaudernd auf der Terrasse beisammen, während die untergehende Sonne von aufquellenden Regenwolken verschluckt wurde.

»Wie ausdauernd hier die Farben sind, selbst wenn das Licht grau wird«, sagte Rilke so leise zu den beiden weiß gekleideten Frauen, als würde er ihnen ein Geheimnis anvertrauen. »Nichts ist verblichen, nichts wird ungewiss. Fast ist es, als sprächen die Farben nun lauter, als leuchteten die Rosen roter, als stünden die Birkenstämme so weiß wie nie. Das Violett der Heide dort hinten wird zu Samt, sehen Sie doch, und selbst im Regen leuchtet es.«

Clara, die lächelnd an Rilkes Lippen gehangen hatte, lächelte nicht mehr, als sie Paulas Blick auffing – denn Paula sah Rilke an, als hätte er ihr, und nur ihr, soeben etwas Ungeheuerliches offenbart. Einen Zauberspruch – – –

Vogeler bat seine Gäste ins Obergeschoss in den Weißen Saal: weiße Türen und Wände, mit Vasen bemalt, aus denen Rosengirlanden seitwärts schwangen, alte Stiche mit galanten Gartenszenen, auf einem Beistelltisch Gläser und Weinflaschen zur zwanglosen Selbstbedienung, im Halbkreis ums Klavier aufgestellte Empirestühle und die von Vogeler entworfenen Holzsessel mit Binsenpolstern. Man nahm Platz. Die Pianistin setzte sich ans Klavier, eingerahmt von Vogeler, der Cello spielte, und seinem Bruder Franz mit Geige. Philine, seine Verlobte, blätterte die Noten um. Richard Strauss, Schubert, Chopin. Zwischen Rilke und Clara gingen Blicke hin und her. Paula, zwischen Modersohn und Hauptmann sitzend, sah demonstrativ weg, als wollte sie nicht zerstören, was noch kaum begonnen hatte. Sanfter Applaus für die Musik.

Martha und Stine brachten Canapés. Man griff zu, lobte die Küche, pries auch den Wein. Rudolf Alexander Schröder las ein halbes Dutzend Gedichte. Eins handelte von der Nacht.

»Dunkler Saal voll Sphärenklang.
Taub vom Lärm des eignen Lebens
hört das dumpfe Ohr vergebens
deines Lichtes Lobgesang.
Dunkler Saal voll Sphärenklang!«

»Hier im Weißen Saal«, fand Philine, »klingt es natürlich besonders reizvoll.«

Das wurde mit verhaltenem Gelächter quittiert.

Dann wurde Hauptmann gebeten, der Herr *Doktor* Hauptmann, wie Vogeler betonte. Er zierte sich etwas, behauptete, darauf gar nicht vorbereitet zu sein, habe aber rein zufällig ein paar Kostproben dabei, und las dann Sprüche, Sentenzen und auch Verse. Unlyrisch war alles, obwohl alles, auch die Prosa, lyrisch sein sollte. Gedanklich, abstrakt, voller untergeschobener Bilder und gesuchter, aber nicht erlebter Empfindungen. Manchmal ging es zwei, drei Zeilen gut, aber dann kamen gleich wieder Ideen und Gedanken und der angeblich verhasste Verstand wortreich ins Spiel. Vogeler rutschte unruhig auf seinem Stuhl hin und her, wischte sich Schweiß von der Stirn. Das wollte gar kein Ende nehmen, bis der Bremer Dramaturg um Erläuterungen zu einem Gedicht bat, worauf sich zwischen ihm und Hauptmann eine längliche, akademische Diskussion entwickelte, die noch die letzten Reste von Anschaulichkeit ins Allgemeine zerrte, wo sie sich rettungslos verflüchtigten.

Es ging schon auf Mitternacht, die Canapés waren vertilgt, der Wein ging zur Neige, und die Kerzen am Klavier waren tief herabgebrannt. Clara suchte mit gesenktem Kopf Rilkes Blick und verdrehte, als sie ihn fand, die Augen zur Decke. Paula lächelte ironisch.

Endlich unterbrach Vogeler das verbale Imponier- und Balzgehabe, indem er aufstand und Rilke ein Exemplar von *Mir zur Feier* in die Hand drückte. »Lieber Rainer Maria Rilke«, sagte er wie ein Conférencier, »wir alle sind heute bereits unter Ihrem Haussegen hindurchgegangen. Nun machen Sie uns bitte auch die Freude eines kleinen Vortrags.«

Rilke blätterte wie zerstreut oder geistesabwesend in seinem eigenen, von Vogeler so schön gestalteten Buch, klappte es dann zu, schloss die Augen und trug auswendig vor.

»Ich fürchte mich so vor der Menschen Wort.
Sie sprechen alles so deutlich aus:
Und dieses heißt Hund und jenes heißt Haus,
und hier ist Beginn und das Ende ist dort.
Ich will immer warnen und wehren: Bleibt fern.
Die Dinge singen hör ich so gern.
Ihr rührt sie an: sie sind starr und stumm.
Ihr bringt mir alle die Dinge um.«

Noch ein Zauberspruch. Die Wirkung war stark. Für einige Momente sagte niemand etwas. Dann hüstelte Hauptmann und wollte zu einem seiner weitschweifigen Exkurse ausholen.

Aber Paula Becker kam ihm zuvor. »Zum Weinen schön.«

»Zum Niederknien«, sagte Clara.

Rilke war angekommen.

Der Abend war ein voller Erfolg, und da Hauptmann nur vorübergehend in Worpswede blieb, nahm Vogeler seinen Abschied zum Anlass, bereits eine Woche später erneut auf den Barkenhoff einzuladen. Es war einer dieser lauen, windstillen Septemberabende, an denen der Sommer seine Müdigkeit nicht mehr verbergen kann. Die Kronen der Birken lichteten sich bereits, Blätter rieselten lautlos zu Boden. Das Laub der Eichen errötete zart im Kuss des fahlen Altweiberlichts, und die Schatten der Dinge fielen lang.

Rudolf Alexander Schröder und die Bremer Pianistin waren verhindert, aber erwartet wurden Milly Becker, Paulas Schwester, die Klavier spielte und eine Gesangsausbildung genossen hatte, Agnes Wulff, eine Freundin Marthas, Fritz Mackensen mit neuester Malschülerin, und der Dramaturg wollte in Begleitung eines Schauspielers kommen. Clara und Paula waren schon früh erschienen und nahmen auf der Terrasse links und rechts von Rilke Platz, was den Dichter sichtlich entzückte. Vogelers Bruder Franz stimmte seine Geige und ließ sich von Marthas Bruder Martin, der passabel Querflöte spielte, den Ton angeben. Während Martha im grünen Blumenkleid mit weißem Spitzenkragen auf der Treppe zur Terrasse Töpfe mit Hortensien drapierte, schlenderte Vogeler in Erwartung der noch fehlenden Gäste durch den Garten. Als er die Stimmtöne von Geige und Flöte hörte, schaute er zur Terrasse zurück. Martha stand am Gatter zwischen den Empire-Urnen, auf der Stufe zu ihren Füßen lag

Barsoi Karla, Heymels Weihnachtsgeschenk, und Hündin und Herrin schauten wie fragend zu Vogeler hinüber.

In diesem Moment sah er zum ersten Mal das Bild, die Möglichkeit jedenfalls oder eine Ahnung jenes Bildes, das ihn dann noch mehr als vier Jahre beschäftigen sollte. Bevor er sich neben Franz setzte, um das Cello zu stimmen, warf er mit dem Bleistift eine hastige Skizze in sein stets griffbereites Arbeitsbuch.

Nachdem alle Gäste eingetroffen waren, spielte das Trio einige Stücke. Vogeler fiel auf, wie sich manche Gesichter beim Zuhören entspannten. Besonders die herben, ins Männliche spielenden Züge Claras glätteten sich – aber vielleicht lag das gar nicht an der Musik, sondern an Rilkes Nähe, mit dem sie Schulter an Schulter saß? Als die Sonne untergegangen war, strömten aus Büschen und Rasenflächen des Gartens Nebelfelder, und ein niedriger, fast voller Mond ging auf.

Die Gesellschaft zog in den Weißen Saal um, wo bereits die Kerzen brannten. Einer der Bremer Schauspieler trug Passagen aus Shakespeares Sommernachtstraum vor, Milly Becker setzte sich ans Klavier, sang etwas von Händel und italienische Volkslieder, Vogeler sang zur Gitarre zwei oder drei von ihm volksliedhaft-schlicht vertonte Lieder Walther von der Vogelweides.

Dann war es an Rilke. Er hatte sich für *Die weiße Fürstin* entschieden, ein lyrisches Kurzdrama, das einigen der anwesenden Herren gleichwohl lang zu werden schien. Aber Rilke, der sich mit zunehmender Dauer an seinem Werk berauschte, nahm das unterdrückte Gähnen und die gelangweilten Blicke aus dem Fenster gar nicht wahr, registrierte jedoch die schmachtende Aufmerksamkeit der Damen.

»Ich streckte mich, und wenn mein Leib sich regte,
entstand ein Duft und duftete hinaus.
Und wie sich Blumen geben an dem Raum,
dass jeder Lufthauch mit Geruch beladen
von ihnen fortgeht, – gab ich mich in Gnaden
meinem Geliebten in den Traum.
Mit diesen Stunden hielt ich ihn.«

An solchen Stellen errötete Paula, und Clara wurde blass, und manchmal war es umgekehrt.

Anschließend setzte Dr. Hauptmann, sich räuspernd und hüstelnd, zum Theoretisieren und, wie er es formulierte, »kritischen Hinterfragen des zu Gehör Gebrachten« an, wobei aber nichts herauskam, weil nicht einmal der Dramaturg zur Disputation aufgelegt war. Dank Vogelers exquisitem Weinkeller hatte sich die Stimmung inzwischen auch von feierlicher Ergriffenheit in eine eher feuchtfröhliche Dimension aufgeschwungen, die sich kritischem Hinterfragen entzog. Hauptmann erkundigte sich, ob Rilke nicht auch ein Trinklied verfasst habe, und insistierte wiederholt und lallend, der junge Poet werde dereinst erkennen und bitter bereuen, welche Lücke in seiner Kunst klaffte, wenn nirgends ein Trinklied bei ihm zu finden sei.

Dann wurde getanzt. Wie ein Satyr tanzte Hauptmann abwechselnd mit allen Damen, bis er kreideweiß gegen die Wand taumelte und mit erhobenem Zeigefinger um Aufmerksamkeit bat. »Jetzt ist mir schwindelig«, verkündete er, als wäre das eine Offenbarung. Nach einem weiteren Glas Rotwein hatte er sich aber schon wieder so weit erholt, dass er mit Stine tanzte.

Unterdessen zog der gleichfalls dramatisch angeheiterte Dramaturg ein Notenblatt aus der Tasche und hielt es Milly Becker unter die Nase. »Wenn Sie mich begleiten, Gnädigste, sing ich jetzt mal was vor.«

Milly warf einen kennerischen Blick auf das Blatt, setzte sich ans Klavier und legte los. Der Dramaturg verfiel in einen holprig galoppierenden Sprechgesang.

»Immer nur lobt man und preist man die Frau.
Ihr weiht man Lieder – uns drückt man nieder.
Das ist ein Fehler, wir sind zu galant –
und dadurch werden die Frau'n arrogant –

schau'n auf uns runter und bilden sich ein,
mächt'ger und schöner als wir noch zu sein.
Aber der Mann – aber der Mann –
der ist der Erste, er denkt nur nicht dran.
Wer ist der Meister, der Herrscher, der Held?
Er ist's, denn er kam zuerst auf die Welt.
Aus einer Rippe kam Eva alsdann,
die war nichts wie 'ne Filiale vom Mann.«

Das war ein Couplet Otto Reuters und juxte noch fünf lange Strophen so vor sich hin. Manche fanden es ulkig. Mackensen und Hauptmann sangen begeistert mit.

Bei der zweiten Strophe flüsterte Rilke Clara etwas ins Ohr und verließ den Weißen Saal. Clara wartete eine weitere Strophe ab und verschwand dann ebenfalls, was Paula nicht entging, folgte sie Clara doch eine halbe Strophe später.

Vogeler, dem das Treiben seiner Gäste zu bunt, zu laut und zu hitzig wurde, wollte ein paar Schritte im Garten tun. Er kam an der offen stehenden Tür von Rilkes Zimmer vorbei, in dem es blau und kühl wie in einer Grotte dunkelte. Auch die Fensterflügel waren geöffnet. Dicht aneinandergedrängt lehnten Rilke und die beiden Frauen in die Nacht hinaus – ein lebendig gewordenes Bild. Vogeler stutzte, verharrte einen Moment. Der Anblick berührte ihn wie ein Déjà-vu. Rilke umrahmt, umarmt beinahe, von zwei Frauen? Hatte Vogeler das nicht schon einmal gesehen? Wann? Wo?

Der fast volle Mond stand über den Birken und Pappeln und erzeugte einen Lichtstrom von mattem Silber. Der Vorplatz mit den Urnen schimmerte weiß wie mit Apfelblüten bestreut. Gleich dahinter schlossen sich die Nebelschwaden zu dichteren Schleiern, und davor standen die Bäume wie Türen zu einer anderen Welt. Das Lachen, Lärmen und Singen im Haus wurde leiser. Unberührt wartete diese fremde, silberne Welt, von Fabelwesen bewohnt, unter der Schwärze des Himmels, und solange das Mondmärchen mit Sternen und wehenden Gestalten dauerte, blieb alles Kunst und Traum, und nichts und niemand wurde wirklich.

Im Fenster steht derselbe Mond, aber es ist nicht das gleiche Licht, das ausgeglüht, wie gefroren, das Parkett glänzen lässt. Im Schein, der in jener Nacht über Garten und Barkenhoff geflossen war, blühten noch Märchen und Wünsche, und Zaubersprüche taten Wirkung wie heimlich verabreichte Liebestränke. Heute Nacht ist das Licht sachlich und hart. Es zeigt die Dinge, wie die Dinge sind – ornamentlos, konturscharf, ohne Aura. Sind die Dinge wirklich so? Die Frage beunruhigt Vogeler, aber seinen strapazierten Augen tut der kalte Schimmer fraglos gut. Die Standuhr tickt träge die Stunden fort.

Wenn er arbeitete, war Vogeler glücklich; er ging in seiner Arbeit auf, war verliebt ins Gelingen, aber er interessierte sich kaum noch fürs fertige Werk. Entsprechend war er auch ein Genie der Gastfreundschaft, ein Meister im Organisieren und Arrangieren von Gesellschaften und Festen, aber feiern und genießen konnte er sie selbst nicht. Weil er schüchtern und verklemmt war, fiel es ihm schwer, aus sich herauszugehen und über die Stränge zu schlagen. Und Alkohol vertrug er nur in kleinen Mengen. So war ihm der Verlauf des späteren Abends durchaus peinlich, und vielleicht fürchtete er, dass das enthemmte Überschwappen der Stimmung auch Rilke, seinen Seelenverwandten, abgestoßen haben könnte. In der Absicht, eine Art Entschuldigung vorzubringen, erkundigte er sich jedenfalls am nächsten Morgen etwas umständlich nach dem Befinden seines Gastes. Und ob er auch gut geschlafen habe?

»Ach, mein lieber Vogeler«, sagte Rilke mit einem verträumten Lächeln und nippte am Lindenblütentee, den die Haushälterin eigens für ihn kochte, »es ist alles wie im Märchen. Ich sitze in einem weißen, im weiten Garten wie vergessenen Haus unter schönen und würdigen Dingen, in Räumen, die voll vom Werk eines Schaffenden sind, von seinen Stimmen und Stimmungen und Visionen. Ich sitze auf seinen Stühlen, freue mich an den Blumen, die seine Braut aus dem Garten ins Haus bringt, und wenn ich in Spiegel schaue, sehe ich mich in seinen Spiegeln.«

Der Schaffende, dachte Vogeler, bin ja wohl ich. Warum sprach Rilke von ihm wie von einem Fremden? Fast war es, als nähme der Gast mit solcher Rede in dauerhaften Beschlag, was Gastfreundschaft ihm vorübergehend bot. Oder verstand Vogeler da etwas falsch?

»Und nun«, fuhr Rilke fort, »wohne ich hier erst seit ein paar Tagen, und schon zweimal kamen im verzauberten Weißen Saal liebenswürdige Menschen zusammen, die unter exquisiten Bildern musizieren und meine Dichtung feiern. Und durch all diesen Überfluss des Schönen klingen die süßesten Stimmen. Das sind die beiden Mädchen in Weiß, die im sanften Kerzenlicht und im Schatten meiner Worte sitzen und mir vorkommen – – –?, mir erscheinen wie – – –«

Rilke geriet ins Stocken, brach mitten im Satz ab, was selten vorkam – an Worten fehlte es ihm ja nie; er konnte noch wortreich die Stille beschwören und jedes Schweigen beredt machen.

Er ist verliebt, dachte Vogeler. Er ist bis über beide Ohren verliebt. Und er ist in beide zugleich verliebt.

Wie sie da gestern Nacht zu dritt, dicht aneinandergeschmiegt, am Fenster gestanden haben – – – Woran erinnerte ihn das? An ein Bild?

»Sie fragen so freundlich«, fuhr Rilke fort, »ob ich gut geschlafen habe? Sehr gut sogar, wenn auch nur kurz. Denn die Nacht hat mir ein Geschenk gemacht.« Er griff zu seinem Notizbuch, schlug es auf. »Wollen Sie es hören?«

Vogeler staunte. Hörte diese Quelle denn nie zu sprudeln auf? Nicht einmal beim Frühstück? Er nahm einen Bissen Rührei, nickte, trank einen Schluck Kaffee. »Gewiss.«

»Mädchen, Dichter sind, die von euch lernen
das zu sagen, was ihr willig seid.
Und sie lernen leben an euch, Fernen,
wie die Abende an großen Sternen
sich gewöhnen an die Ewigkeit.

Keine darf sich je dem Dichter schenken,
wenn sein Auge auch um Frauen bat;
denn er kann euch nur als Mädchen denken,
das Gefühl in euren Handgelenken
würde brechen von Brokat.

Lasst ihn einsam sein in seinem Garten,
wo er euch wie Ewige empfing,
auf den Wegen, die er täglich ging,

bei den Bänken, welche schattig warten,
und im Zimmer, wo die Laute hing – – –«

Das ging noch weiter, zwei, drei Strophen, aber Vogeler konnte nicht mehr recht folgen. Was wollte Rilke damit sagen? Er redete von Mädchen, die dem Dichter irgendwie als wortlose Stichwortgeber dienen sollten, als Musen. Das verstand Vogeler, war doch auch Martha eine Muse, aber Rilke meinte unmissverständlich Clara Westhoff und Paula Becker. Die waren nun allerdings keine Musen, sondern selbst Künstlerinnen, Bildhauerinnen, Malerinnen, »Malweiber«, wie manche abschätzig sagten, wenig erfolgreich bislang, zugegeben, aber eben keine hübschen Modelle, die »willig« das sein sollen, was Dichter sagen oder Maler malen. Die Wortmelodie wollte wieder Zauberspruch sein, aber diesmal funktionierte es nicht. Vogeler war befremdet.

Im Atelier sah er sich die rasche Skizze an, die er gestern gezeichnet hatte, runzelte die Stirn, kratzte sich am Hinterkopf. War da womöglich mehr draus zu machen? Einer dieser Sommerabende auf dem Barkenhoff, ein kleines ländliches Konzert – – –

Er übertrug die Skizze in ein größeres Format, arbeitete einige Details aus. Es gab drei Gruppen. Zum einen Rilke, von Clara und Paula umrahmt, eine Art schweigendes Gespräch, eine Gruppe und doch eine strenge Trennung dreier Individualitäten,

Ungleiche, vereint durch den Klang, der von der zweiten Gruppe ausgeht, den Musikern. Mit ein paar Strichen mogelte sich Vogeler als Cellospieler dazu, halb verdeckt vom Violinisten, kaum zu erkennen: der stille Gastgeber im Hintergrund, der die Musik macht, aber nicht genießt, weil ihm das Glück seiner Gäste wichtiger ist als das eigene. Das Paar im Zentrum, Martha und die ihr zu Füßen liegende Hündin, bildete die dritte Gruppe. Die beiden Empire-Urnen auf den Pfeilern der Balustrade, zwischen denen Martha stand? Vielleicht ließen sie sich in Skulpturen verwandeln, in Baumgeister, Nymphen oder Najaden, die Wasser schöpfen oder ausgießen? Er strichelte eine halb nackte Schönheit, die mit einer Karaffe – – –

Und jetzt, plötzlich, stieg er wieder in ihm auf, dieser Augenblick, den er schon einmal gesehen hatte. Wie ein ferner Spiegel schien er sich in die Skizze geschlichen zu haben. Florenz. Signora Aretinos Salon. Rilke sitzt neben dem Komponisten auf dem Sofa, und sie werden eingerahmt von zwei zweifelhaften Damen, die Gräfinnen hätten sein können oder Najaden, und eine gießt Wein in ein Glas. Der ferne Spiegel, ein Zauberspiegel, hatte Martha in den Lautenspieler, Rilke in den Barsoi und die dienstbaren Damen in Urnen verwandelt, und der gleiche Zauber umrahmte Rilke mit Paula und Clara. Damals in Florenz war es Vogeler aber so vorgekommen, als wäre auch die Sofagruppe bereits einem Bild entsprungen. Dann gab es vielleicht eine noch tiefer liegende, verschüttete, vergessene Schicht, aus der nun dies Konzert – oder wie auch immer es einmal heißen würde – ins Licht wuchs.

Nicht nur Vogeler hatte beobachtet, dass Paula und Clara in jener Nacht Rilke in sein Zimmer gefolgt waren. Und obwohl durchaus beobachtet wurde, dass die Tür offen blieb und zwischen den dreien rein gar nichts geschah, was zu Getuschel hätte Anlass geben können, setzte sich die stille Post Worpswedes so unvermeidbar wie unverzüglich in Bewegung. Die Redensart »ein Herz und eine Seele« könne man nun ja getrost variieren zu »ein Herz und zwei Seelen«, raunte es aus Mackensens Richtung. Stine flüsterte der alten Lina zu, ihre beste Freundin habe den Herrn Rilke bei der Ziegelei gesehen, wie er dort mit dem Fräulein Westhoff im Gras gelegen habe, und weil die alte Lina schwerhörig war, musste Stine so laut flüstern, dass Gottlieb es hörte. Der steckte es seiner Freundin Maike, die wiederum von der Bäckersfrau zu hören bekam, dieser Rilke müsse ein arger Schwerenöter sein, weil er erst neulich mit dem Fräulein Becker auf dem Heideweg gesehen wurde, und zwar nicht einfach so, sondern Hand in Hand. Und von hier wisperte es, wann Rilke Paula in ihrem Atelier aufgesucht und wann er es wieder verlassen hatte, und von dort hörte man unterm Siegel der Verschwiegenheit, dass dieser Dichter in Claras Atelier ein und aus gehe, als sei er dort zu Hause. Dörte Fietjen, die Tochter von Großbauer Fietjen, wollte sogar gesehen haben, dass Rilke, von beiden Malerinnen in die Mitte genommen und bei beiden untergehakt, zur Badestelle an der Hamme geschlendert sei, einem jener moralisch bedenklichen Plätze, an denen das Künstlervolk sich entkleidete und in Adams- und Evakostümen tummelte. Aber wenn man sich empörte, dann hieß es, das sei eben Kunst, Aktmalerei und dergleichen. Aus ihrem Versteck im Schilf habe Dörte zwar niemanden sehen können, jedenfalls keine Person, aber im Gras habe etwas Rotes gelegen, und das müsse ja wohl Rilkes rotes Russenhemd gewesen sein.

Anfangs hatte auch Vogeler den Eindruck, dass Rilke in beide Malerinnen gleichermaßen verliebt war und bei beiden auf Gegenliebe stieß. Und weil die jungen Frauen, von denen Rilke immer nur als *Mädchen* sprach, unkonventionell dachten, zwischen Schüchternheit und bohemehafter Freizügigkeit schwankten und sich zudem freundschaftlich eng verbunden fühlten, gab es bei dieser Dreiecksbeziehung keine Eifersucht – so lange jedenfalls nicht, wie es bei spielerischer Verliebtheit, Plänkeleien und galanten Andeutungen blieb und Rilke die Waagschalen gleichmäßig austarieren konnte.

An einem hellen Morgen mit runden Wolken, die

unabsehbar tiefes Blau umrahmten, mit raschelnder Bewegung in hohen Bäumen, aus denen gelbrote Äpfel sanft ins Gras fielen, unternahmen Vogeler und Rilke einen Spaziergang. Da die Landschaft von allen Seiten sprach und winkte, wechselten sie nur wenige Worte.

Doch als sie sich wieder dem Barkenhoff näherten, fragte Rilke plötzlich, als hätte ihm der Anblick des Hauses ein Stichwort geliefert: »Sie und Ihre junge Braut, Sie sind so innig und einig miteinander. Steht da etwas bevor?«

Vogeler nickte lächelnd. »Wir werden endlich heiraten, im kommenden März. Wir hätten es uns beide früher gewünscht, aber früher ging es nicht. Martha ist ein einfaches, starkes Mädchen von hier. Ich musste sie erst aus diesem Dorf lösen, bevor sie alldem gewachsen sein würde. Sie musste andere Horizonte sehen, sie musste werden und wachsen. Sie war in Dresden auf guten Schulen, ich war in München und anderswo, und so waren wir oft voneinander getrennt. Das waren gefährliche Zeiten für unsere Liebe. Aber jetzt ist alles gut. Wir haben schon alles zusammen erlebt und gehabt, Sie wissen, was ich meine. Und natürlich ist sie nicht nur in meinem Herzen, sondern auf allen Studien und in jeder Skizze. Ich habe erst vor einigen Tagen mit einem Bild begonnen, in dessen Mittelpunkt sie stehen wird. Und selbst, wenn sie gar nicht zu sehen ist, male ich doch ihre Seele mit hinein. Wenn ich wieder und wieder mein Haus male, dann ist das auch immer ein Porträt von ihr, ohne die mein Haus unvollständig wäre.«

Sie durchquerten den Garten, hielten am Fuß der Treppe inne.

»Ihr Haus«, sagte Rilke, »ist wie eine erfüllte Sehnsucht, in der ich ein vorübergehender Gast bin.«

»Aber wie steht es um Sie in – – – nun ja, in derlei Dingen? Sind Sie denn nicht mehr dieser Dame verpflichtet, dieser Frau von Salomé? Sie sind doch erst kürzlich von Ihrer zweiten, gemeinsamen Russlandreise zurückgekehrt.«

Rilke seufzte. »Mit Lou«, sagte er müde, »ist es schwer«, als sei damit alles gesagt, was sich zu seiner, wie jedermann wusste, komplizierten und skandalösen Affäre mit Lou Andreas-Salomé überhaupt sagen ließ. Er wich Vogelers fragendem Blick aus und schaute dringlich empor zum Giebelfenster, aus dem er sich mit Clara und Paula in den Mondschein hinausgelehnt hatte, als hätte sich ein Bild dieser Nacht auf die im Morgenlicht glänzenden Scheiben gelegt. »Aber die Mädchen«, sagte er dann, »machen mir alles leichter. Wenn ich sie in ihren Ateliers besuche, fühle ich mich dem Wunderbaren ganz nahe. Ich lege Wort für Wort auf die zarte Waage ihrer Seelen, und sie fühlen, dass ich sie damit schmücke und beschenke. Weil die Malerin sie hört, haben auf einmal alle Worte Sinn. Und dann erst das große, beredte

Schweigen, das ich mit ihr erlebe, wenn die Uhr im Lilienatelier die viel zu großen Stunden schlägt.«

Indem er sich wie so oft in einen von sich selbst begeisterten Wortrausch redete, der mehr verschleierte als enthüllte, sprach er plötzlich nicht mehr von den *Mädchen,* sondern nur noch von *einer,* von *der Malerin.* Welche meinte er? Und war das Absicht? Ein Fingerzeig, zu wem die Waagschale sich neigte? Oder bemerkte er es selbst gar nicht?

Vogeler sprach Martha darauf an, die mit dem Gewebe der stillen Post bestens vertraut war, selbst gern solches Garn spann und solche Knoten knüpfte und weiterreichte. Wen also meinte Rilke? Und was war das Lilienatelier?

Über ihre Handarbeit gebeugt, lächelte Martha wissend. »Die Paula«, sagte sie, »hat sich als Souvenir aus Paris ein Stück Stoff mitgebracht, auf dem das französische Lilienwappen eingestickt ist. Und das hat sie sich in ihrem Atelier als Wandteppich aufgehängt.«

»Paula also«, sagte Vogeler.

»Ja, Paula. Aber eigentlich weiß man das ja schon.«

»Man? Wer ist man?«

»Ach, Heinrich.« Martha lächelte. »Wenn man genau hinschaut, dann sieht man es doch.«

»So, so – – –«

»Ja, so.« Sie flüsterte jetzt. »Das Wappen hängt nicht irgendwo an der Wand. Es hängt hinter ihrem

Bett, und man bemerkt es eigentlich nur, wenn man auf dem Bett sitzt.«

»Oder darin liegt?«

Martha schaute auf, errötete, nickte. Und schwieg. Wie hatte Rilke es formuliert? Großes, beredtes Schweigen – – –

Im Atelier blätterte Vogeler durch sein Skizzenbuch, rückte Rilke dichter an Paula heran und nahm Clara das Lächeln aus dem Gesicht.

Jedoch zeigte sich schon sehr bald, dass die Verhältnisse keineswegs so eindeutig waren. Im Hamburger Schauspielhaus wurde ein Stück von Carl Hauptmann inszeniert. Er lud die Worpsweder Freunde zur Premiere ein, und Rilke, Clara Westhoff, Paula und Milly Becker, Heinrich und Franz Vogeler, Mackensen und Modersohn fuhren gemeinsam hin – eine Künstlerkolonie auf einem Betriebsausflug. Das Stück machte wenig Eindruck, man heuchelte Ergriffenheit. Rilke improvisierte bei der anschließenden Premierenfeier eine Ansprache, die geschickt um den lauwarmen Brei herumredete.

Am nächsten Tag unternahm man auf einem vierspännigen Gesellschaftswagen eine Stadtrundfahrt, der sich eine Bootstour durch den Hafen anschloss. Dabei wurde viel geulkt und gealbert, und sogar Rilke ging aus sich heraus. Vogeler fand das bemerkenswert, weil Rilke sonst so gut wie nie lachte, für kaum einen Witz empfänglich war, sondern sich zumeist in einer bleiernen Humorlosigkeit verschanzte. Geriet man in die Aura dieses heiligen Ernstes, überkam einen das Gefühl, eine zwielichtige, von Weihrauch erfüllte Kirche zu betreten, in der Rilke der hohe und einzige Priester und Großinquisitor war. »Reiner Rainer, fleckenloser Maria«, hatte Mackensen ihn hinter vorgehaltener Hand genannt. Dass Rilke während des Hamburger Ausflugs über mehr oder minder matte Scherze lachte, musste also auffallen, und bei genauer Beobachtung konnte man bemerken, dass er immer dann unangestrengt plauderte, lächelte und lachte, wenn die notorisch gut gelaunte Paula in seiner Nähe war. Wie sich schnell herausstellen sollte, war Otto Modersohn ein besonders scharfer Beobachter.

Anderntags besuchte man die Privatgalerie eines Bankiers und sah abends eine Aufführung der *Zauberflöte,* die mit Hauptmanns Unbeholfenheiten versöhnte. Der Weg zum Hotel führte an der Alster entlang. Es war seltsam, aus den Lichtermeeren der Oper und der Stadt aufzutauchen und dann vor diesem schwarzen, stillen Wasser zu stehen, in das einige Laternen ihr Licht wie goldene Leitern senkten. Ein kleiner Dampfer stampfte über den dunklen Spiegel, und plötzlich glitt fast unbewegt und lautlos ein Schwan aufs Ufer zu, wo er wie suchend den Kopf hob.

»Als ob er etwas sagen wollte – – –«, hörte Vogeler Clara Westhoff zu Rilke sagen.

Dann kam ein zweiter Schwan, der sich mit gebogenem Hals und aufgestellten Schwingflügeln fast bis auf den Rücken zurücklehnte, und der zweite wandte den Blick vom Ufer ab und seinem Gefährten oder seiner Gefährtin zu. Und im Zwielicht sah es so aus, als hätte Clara nach Rilkes Hand gegriffen. Vogeler hatte ein Gefühl, das man bei Märchen hat, wenn in ihnen etwas Bedeutungsvolles geschieht, ein Gefühl von »das darf man nicht vergessen, daraus muss noch etwas folgen«. Und es folgte ja auch – – –

Am nächsten Morgen gab es noch einen Rundgang durch die Kunsthalle. Und da kam es angesichts von Böcklins Bild des im Schilf liegenden Fauns mit der Flöte zwischen Rilke und Vogeler zu jenem kleinen Dialog, an den er sich Jahre später erinnern sollte, als sie sich an einem strahlenden Junimorgen im Schilf der Hamme unvermutet begegneten.

Von Hamburg ging es mit der Bahn zurück nach Bremen und von dort mit der Post weiter nach Worpswede. Es war eine klare Sternennacht, in der schon leichte Bisse des Herbstes zu spüren waren.

»So eine Nacht ist gut zur Heimkehr«, sagte Rilke zu Vogeler, als sie von der Station Richtung Barkenhoff gingen. Und dann hielt Rilke plötzlich an, als sei ihm etwas Vergessenes eingefallen. »Ich habe mich entschlossen, in Worpswede zu bleiben«, sagte er feierlich.

»Das freut mich«, sagte Vogeler hölzern, aber es

freute ihn wirklich, und insgeheim hatte er es sich gewünscht. Rilke war zwar bizarr und eigenwillig, doch eigenwillig waren hier alle, weil sie sonst keine Künstler gewesen wären. Und mit seinem Kunstverstand, seinem erstaunlichen Einfühlungsvermögen und seiner überbordenden Wortgewalt würde Rilke Worpswede nützlich sein. Und wie Paula sich freuen müsste! Oder doch eher Clara?

»Ich will Herbst haben. Ich will mich mit Winter bedecken, damit das, was in mir keimt, nicht zu früh aus den Furchen steigt. Morgen mache ich mich auf die Suche nach einem Haus.«

»Das wird uns alle freuen. Wir haben hier das Gefühl, dass wir erst durch Sie komplett geworden sind, zu einer Familie, wie Paula so gern sagt.«

Das sonntägliche Treffen dieser wahlverwandten Familie war inzwischen zu einer Institution geworden, manchmal mit mehr, manchmal mit weniger Gästen von außerhalb. Am letzten Tag im September, als Birkenlaub mit leisem Knistern zu Boden rieselte und letzte Rosen sich ins Licht lehnten, war man auf dem Barkenhoff fast unter sich. Milly sang zwar todtraurig Beethovens *In questa tomba oscura lascia mi riposar,* aber die Stimmung war heiter wie selten.

Als Rilke seinen Entschluss verkündete, sich in Worpswede ein Haus zu suchen, klatschten Paula und Clara gleichzeitig in die Hände. Fünf Wochen hatte er nun auf dem Barkenhoff gewohnt, und er dankte Vogeler und Martha für die großzügige Gastfreundschaft, indem er Gedichte las, die von Vogelers Werken, zu denen Haus und Garten gehörten wie ein gewachsenes, lebendiges Kunstwerk, inspiriert waren. Und zu einem Frühlingsbild, das Martha zwischen erblühenden Birken zeigt, lieferte Rilke eine *Widmung*.

»Blassblondes Mädchen im grünen Kleid,
es singt des Lebens Sinn:
König wird man aus Einsamkeit,
aus Liebe – Königin.«

Martha errötete verlegen, stand auf und hauchte Rilke einen schüchternen Kuss auf die Wange. Dafür gab es Beifall von allen, was Martha noch verlegener werden ließ.

Aber Rilke wäre nicht Rilke gewesen, hätte er an diesem Abend von sich selbst geschwiegen. Seinen Vortrag schloss er mit diesen Worten:

»Ich bin ein Bild.
Verlangt nicht, dass ich rede.
Ich bin ein Bild, und mir ist eine jede
Gebärde schwer.
Mein Leben ist die Stille der Gestalt.
Ich bin Anfang und Ende der Gebärde.
Ich bin so alt,

dass ich nicht älter werde.
Menschen stehn manchmal in der Nacht bei mir
und halten mir den Leuchter vors Gesicht.
Und sehen eines nur: Ich bin es nicht – – –«

Das Gedicht ging noch weiter, aber Vogeler hörte nicht mehr recht zu. Wie war das gemeint? Wer oder was sprach denn da? Einer, der sich selbst zum Bild macht? Einer, der ein Bild, das stumm bleiben will, zu sprechen zwingt? Und dann erst dies *Ich bin es nicht.* Es klang Vogeler noch lange im Ohr, rätselhaft, wie ein grußloser Abschied.

Es war einer. Fünf Tage später brach Vogeler mit Gottlieb schon im Morgengrauen auf, um ein erst kürzlich zugekauftes Heidegelände umzupflügen. In der nebelschwangeren, nasskalten Dämmerung kehrten sie zum Barkenhoff zurück. Stine hatte im Kamin Feuer gemacht und servierte ihnen ein Abendbrot.

»Dor is een Breev för Sei«, sagte sie und zeigte auf den Kaminsims, auf dem ein Umschlag lag, »vun dem Herrn Rilke.«

»So?« Vogeler nahm den Umschlag vom Sims. »Wo ist denn der Herr Rilke?«

»Offreist is hei, midde Post.«

»Abgereist? Aber wohin denn?«

Stine zuckte mit den Schultern. »Dat weet ick ok nich.«

Vogeler riss den Umschlag auf.

Worpswede, den 5. Oktober 1900

Mein lieber Heinrich Vogeler!

Wenn Sie diesen Brief in Händen halten, sitze ich bereits im Zug. Meine Abreise mag auf Sie überstürzt wirken, aber unvorhergesehene Umstände, die zu erläutern dies nicht der Augenblick ist, machen meine Rückkehr nach Berlin unumgänglich. Es mag auch sein, dass ich in Kürze bereits wieder nach Russland aufbreche, das mir geworden ist, was Ihnen Ihre Landschaft bedeutet: Heimat und Himmel. Und auch, wenn ich in Worpswede eine Art Echo Russlands spürte, war ich dort doch von allen Menschen und Mitteln, welche meine Arbeiten brauchen, zu sehr entfernt. Meine Studien, die ich neben meinem eigentlichen Werk betreibe, darf ich nicht völlig aus dem Blick verlieren, da meine Dichtung auch einer Gründung im Leben bedarf. Ihnen und Ihrer lieben Braut danke ich noch einmal für die erfüllten Tage und Wochen der Gastfreundschaft und schließe für heute als der Ihnen stets herzlich verbundene

Rainer Maria Rilke

Vogeler schüttelte ungläubig den Kopf. Der Brief war geflunkert, glich eher einem verdrucksten Entschuldigungsschreiben als einer ehrlichen Erklärung für Rilkes fluchtartige Abreise. Lou Andreas-Salomé mochte eine Rolle spielen, denn wenn Rilke von Russland redete, von schwermütig singenden Wolgaschiffern und Weihrauch schwenkenden Mönchen, von demütigen Muschiks mit zotteligen Pferdchen und heimeligen Hütten, aus denen Balalaikaklänge durch froststarre Birkenwälder tönten, dann war Lou immer dabei, selbst wenn ihr Name gar nicht erwähnt wurde. Wenn Rilke also schrieb, dass er bald wieder nach Russland aufbrechen würde, dann konnte das genauso gut heißen, dass die abgekühlte Affäre mit dieser *Femme fatale* wieder heiß geworden war. Vielleicht ließ sich der gehörnte Andreas endlich von ihr scheiden? Und dass Rilke sein Studium wieder aufnehmen wollte, war vollends absurd. Vogeler kannte niemanden, der für akademisches Denken und eine akademische Karriere derart ungeeignet gewesen wäre wie dieser in sich selbst verliebte Dichter, dem Abstraktionen und Theorien ein Gräuel waren. Warum also diese schroffe Hals-über-Kopf-Abreise ohne ein Abschiedswort?

Martha wusste die Antwort. Sie war zwar per stiller Post zugestellt worden, aber sie war plausibel: Paula Becker hatte sich vor drei Wochen mit Otto Modersohn verlobt, und zwar, um Skandalgeschrei zu vermeiden, heimlich, still und leise, war Modersohns Frau doch noch nicht einmal drei Monate tot;

dann aber auch wiederum nicht so heimlich, dass kein Getuschel die Runde machen konnte. Irgendjemand musste Rilke von der Verlobung erzählt haben, und der hatte schwer enttäuscht den Rückzug zu Lou nach Berlin angetreten, weil er, wie jeder wusste, in Paula verliebt war. Wie jeder wusste, war er zwar auch in Clara verliebt, aber in Paula wohl noch ein bisschen mehr, hatte er ihr doch erst vor Kurzem sein Manuskriptbuch geschenkt. Das musste Paula dann Clara auf die Nase gebunden haben, und so lag der Verdacht nah, dass nun wiederum Clara, um Paula als Nebenbuhlerin auszuschalten, Rilke diskret gesteckt hatte, dass Paula mit Otto verlobt war. Andererseits hätte Clara sich damit gegenüber Rilke als eifersüchtige Petzerin in schlechtes Licht gerückt. Vielleicht war es aber auch gar nicht so kompliziert. Vielleicht hatte Paula selbst Rilke von ihrer Bindung an Otto erzählt, um Rilkes immer drängender werdender Werbung einen Riegel vorzuschieben. Allerdings stellte sich dann die Frage, warum sie sich überhaupt auf dies Spiel mit dem Feuer eingelassen hatte. War sie im Umgang mit Rilke womöglich dahintergekommen, dass der zehn Jahre ältere Witwer Otto zwar ein netter, redlicher, sogar liebenswürdiger Kerl und guter Maler war, aber keineswegs der Mann ihrer Träume? Hatte sie etwa seiner Werbung aus einer Laune heraus nachgegeben oder, bedenklicher, um von seiner künstlerischen Erfahrung zu profitieren oder, noch bedenklicher, nur aus Mitleid? All das war möglich, aber am plausibelsten war doch eine andere Variante: Das Geturtel des Taubentrios Paula-Rilke-Clara war natürlich auch Otto nicht entgangen – teils sah er es ja mit dem Scharfblick seiner eigenen Augen, zuletzt während der Hamburger Tage, teils war auch er, dem Intrigen, Klatsch und Gerüchte zuwider waren, unfreiwillige Station der stillen Post, die ihm zutrug, dass Rilke wieder einmal im Lilienatelier seiner Verlobten ein und aus gegangen war. Und irgendwann fiel dann der sprichwörtliche letzte Tropfen, der das Fass zum Überlaufen brachte, sodass Otto Modersohn Rilke zu sich einbestellte und ihm gegenüber das längst überfällige Machtwort des Verlobten sprach. So konnte, nein, so musste es gewesen sein! Eske de Vries, die Tochter des Hufschmieds, die bei Modersohn reinemachte, hatte nämlich durch die dünne Wand zwischen Wohnung und Atelier alles genau mitbekommen. Und wenn auch nicht so *ganz* genau, dann doch immerhin so deutlich, dass sie ihrer Freundin Fiken Lüders erzählte, Rilke sei am 4. Oktober, am Nachmittag vor seiner Flucht also, in Modersohns Atelier erschienen, und dort habe es ein »Dunnerwedder« gesetzt, wie man es dem gutmütigen Herrn Modersohn nie und nimmer zugetraut hätte. Und als Fiken Lüders ein paar Tage später die bestellten Mastgänse auf dem Barkenhoff ablieferte, klatschte sie den ganzen »Schandol« brühwarm auf Stines Küchentisch, die ihn, mit allerlei Vermutungen angereichert, unverzüglich an Martha Vogeler weitertratschte. Ja doch, so musste es gewesen sein – – –

Im Atelier blätterte er durch die Skizzen und Entwürfe, rückte Rilke wieder dichter an Clara heran und ließ aus dem Hintergrund Otto Modersohn einen fragenden Blick werfen, ob der Raum zwischen Paula und Rilke Platz für ihn bot.

III
Oldenburg
9. Juni 1905

Als die Sterne verblassten, Vögel in Francksens Garten zu zetern begannen und von irgendwo ein verfrühter Hahn krähte, hat er doch noch in den Schlaf gefunden, aus dem ihn nun dumpfe Hammerschläge reißen. Er öffnet die Augen, schließt sie gleich wieder vor der grellen Härte des Morgenlichts. Die Hammerschläge sind nur ein dezentes Pochen an der Tür. Der Diener lässt wissen, im Wintergarten werde das Frühstück serviert.

»Wünsche, wohl geruht zu haben.« Francksen nickt ihm zu, als er sich an den Tisch setzt.

»Moin, moin, Vogeler«, sagt Roselius leutselig zwischen zwei Bissen. »Großer Tag für Sie heute. Schaffen Sie sich erst mal ’ne anständige Grundlage. Das Omelett kann ich empfehlen.«

Unausgeschlafen und nervös nimmt Vogeler nur ein Stück Toast mit Orangenkonfitüre, trinkt Tee. Es fällt ihm schwer, so zu tun, als freue er sich auf die Ausstellungseröffnung und die ihn erwartende Ehrung.

»Und Sie wollen wirklich morgen früh schon wieder abreisen?«, erkundigt sich Francksen.

Vogeler nickt. »Ich habe zu tun. Im Güldenzimmer müssen noch – – –«

»Tolle Sache, Theo«, fällt Roselius ihm ins Wort, als handele es sich um *sein* Zimmer, »das wird ganz großartig.«

»Wenn Sie noch bleiben könnten«, sagt Francksen, »würde ich Sie gern in meine Loge im Großherzoglichen Residenztheater einladen. Morgen Abend gibt man dort nämlich *Die versunkene Glocke.* Und da Sie ja die Buchausgabe so hinreißend illustriert haben, mag es Sie interessieren, was unser Theater daraus macht.«

Es ist acht Jahre her, dass Vogeler Hauptmanns Stück illustriert hat. Fabelwesen und Märchengestalten geistern durch romantische Waldgründe und reden rätselhaft in Versen. Damals war Vogeler begeistert, aber die wie durch einen Plüschvorhang gesehene Natur, die mehr künstliche als kunstvolle Poesie und die verworrene Mystik sind ihm inzwischen fremd geworden, sehr fremd, versunken wie die Glocke.

»Gott sei Dank ist Hauptmann ja zur Besinnung gekommen«, sagt Roselius. »Schreibt keine Anstiftungen zum Aufruhr mehr wie diese skandalösen Weiber, äh, *Weber.* Derlei Agitationen gehören auch nicht auf deutsche Bühnen. Aber seine Glocke soll sehr hübsch sein. Erbaulich, romantisch und so weiter.«

»Kennen Sie Hauptmann eigentlich persönlich?«, fragt Francksen.

Vogeler zuckt mit den Schultern. »Kennen wäre wohl etwas zu viel gesagt. Zuletzt begegnet bin ich ihm vor einigen Jahren in Berlin – – –«

– – – an einem Abend bei Lou Andreas-Salomé. Trotz seiner überstürzten Abreise ließ Rilke seine Kontakte nach Worpswede keineswegs abreißen. Da die Bäckerei als Postamt diente und der Bäckerjunge als Briefzusteller, wusste bald das ganze Dorf, dass Clara Westhoff und Paula Becker regelmäßig Briefe aus Berlin bekamen und ebenso regelmäßig Briefe nach Berlin schickten. Auch zwischen Vogeler und Rilke ergab sich weiterhin die eine oder andere Korrespondenz. Zwar war von einer erneuten Russlandreise nie wieder die Rede, doch lieferte Rilke für sein plötzliches Verschwinden aus Worpswede auch keine andere Erklärung – jedenfalls nicht gegenüber Vogeler: Offenbar kannte selbst eine Seelenverwandtschaft Grenzen. Vogeler dachte sich sein Teil und behielt es diskret für sich.

Ende November 1900 reiste er für einige Tage nach Berlin, um mit diversen Verlagen, Druckern und Kunsthändlern zu verhandeln. Seinen Besuch kündigte er auch Rilke an, der inzwischen umgezogen war, aber immer noch in Lou Andreas-Salomés Nähe wohnte. Rilke erzählte wiederum Lou von Vogelers bevorstehendem Besuch, was Lou dazu veranlasste, die beiden zu sich einzuladen und Gerhart Hauptmann, zu dem sie seit einiger Zeit in Kontakt stand, dazuzubitten.

Dass manche Männer Lou verfielen, konnte Vogeler durchaus verstehen, war sie doch auf dezent exotische Art schön, hochintelligent, hatte Witz und blieb zugleich auf ironisch-spielerische Weise kokett, aber *sein* Genre war sie nicht. Und das verschaffte ihm ein Gefühl der Erleichterung.

Lous Ehemann, dem Orientalisten Friedrich Carl Andreas, war nach einem Rechtsstreit der Professorentitel aberkannt worden. Als Privatgelehrter hatte er fast keine eigenen Einkünfte und war von den spärlichen Tantiemen seiner sechzehn Jahre jüngeren Frau abhängig. Und da, wie alle Welt wusste, das Verhältnis stets platonisch blieb, war es allen, die das seltsame Paar erlebten, ein Rätsel, wie es zu dieser Ehe überhaupt hatte kommen können. Andreas, hieß es, hätte mit Selbstmord gedroht, wenn Lou ihn damals abgewiesen hätte. Zwar duzten sie sich, wirkten aber auf Vogeler nicht wie Ehegatten, sondern wie höflich aufeinander Rücksicht nehmende Geschäftspartner.

Demgegenüber floss zwischen Rilke und Lou eine starke Spannung. Seine Gestik, sein ganzer Habitus zeigte ihr gegenüber etwas Ergebenes, Unterwürfiges, das durch die traurigen Augen und den hängenden Schnauzbart etwas Hündisches bekam und Vogeler befremdete. Hier war Rilke nicht das umschwärmte Junggenie, sondern einer, der um Liebe bettelte wie um ein Almosen. Wenn Lou ihn mal mitleidig, mal fürsorglich, mal kalt abweisend ansah, spürte Vogeler, dass Rilke von dieser Frau keine Almosen mehr zu erwarten hatte, jedenfalls keine sexuellen. Unvorstellbar, dass er solcher Kälte wegen nach Berlin zurückgekehrt sein sollte. Oder war es die sprichwörtliche *Amour fou*?

Hauptmann und Vogeler kannten sich flüchtig, seit sie sich einmal im Verlag begegnet waren, als Vogeler den Andruck der Illustrationen für *Die versunkene Glocke* überwachte. Im Gegensatz zu seinem älteren Bruder Carl, der schmächtig war und eine neurasthenische, hektische Intellektualität verbreitete, war Gerhart Hauptmann von robuster Statur. Sein von ergrauendem Haar umflammter Zeuskopf, die tiefen Stirnfalten, das fleischige Gesicht mit den blaugrauen Augen verliehen ihm ein Charisma würdevoller Überlegenheit, die manchmal an seherische Entrücktheit grenzte. Aus seinem von unregelmäßiger Lippenbildung zerrissenem Mund fielen die Worte wie in Stein gehauene Fragmente uralter Weisheit, die keinen Widerspruch duldete und noch die trivialsten Beiläufigkeiten mit Tiefsinn aufzuladen schien, und er unterstrich seine Worte mit den ausdrucksstarken Gesten eines Dirigenten. Vogeler stellte sich vor, wie er Hauptmann porträtieren würde: als Propheten eines märchenhaften Kultes, der von einem Zauberberg herabsteigt. Auf Birken wäre hier allerdings zu verzichten – dieser Prophet stand eher für die deutsche Eiche.

Rilke war sichtlich beeindruckt, reagierte auf Hauptmann wie ein Primaner auf seinen Direktor mit beflissen streberhafter Altklugheit, im Bewusstsein der eigenen Leistung jedoch nicht unterwürfig. Und wie ein pflichtbewusster Abiturient auf seine Prüfung hatte Rilke sich offenbar auch für das Treffen mit Hauptmann präpariert. Irgendwie gelang es ihm, das Tischgespräch, das sich um allerlei Themen der Lebensreform gedreht hatte, auf Hauptmanns Komödie *Schluck und Jau* zu lenken, die er gesehen hatte. Zwei betrunkene Vagabunden schlüpfen zum Ergötzen einer Hofgesellschaft in die Rollen eines Fürsten und seiner Frau, Schein und Sein vermischen sich, Standesunterschiede erweisen sich als nichtig, Geschlechterverhältnisse werden unklar.

»Die uralte Weisheit«, dozierte Rilke feierlich, »dass die Unterschiede zwischen den Menschen nur auf einem Scheine beruhen, dass sich uns als das Wesen des Menschen etwas ganz Neues enthüllt, wenn wir aus dem Lebenstraum für eine Weile erwachen, etwas, das in jedem Menschen steckt, sei er Fürst oder Bettler – – –«

»Vorzüglich, junger Mann«, unterbrach Hauptmann Rilkes Eloge, »perfekt, wie Sie mein ureigenes Anliegen – – – wie Sie wiedergeben, was mein Innerstes – – – Sie werden sagen: Einfühlung. Gut – – –?. Wollen Sie jedoch bemerken: Ein Lustspiel nur – – – Erledigt.« Damit griff er zu seinem Glas und goss sich den Rotwein wie Wasser durch die Kehle; während des Essens hatte er bereits anderthalb Flaschen konsumiert – am Ende des Abends waren es drei. »Sie selbst, junger Mann«, sagte er, indem er das Glas wieder absetzte, »sind mir als Dichter annonciert. Gut – – – Wollen Sie uns nicht eine Probe, eine Verkostung – – – Kurzum, tragen Sie vor.«

Präpariert wie er war, zog Rilke ein zusammengefaltetes Manuskript aus der Jackentasche. Der Text, erklärte er salbungsvoll, sei das unvermutete Geschenk einer einzigen Nacht gewesen, einer Herbstnacht, in einem Zuge niedergeschrieben bei zwei im Nachtwind wehenden Kerzen. Das Hinziehen von Wolken über den Mond habe ihn verursacht, nachdem ihm die stoffliche Veranlassung durch gewisse, durch Erbschaft an ihn gelangte Dokumente seiner adligen Familie – – –

»Der Worte sind genug gewechselt, junger Mann«, unterbrach Hauptmann mit gebieterischer Gebärde Rilkes Redseligkeit. »*Hic Rhodus, hic* – – –«

In einer drängenden, atemlosen Diktion, die aus Prosa in Verse fiel und von Versen wieder zu Prosa fand, ging es um den jungen Edelmann Christoph von Rilke, der während der Türkenkriege als Cornet einer Schlacht entgegenzieht. Seine Einheit macht auf einem Schloss Rast und wird zu einem Mahl geladen, das sich zu einem orgiastischen Fest entwickelt. Schließlich liegt der Fähnrich »nackt wie ein Heiliger« bei einer Frau, einer Gräfin, versteht sich. »Er fragt nicht: ›Dein Gemahl?‹ Sie fragt nicht: ›Dein Name?‹ Sie haben sich ja gefunden, um einander ein neues Geschlecht zu sein.«

An dieser Stelle sah Rilke vom Manuskript auf und warf Andreas einen Blick zu, aber Lous Ehemann verzog keine Miene. Lou riss jedoch die Augen auf und deutete ein warnendes Kopfschütteln an, während das Schloss in Flammen aufgeht und der Cornet sich unbewaffnet und ohne Rüstung dem Feind und damit dem Tod entgegenwirft.

Man schwieg eine Weile. Vogeler rauschten Ideen für Illustrationen durch den Kopf. Warum hatte Rilke ihm das Manuskript noch nie gezeigt? Dergleichen musste doch ein Höhepunkt ihrer seelenverwandten Partnerschaft werden. Verleger und Buchhändler würden sich darum reißen.

Hauptmann hielt sein leeres Glas hoch, Andreas schenkte nach. »Vortrefflich, junger Mann. Liebe, Tod und Rittertum. Weltenbrand, enorm – – –

Kurzum und gut, ein starkes Stück.« Hauptmann trank wie ausgedörrt. »Heilige weibliche Anforderungen des Lebens an Ehre und Manneskraft. Perfekt – – – Das Sakrament der Wollust, das Fleisch, es ist nun einmal so – – – So schwach, mithin geneigt, sich dem Weibe – – – Durchbohrend, herzversehrend. Erledigt – – –«

Durch Rilkes Melancholie schimmerte ein zufriedenes Lächeln.

Dann wandte Hauptmann sich an Vogeler. Sein Bruder Carl habe ihm allerlei »Hochbedeutendes« über die Worpsweder Künstlerkolonie berichtet. »Man hört von Kunst und Poesie, vortrefflich – – – Musik und Tanz an Sommerabenden, in Nächten gehobene Stimmung, kühne Verfassungen. Perfekt. Wäre ich abkömmlich – – – doch darüber nichts weiter. Carl sprach mir auch von weiblichen – – – Talenten sozusagen, Malweibern. Eine gewisse Pavlowa – – –??« Er sah Vogeler fragend an.

»Paula? Vermutlich meint Ihr Herr Bruder Paula Becker. In der Tat ein großes Talent«, sagte Vogeler. »Sie wird sich übrigens ab Januar eine Weile in Berlin aufhalten, weil sie – – –«

»Ach?«, unterbrach Lou. »Frau Becker kommt nach Berlin? Interessant.« Sie warf Rilke einen strengen Blick zu, halb fragend, halb vorwurfsvoll und tadelnd. Vielleicht sogar schmollend?

Rilke wich diesem Blick aus und starrte mit einem

trotzigen Ausdruck Rotweinflecken auf dem Tischtuch an. Wie Spuren von Herzblut, dachte Vogeler.

»Das wusste ich ja noch gar nicht«, setzte Lou spitz nach.

»Ja«, sagte Rilke kleinlaut, »ich, beziehungsweise nein – – –«

»Perfekt – – –« Hauptmann zog seine Taschenuhr und erhob sich schwankend. »Alles gut, Herrschaften. Wollen Sie ins Auge fassen – – – eine Droschke. Erledigt – – –«

Seine Königliche Hoheit Großherzog Friedrich August, Erbe zu Norwegen, Herzog von Schleswig, Holstein, Stormarn, der Dittmarschen und Oldenburg, Fürst von Lübeck und Birkenfeld, Herr von Jever und Kniphausen, gibt sich die Ehre, anlässlich der feierlichen Eröffnung der unter dem Protectorat S. KGL. H. stehenden Landes-Industrie und Gewerbe-Ausstellung, verbunden mit der Nordwestdeutschen Kunstausstellung, am Freitag, dem 9. Juno 1905, Herrn Kunstmaler Heinrich Vogeler, Worpswede, zu einem Mittagsbankett im Großen Restaurant sowie zu einem Cercle mit anschließendem Souper im Großherzoglichen Schloss zu bitten.

R. s. v. p.

Francksen lächelt, als Vogeler das auf Büttenpapier gedruckte Einladungsbillett aus der Tasche zieht. »Vorzeigen brauchen *Sie* das aber nicht«, sagt Francksen. »Sie sind hier nämlich ungemein populär, jedenfalls in künstlerisch interessierten Kreisen, und wenn man Ihnen heute Abend die Goldmedaille verleiht, wird das Ihren Ruhm noch beträchtlich mehren. Außerdem haben heute ausschließlich geladene Gäste Zutritt, die Bevölkerung erst ab morgen.«

In großer Garderobe, als ginge es zu Hofe oder in die Oper, passieren Adel und Geldadel, Offiziere und Veteranen, Groß- und Bildungsbürgertum das Eingangsportal, das mit Türmen, Wimpeln, Zinnen und Rundbogen wie ein mittelalterliches Stadttor aufragt. Francksen und Roselius nehmen Vogeler in ihre Mitte, als sei er eine Geisel oder ihr Mündel, das ein anderer, noch zahlungskräftigerer Kunstliebhaber ihnen abspenstig machen könnte. Und wo sie auch gehen und stehen, alle Welt schaut zu ihnen hin, und es gibt viel Getuschel. Den Herren der Schöpfung imponieren die Mäzene als die wiedergeborenen Midas und Krösus, die Damenwelt träumt angesichts des künstlerisch kostümierten Malers von rauschenden Atelierfesten und romantischer Liebe.

Vogeler und seine Eskorte werden persönlich begrüßt von Oldenburgs Oberbauinspektor, der es sich nicht nehmen lässt, die illustren Gäste übers

Gelände zu führen, das von einem Wäldchen und zwei wiesengesäumten Teichen begrenzt wird. Fast 40 Pavillons, manche klein wie Jahrmarktsbuden oder Kioske, manche weiträumig wie Gutshöfe, beherbergen mehr als 700 Aussteller einer Region, die von Emden bis Hamburg und von Wangerooge bis zum Dümmer See reicht. Von der Glashütte bis zur Aalräucherei, von der Zigarrenmanufaktur bis zum Dampfsägewerk, vom Kaffeeröster bis zur Chemiefabrik, von Fahrrad- und Automobilherstellern bis zur Klavier- und Flügelmanufaktur, von der Landschlachterei bis zur Seekabelproduktion, vom Transformator zum Dynamo, vom Konservenabfüllbetrieb bis zur Oldenburg-Portugiesischen-Dampfschiff-Reederei stellt die Region stolz und selbstbewusst ihre Produkte und Dienstleistungen aus. Man ist ebenso traditionsbewusst wie modern, so heimatverbunden wie fortschrittlich. Die meisten Baulichkeiten sind dem niedersächsischen, ländlichen Stil angepasst, Fachwerk mit Giebeln und breit ausladenden Dächern.

»Ernst und freundlich soll es wirken«, erläutert der Oberbauinspektor, »dem heimischen Boden entsprossen. Aus der Heimat, der Stammeszugehörigkeit zum niedersächsischen und friesischen Küstengebiet, treiben die Wurzeln unserer Kraft.«

Rasenflächen mit Blumenbeeten breiten sich aus, Fontänen sprudeln, Brunnen plätschern. Restaurants, Cafés, ein Teepavillon und Wein- und Bierstuben laden zu Rast und Erfrischungen. Am Ufer der Dobbenteiche gibt es einen Vergnügungspark mit Wasserrutsche, Karussells und Riesenrad.

»Die größte Attraktion kommt aber erst noch.« Der Oberbauinspektor deutet auf eine leere Rasenfläche zwischen Linoleumwerk und Kornbrennerei. »Das Original-Abessinierdorf. Bei dieser Völkerschau handelt es sich um Mitglieder einer Dorfgemeinschaft aus Somaliland inklusive Häuptling. Wir haben bereits Fotos gesehen. Es sind große, schöne, kräftige Menschen von dunkelbrauner Hautfarbe. Die Gruppe bringt alles mit, was sie braucht, einschließlich ihrer Hütten. Und die Erzeugnisse der von ihnen vorgeführten Fertigkeiten, Schnitzereien, Webereien, Tongefäße und dergleichen, stellen sie dann in einem Basar zum Verkauf aus.«

»Sieh an.« Roselius grinst spöttisch. »Dann bekommen unsere südfriesischen Stammesangehörigen ja auch ihren Platz an der Sonne. Aber wo bleiben sie denn?«

Der Oberbauinspektor hüstelt pikiert. »Der Dampfer hat einige Tage Verspätung. Wir rechnen damit, dass die Eingeborenengruppe übermorgen in Bremerhaven ankommt.«

Vogeler ist wortkarg. Ihm missfällt, dass sich das Messegelände den Anstrich eines altmodisch-gediegenen Dorfs aus der Vergangenheit gibt, hinter dessen Leichtbaukulissen sich die modernste Maschinenwelt des beginnenden 20. Jahrhunderts versteckt, als wäre sie eine Missgeburt, die sich nicht blicken lassen darf. Die Form muss der Funktion dienen – so lautet Vogelers Devise, eine Devise allerdings, gegen die er, um des Erfolges willen und wider besseres Wissen, viel zu oft selbst verstößt. Er fürchtet sich vor dem *Konzert,* vor dem er gleich stehen wird und dann so tun muss, als entspräche das Bild immer noch seiner Überzeugung.

Die im Zentrum des Geländes liegende Kunsthalle ist nun aber glücklicherweise nicht von stammeszugehörigen Baumeistern entworfen worden, sondern von Peter Behrens, dem Direktor der Düsseldorfer Kunstgewerbeschule, und diese Architektur spricht Vogeler aus der Seele. Vor der grünen Waldkulisse erhebt sich die Kunsthalle als grauer Putzbau mit rotem Pfannendach auf einer Stufenterrasse, die sich durch Vertiefung des Vorplatzes ergibt. Im Mittelpunkt dieses Vorhofs steht der schlichte Kuppelbau eines Musikpavillons. Umsäumt wird der Platz durch Wandelgänge aus weißen, von Klettergewächsen begrünten Lattengittern; sie setzen die klare Symmetrie der Gebäude in die umgebende Natur fort. Vor diesem Hintergrund sind große Skulpturen platziert, die den Rahmen der Innenräume sprengen würden.

Im Inneren der Kunsthalle gruppieren sich acht

Oberlichträume um eine Mittelhalle, und auf der Rückseite führen Glastüren einer Bibliothek in den Skulpturengarten hinaus. Das ganze Ensemble strahlt eine bescheidene, deswegen umso überzeugendere Eleganz aus, die mit Ausnahme einiger geometrischer Linien auf jedes Ornament, jeden Zierrat, jede malerische Dekoration verzichtet. Der Bau ist schön, findet Vogeler, weil er einfach ist und jedes Detail seinen Zweck erfüllt.

Wenn die Gewerbehallen hinter ihrer ländlichen Bauweise die Sachlichkeit der Produkte verbergen, ist es in der Kunsthalle umgekehrt: In der schlackenlosen Schlichtheit des Baus, in der sich antike Klarheit und kühle Modernität treffen, hängen und stehen Kunstwerke von Zeitgenossen, die fast alle aus einer versunkenen Epoche zu stammen scheinen. Mit ihren freundlich-melancholischen Landschaften und ländlichen Genreszenen sind die Worpsweder komplett vertreten – mit Ausnahme Paula Modersohn-Beckers, deren Eigenwilligkeit an der stammeszugehörigen Engstirnigkeit der männlichen Jury gescheitert ist. Und Clara Rilke-Westhoff hat die Hürde auch nur deshalb genommen, weil sie mit ihrer Bronzebüste Heinrich Vogelers aufwarten konnte.

Denn das umschwärmte Glücks- und Sonntagskind des Kunstbetriebs ist der hell strahlende Fixstern dieser Ausstellung. Noch nie hat er so glänzend und umfassend ausgestellt wie hier. Für ältere Werke, einiges aus Privatbesitz, anderes aus Museen, Gemälde, Radierungen, Zeichnungen, Grafiken, Vignetten und von ihm entworfene Möbel, hat man Vogeler einen eigenen Raum zugebilligt. Ein kostbarer, mit vergoldetem Schnitzwerk und zarten Intarsien von Rosen gestalteter Schrank birgt Proben seines Kunsthandwerks, Büchsen und Schalen für Toilettentische der Meißener Manufaktur, Silberbesteck und Spiegel, ein märchenhaft reicher Spitzenkragen mit Vogelmotiven, eine mit weißem Schweinsleder und Handvergoldung bezogene Kassette, eine Reihe von Schmuckstücken und dies versilbert und jenes aus Elfenbein und hier etwas irgendwie pfauenfederleicht Angehauchtes und dort anmutiges Mittelalterfräuleintum, und immer noch nimmt es kein Ende. Und natürlich stehen in der angrenzenden Bibliothek seine Möbel und all die Bücher und Zeitschriften und Mappen, die er gestaltet und illustriert hat.

Gibt es überhaupt irgendetwas, das er noch nicht gestaltet, dekoriert, bearbeitet hat? Er blickt durch die Glastür in die grünen Kronen des Wäldchens, die das Potemkinsche Dorf der Messe überragen, und darüber der unerklärlich hohe, unwandelbare Junihimmel – – –

»In der Tat«, staunt Francksen anerkennend und wohl auch ein bisschen neidisch, »enorme Sache. Monumental.«

Natürlich. Das Bild! 310 x 175 cm misst die Leinwand. Vogeler schaut gar nicht hin. Er kennt das ja alles bis ins winzigste Detail, bis ins letzte Buchsbaumblatt. Der Wald dahinten, der Himmel da oben, sind die nicht lebendiger? Was bleibt von einem Künstler, der seine Arbeit getan hat? Ein Haufen Ausreden und Entschuldigungen, es nicht besser gemacht zu haben.

»Und dann erst der Rahmen! Eine Ädikula.« Immerhin weiß Francksen, wovon er redet, jedenfalls dann, wenn es um Antikes geht. »Ein Meisterwerk.«

Meint Francksen etwa nur den Rahmen, den ein Kunsttischler nach Vogelers Entwürfen und Vorgaben angefertigt hat? So einen Rahmen hat man allerdings noch nie gesehen. Ein Architrav mit Girlandenschmuck und ein flacher Giebel krönen das Gemälde und zwingen den Blick fast gewaltsam in einen antiken Tempel, in dem das Bild gravitätisch über einem klassizistischen Sockel hängt. Eingerahmt wird es von je zwei Doppelpilastern, zwischen denen in Grisaille-Malerei links, als männlicher Akt, der Dichter Anakreon und rechts, mit kompliziertem Faltenwurf züchtig gewandet, die Dichterin Sappho hervorschauen. Die beiden Figuren rahmen somit den Rahmen und wiederholen ein weiteres Mal das Motiv der gerahmten Gruppe. Das Ganze bedeckt beinahe die komplette Rückwand des Vogeler gewidmeten Saals.

»Ko-los-sal!« Roselius tritt ein paar Schritte zurück, verschränkt die Arme vor der Brust und legt den Kopf, leicht schräg geneigt, in den Nacken. Er betrachtet das Bild. Nickt zufrieden vor sich hin. *Sein* Bild. Näschen bewiesen. Auf dem Halm gekauft. Schnäppchen gemacht. Generalkonsul und Großkaufmann Ludwig Roselius inspiziert sein Eigentum.

Aber der Rahmen, schießt es Vogeler plötzlich durch den Kopf, der Rahmen gehört mir. Den Rahmen sieht Roselius heute zum ersten Mal, den hat er nicht gekauft.

»Zart und lyrisch«, befindet Roselius laut und apodiktisch, »charmant, heiter, besinnlicher Genuss. Sie haben sich selbst übertroffen, Meister Vogeler. Einfach kolossal – – –«

Wie, fragt sich Vogeler, kann man ein Bild nur so gründlich missverstehen? Statt der Traurigkeit sehen alle nur die Idylle, die heile Welt, nicht deren Verlust, weil alle entschlossen sind, die Wirklichkeit hinterm schönen Schein zu verbergen. Wie, wenn er jetzt Roselius auffordern würde, ihm das Bild zurückzuverkaufen? Um dann auf die Frage, warum er es zurückkaufen wolle, zu antworten: um es zu vernichten. Mutig wäre das, eine Demonstration künstlerischer Wahrhaftigkeit und Unabhängigkeit. Doch Vogeler ist nicht mutig, und es ist auch nicht der richtige Moment, nicht vor all diesen Leuten, nicht in Gegenwart

Francksens, der ihm ja lukrative Aufträge in Aussicht stellt. Aber der Moment wird kommen.

»Ein Gruppenbild«, befindet Francksen, »aber das besagt an sich noch gar nichts. Es ist aus mehreren Gruppen zusammengesetzt, die dann ein Ganzes ergeben. Wie, wenn ich fragen darf, hat das angefangen?«

Francksen, das muss Vogeler einräumen, versteht es offenbar, ein Bild zu lesen. Inzwischen haben sich an die zwanzig Personen vor dem Bild versammelt, spitzen die Ohren auf das, was gesagt wird, und harren des Meisters Antwort wie einer Offenbarung.

Wie fängt so etwas an? Woran entzündet sich die Inspiration? Vogeler mustert sein Bild, unwillig, runzelt die Stirn. An den Rändern seines Gesichtskreises pumpen und blähen sich flirrende Kreise und Ringe. Vielleicht gibt es gar keinen Anfang, sondern nur unzählige lose Enden, die man zu einem Knoten bindet, wenn man sich ans Werk macht. Seeluft täte vermutlich gut. Erkennt er es denn nicht wieder? Sein eigenes Werk? Wie hat das alles angefangen? Wann? Und wo? Vor fünf Jahren der Sommerabend auf dem Barkenhoff? Vor sieben Jahren im Salon der Signora Aretino? Es musste aber schon davor etwas gegeben haben, irgendein Bild, an das ihn der von zweifelhaften Gräfinnen gerahmte Rilke erinnert hatte. Ein Gruppenbild. In Florenz. Musik hat da eine Rolle gespielt. Ein Konzert, ländliche Idylle. Ja doch, Konzert! Jetzt weiß er es wieder. Endlich – – –

»Tizian«, sagt er aufatmend, als löse sich Beklemmung aus seiner Brust. »*Das ländliche Konzert.* Es hängt in Florenz.«

»Ah ja, natürlich.« Francksen sieht das Bild an, dann Vogeler, dann wieder das Bild. »Ich habe auch schon einmal davorgestanden. Man hat es früher Giorgione zugeschrieben. *Il concerto campestre.* In idyllischer Landschaft sitzen zwei Herren im Gras. Einer spielt Laute. Der andere – – –«, Francksen sieht wieder Vogeler an, »ich kann mich nicht mehr erinnern, was der andere Mann macht.«

»Nichts«, sagt Vogeler. »Er schaut nur den Lautenspieler an. Sie sprechen nicht miteinander, sondern tauschen sich über die Musik aus. Ich habe den zweiten Mann immer für einen Dichter gehalten, für den, der Worte zu den Liedern findet, die der Musiker komponiert.«

Francksen nickt. »Gut möglich. Dann wären die nackten Damen, zwischen denen die beiden sitzen – – –«

»Hört, hört«, sagt Roselius.

»Es wären dann keine Nymphen, sondern Musen.« Francksen ist nun offensichtlich ganz in seinem Element. »Die Schöne mit der Flöte wäre Euterpe, und die mit der Karaffe könnte Kalliope sein oder vielleicht Thalia, die Muse bukolischer Dichtung. Eine Muse der bildenden Kunst gibt es ja nicht.«

Vogeler nickt. Es hat ihm immer schon gefallen, dass den Künstlern in der Antike keine Musen zugeordnet waren, weil sie als Handwerker galten, und im Grunde versteht er sich selbst so. August Freitäger, der alte Zimmermann, hat es auf seine unnachahmliche Art einmal so ausgedrückt: »Ick kenn keene Künster. Ick kenn blot Lüüd, de fliedig warken daun.«

»Tizian hat vielleicht eine Allegorie von Poesie und Musik vorgeschwebt, und – – –«

»Na, na, Theo, nun lass aber man gut sein mit der klassischen Bildung. Auf Vogelers Bild kann ich jedenfalls keine nackten Damen entdecken. Und auch keinen Poeten. Obwohl – – –«, Roselius kratzt sich nachdenklich am Hinterkopf, »obwohl ich frühere Fassungen gesehen habe, auf denen Rilke noch dabei war und zwischen diesen – – –?, ähm, Damen, diesen Malerinnen saß.«

»Es gibt zwei Arten von Malerinnen: Die einen möchten heiraten, und die anderen haben auch kein Talent.«

Witze dieser Art kursierten über Fräuleins und junge Damen, die an privaten Kunstschulen wie der

Müller vom Siels oder Auguste Rodins oder bei arrivierten Künstlern wie Fritz Mackensen Zeichen- und Malunterricht nahmen, weil staatliche Kunstakademien immer noch keine Frauen akzeptierten. Solche Häme mussten die »Malweiber« und ihre Familien dann über sich ergehen lassen.

Und ihre Eltern, sagte Paula Becker, hätten den Spott stets mit Würde ertragen, weil sie an Paulas Talent glaubten, auch wenn der Erfolg auf sich warten ließ. Ihre Eltern, sagte Paula weiterhin, ertrugen es sogar, dass sie sich mit Otto Modersohn verlobte, kaum dass seine Ehefrau unter der Erde war. Aber sie hätten es nicht ertragen, wenn Paula ihren Witwer-Künstler heiratete, ohne zu wissen, wie man einen anständigen, bürgerlichen Haushalt führt. Deshalb bestanden sie darauf, dass Paula ab Januar 1901 für einige Wochen eine private Koch- und Hauswirtschaftsschule für höhere Töchter besuchte. Derlei Institute gab es in fast jeder größeren Stadt, auch in Bremen, aber Paula bestand auf Berlin. Sie sagte, dass sie sich dort auskannte, seit sie vor einigen Jahren beim »Verein der Berliner Künstlerinnen von 1867« Unterricht genommen und ein paar Monate in Berlin gelebt hatte. *Deshalb* also, nur deshalb gehe sie nach Berlin, sagte Paula.

Warum ging sie eigentlich nicht nach Bremen? Oder nach Hamburg? Lernte man dort Rindsrouladen und Schweinebraten, Pellkartoffeln und Rosenkohl nicht genauso gut kochen? Will sie womöglich ihre hastige Entscheidung für Otto Modersohn noch einmal überdenken? Und was war mit Rilke? War er etwa nach Russland gefahren? Und warum eigentlich nicht? Und war denn Vogeler nicht Zeuge der Eiszeit geworden, die zwischen Rilke und seiner *Amour fou* Lou herrschte? Waren da in letzter Zeit nicht allerlei Briefe hin- und hergegangen zwischen Paula und Rilke? Und das Zimmer, das sie in der Eisenacher Straße mietete, wie weit lag das denn wohl entfernt von Rilkes Wohnung in Berlin?

In Worpswede stellten sich manche solche Fragen. Und eine gab es, die machten diese Fragen krank – krank vor Eifersucht. Also reiste Clara Westhoff ihrer Seelenverwandten, ihrer liebsten, besten Freundin hinterher. Wollte ihr, sagte sie, in Berlin Gesellschaft leisten. Ging mit ihr, schrieb Paula dann aus Berlin dem lieben Heinrich Vogeler, in allerlei Ausstellungen, zum Beispiel in den Kunstsalon Keller & Reiner, in dem man ein Vogeler-Zimmer eingerichtet hatte, ganz entzückend, grüne Kränze und Leuchter an den Wänden, ein silberner Spiegel mit Pfau, die Worpsweder Stühle und Bänke, die Draperien à la Heymel und, und, und. Und übrigens, ganz beiläufig bemerkt, war Rilke mit von der Partie, den Paula auch in seiner Wohnung aufsuchte, in Begleitung Claras, versteht sich. Aber zwischen den Zeilen, sagte Martha zu Heinrich, konnte man ahnen, dass Clara und Rilke sich auch ohne Paula getroffen hatten. Lebte da, fragte man sich in Worpswede, womöglich die *Ménage-à-trois* des vergangenen Septembers wieder auf, über die das Tuscheln kein Ende nehmen wollte und Gerüchte und wilde Fantasien immer noch die Runde machten?

Doch dann wurden Klatsch und Tratsch der stillen Post von einer Wirklichkeit eingeholt, die alle – einschließlich der drei Seiten dieses keineswegs gleichschenkeligen Dreiecks – wie der Blitz aus heiterem Himmel traf. Vogeler hatte endlich seine Martha geheiratet, sie befanden sich auf Hochzeitsreise nach Amsterdam und Brügge, als Clara plötzlich wieder in Westerwede auftauchte. Rilke folgte ihr einen Monat später. Gemeinsam suchten sie die Eltern Westhoff in Bremen auf, wo Rilke um die Hand Claras anhielt. Am 28. April 1901 heirateten sie, eilig, verschämt fast, in aller Stille und im engsten Familienkreis. Von den Worpsweder Freunden war niemand geladen. Die Flitterwochen verbrachte das junge Glück ausgerechnet in einem Sanatorium. Es ging wohl alles etwas zu schnell? Man munkelte, man tuschelte. Woher die nervöse, ungesunde Hast? Daher: Am 12. Dezember brachte Clara Rilke-Westhoff eine Tochter zur Welt – Ruth. Berlin war wohl die Reise wert gewesen. Der Blitz aus heiterem Himmel. Man konnte ja schließlich noch bis neun zählen – – –

Und Paula? Zwei Tage nach der Hochzeit ihrer

Seelenschwester Clara kehrte sie aus Berlin zurück. Sie machte einen düsteren, konsternierten Eindruck. Sie sei, vertraute sie Vogeler an, abgrundtief traurig, Energie und Lebensmut seien wie verdampft, habe sie doch das unabweisbare Gefühl, zwei geliebte Menschen für immer verloren zu haben.

Er überarbeitete das Bild. Um Paula deutlich von Rilke zu trennen, setzt er Marthas Freundin Agnes Wulff zwischen die beiden. Agnes hatte Vogeler gelegentlich Modell gestanden, als neckische Nymphe auch nackt. Und Paulas Lächeln veränderte er zu stiller Resignation. Er trat von der Leinwand ein paar Schritte zurück und fragte sich plötzlich, ob Rilke, dessen Anwesenheit das Bild inspiriert hatte, überhaupt noch in dies Bild gehörte.

Einen Monat nach Claras Hochzeit mit Rilke heiratete Paula Otto Modersohn. Grund zur Eile gab es hier allerdings nicht. Erst sechs Jahre später sollte auch Paula eine Tochter zur Welt bringen, doch würde sie dann das Leben des Kindes mit ihrem eigenen Leben bezahlen.

Zum mittäglichen Bankett im Großen Restaurant finden sich mehr als 300 geladene Gäste ein, die Herren der Schöpfung in bombastischer Galauniform oder im Frack, gestärkter Hemdbrust und steifem

Kragen, die Damenwelt in einem Rausch aus Seide, Samt und Spitzen, Brillantengefunkel und Diamantenglanz und breit und hoch ausladenden Hutkreationen.

Vogeler, kostümiert in seinem Markenzeichen biedermeierlicher Eleganz, die in diesem Umfeld nahezu dezent wirkt und deshalb besondere Aufmerksamkeit erregt, ist an der Ehrentafel des Großherzogs platziert. Die Goldmedaille wird er zwar erst heute Abend im Schloss aus den Händen der Großherzogin entgegennehmen, aber alle Welt weiß ja bereits, dass man ihn auserkoren hat. Ehre also, wem Ehre gebührt. Von den Künstlern sitzt an der Ehrentafel nur Bernhard Winter, was seiner privilegierten Stellung als Hofmaler zu danken ist. Professor Behrens, der Architekt aus Düsseldorf, und Professor Durstfhoff, Syndikus der Industrie- und Handelskammer, repräsentieren das bürgerliche Element bei Tisch. Ansonsten sieht Vogeler sich umgeben von mittlerem und hohem Adel, von Diplomaten und Gesandten, die am Oldenburger Hof akkreditiert sind, und von Militärs. Besonders wohl, geschweige zugehörig, fühlt er sich nicht in dieser Gesellschaft, aber dann wiederum ist es auch schmeichelhaft, und dass Roselius und Francksen nur am Nebentisch platziert werden und ihn aus der zweiten Reihe heraus beobachten, quittiert er mit leise lächelnder Genugtuung.

»Ihnen eilt ja ein Ruf wie Donnerhall voraus, Meister Vogeler«, sagt der Großherzog mit huldvoll gedämpfter Majestät.

Vogeler verneigt sich wortlos. Was soll er dazu sagen? Dass ihm der Ruhm nicht vorauseilt, sondern wie ein erdrückender Schatten folgt? Dass sich die Mäzene aber mit seinem Ruf und Ruhm die Taschen füllen?

»Der Herr Vogeler, müssen Sie wissen«, klärt die Königliche Hoheit jetzt jovial die Tischgesellschaft auf, »ist nämlich ein wahrer Tausendsassa, sozusagen ein Hansdampf in allen Gassen der Kunst. Offenbar gibt es nichts, was er nicht kann. Ein Midas des Schönen geradezu, und dabei noch so jung – – –«

Der Großherzog meint es gut, aber seine Komplimente treffen Vogeler wie vergiftete Pfeile. Er interessiert sich für vieles, und er kann viel, wohl wahr, aber diese Mehrfachbegabung ist auch ein Fluch, eine Verzettelung, ein Vertändeln von Möglichkeiten. Seine Vielseitigkeit ist des Guten zu viel. Was, fragt er sich immer häufiger, kann ich denn wirklich? Wo liegt mein wahres Talent? Wo, würde Rilke sagen, ist Tiefe? Ruhm und Erfolg sind früh gekommen, zu früh vielleicht. Er ist zu schnell ins Licht geschossen wie manche junge Bäume, die dann keine Kronen mehr ausbilden. Und jetzt, mit seinen 33 Jahren, hat er zum ersten Mal in seinem Leben das Gefühl, alt zu werden, und zwar nicht nur wegen seines Augenleidens. Alles, denkt er, muss sich ändern. Alles muss er hinter sich lassen, die Mauern, Hecken und Zäune, hinter denen er sich eingefriedet hat, muss er einreißen, denn dieser Frieden ist faul. Die Welt ist weit, und sein Leben eng und eingemauert. Er muss sein Leben neu ordnen, noch einmal von vorn beginnen. Alles muss anders werden.

»– – – und obendrein musikalisch. Spielt Gitarre, spielt sogar Cello. Man sieht es auf dem Gemälde, auch wenn er sich da ein bisschen versteckt. Warum so bescheiden, Meister Vogeler? Ihr Bild ist 'ne dolle Sache, doch, doch, das ist es. Monumentale Idylle – – –«

Die Idylle des bitterarmen, aber glücklichen Künstlerpaars, das sich im Westerweder Häuschen sein bescheidenes Nest baut, freudig die Geburt des Kindes erwartet und sich in gegenseitiger Inspiration zu großen Werken anspornt, schien Rilke anfangs durchaus zu behagen – und zwar so sehr, dass er Vogeler bat, Clara zu porträtieren. Da Rilke bekanntlich einer alten Kärntner Uradelsfamilie entstamme, von der widriger Umstände wegen keine Porträts auf ihn gekommen seien, sehe er es nämlich als seine Pflicht an, kommenden Kindern und Enkelkindern das Bild seiner Frau in ihrer ersten Schönheit zu erhalten, bevor die zweite Schönheit einer Mutterschaft ihren Tribut forderte.

Vogeler lehnte jedoch ab, weil er eine Flut von Aufträgen abarbeiten musste, zu denen auch allerlei Plakate und üppig honorierte Reklamen wie beispielsweise Sammelbilder für Stollwerck-Schokolade zählten, und zugleich den Ausbau des Barkenhoffs vorantrieb. Er empfahl Rilke, sich an Oskar Zwintscher zu wenden, einen an alten Meistern wie Cranach oder Holbein geschulten Maler. Sollte er kommen, würde Vogeler den Kollegen gern als Gast im Barkenhoff aufnehmen, da Rilkes Kate nicht genügend Platz bot.

Zwintscher kam. Aber er kam erst im folgenden März, als Ruth bereits geboren und Claras erste Schönheit also dahin war, sodass Zwintscher sie der Nachwelt nur noch in ihrer zweiten Schönheit erhalten konnte. Den skeptischen, schon leicht resignierenden Blick im Halbprofil dem Betrachter zugewandt, sitzt Clara selbstbewusst, nahezu hoheitsvoll, mit gefalteten Händen auf einem Mahagonistuhl mit hohen Streben; an einer Halskette hängt vor ihrer Brust ein schweres Silbermedaillon. Das Porträt strahlt Eleganz, Ruhe und Würde aus.

Was Rilke als zweite Schönheit bezeichnet hatte, beeindruckte jeden, der das Bild sah – nur Rilke hielt es für misslungen. Er fürchtete sich wohl vor dieser zweiten Schönheit, in die Zwintschers Scharfblick leise Spuren des wirklichen Lebens einzeichnete. Rilke träumte von Frauen, die es nur in seinen Gedichten gab, ätherische Fantasiewesen, die nicht aus Fleisch und Blut waren. Frauen wurden ihm lästig, sobald das Erwachen kam, der Tag mit seinen Forderungen, und die Wirklichkeit ihr Recht verlangte. Leben war niedriger Wahn, Traum war die Wirklichkeit, und manifest wurde sie nur im Dichterwort und in der Kunst. Rilke war leicht entflammbar, konnte Menschen Gefühle entgegenbringen, kein Zweifel, aber diese Menschen waren ihm weniger wichtig als die Worte, die sie in ihm auslösten, der Erguss seiner Empfindungen auf Papier. Die Farben der Fantasie ließen sich leichter aufbringen als Kreide oder Öl.

Wenn Vogeler später an die Episode mit Zwintscher zurückdachte, sah er immer die Streben des Stuhls vor sich. Sie sahen nämlich so aus, als säße Clara vor dem Gittertor des düsteren Gefängnisses, als das sich die Ehe mit Rilke entpuppte.

Zwintscher malte auch Rilke. Als nunmehr jungem Vater war auch ihm der Übergang zur zweiten Schönheit nicht erspart geblieben. Mit einem großen, weißen Hemdkragen über dunkler Weste sieht er wie ein Missionar aus, dessen leicht hervorstehende Augen starr, wenn nicht gar fanatisch ins Weite gerichtet sind. Viele fanden das Bild sehr treffend. Rilke war entsetzt.

Als Zwintscher wieder abreisen wollte, bat Rilke ihn, vorerst auf das vereinbarte Honorar zu verzichten. Sobald seine finanzielle Lage sich bessere, werde er zahlen. Dies Vorgehen empfand nun aber Vogeler, dessen Gastfreundschaft Zwintscher genossen hatte, als peinlichen Affront gegen seinen Hausgast und Kollegen. Deshalb ließ auch er sich von Zwintscher porträtieren und kaufte ihm das Bild zu einem Preis ab, der die Porträts des Ehepaars Rilke mit abdeckte. Für diese noble Geste hörte er kein einziges Dankeswort des uradligen Rilke. Vielmehr schien er Vogeler dafür verantwortlich machen zu wollen, dass Zwintscher mit seinem akribischen Realismus Dinge gemalt hatte, die Rilke unter keinen Umständen sehen wollte.

Die Hochzeit von Clara und Rilke war der Anfang vom Ende dessen, was Paula als Worpsweder Familie bezeichnet hatte. Rilke gelang es in kurzer Zeit, die zwanglose Lebensfreude seiner Frau in eine ewige Weihestunde, in madonnenhafte Künstlichkeit und gravitätische Feierlichkeit zu verwandeln. Und schon bald versank diese Feierlichkeit in abgrundtiefer Traurigkeit.

»Wo sie vor einem Jahr tollte, in ihrem einfachen bäuerlichen Kram saß«, bemerkte Otto Modersohn, »da sitzt sie nun als trauriger Vogel, dem man die Flügel beschnitten hat.«

Es kam das Kind und mit dem Kind eine gesteigerte Mystifikation sämtlicher Vorgänge. Es kam zum Bruch mit den Freunden, mit denen man vor zwei Jahren noch bei ländlichen Konzerten an Sommerabenden auf dem Barkenhoff ein Herz und eine Seele gewesen war. Paula beklagte sich über Rilkes Taktik, Menschen emotional an sich zu binden und zugleich von anderen Menschen zu isolieren, beklagte sich über die wachsende Kluft zu Clara und darüber, dass aus der Freundin nur noch Rilke sprach, und fragte, ob es der Preis der Ehe sei, so zu werden wie der andere. Ob Liebe denn nicht tausendfältig sei? Ob Liebe knausern müsse? Ob sie einem alles geben und anderen alles nehmen müsse?

Das waren Fragen an Clara, aber Antwort bekam sie von Rilke per Brief. Sie las Vogeler daraus vor, verletzt, den Tränen nah, zugleich voller Empörung.

»Wundert es Sie«, schrieb Rilke, »dass die Schwerpunkte sich verschoben haben, und ist Ihre Liebe und Freundschaft so misstrauisch, dass sie immerfort sehen und greifen will, was sie besitzt? Warum freuen Sie sich nicht auf das Neue, das beginnen wird, wenn Clara Westhoffs neue Einsamkeit einmal die Tore auftut, um Sie zu empfangen?«

Paula machte eine Pause, trank einen Schluck Wasser. »Das ist doch unerhört«, sagte sie. »Oder vielleicht auch nur verrückt. Muss denn alles in einem höheren Auftrag geschehen? Müssen Liebe und Kunst denn unbedingt Religion sein? Was meinen Sie, lieber Vogeler? Sagen Sie doch auch mal etwas – – –«

Vogeler zuckte hilflos mit den Schultern. Was sollte er dazu sagen?

Die Westerweder Idylle währte nur ein Jahr. Dann brach erneut Rilkes zwanghafte Reiselust auf, eine irrlichternde, innere Heimatlosigkeit, die kein Bleiben und keine Bindung kannte. In seinem *Stundenbuch,* das er Vogeler nicht mehr gestalten ließ, weil Rilke nun andere, weihevollere Wege ging als der ehemalige Weggefährte und die Verwandtschaft zum Seelenverwandten längst aufgekündigt hatte, fand sich ein Epitaph auf die Worpsweder Jahre.

»In diesem Dorfe steht das letzte Haus
so einsam wie das letzte Haus der Welt.
Die Straße, die das kleine Dorf nicht hält,
geht langsam weiter in die Nacht hinaus.
Das kleine Dorf ist nur ein Übergang
zwischen zwei Weiten, ahnungsvoll und bang,
ein Weg an Häusern hin statt eines Stegs.
Und die das Dorf verlassen, wandern lang,
und viele sterben vielleicht unterwegs.«

Der Hausstand kam unter den Hammer; ein paar Bücher, Bilder und Möbel fanden auf dem Barkenhoff Asyl. Wie ein unsteter, fragiler Falter taumelte Rilke nun von Ort zu Ort, zog eine wirre Spur durch

Europa. Paris zuerst, zum angebeteten Rodin, dann Rom, Kopenhagen, ein Schloss in Italien und eine Burg in Dänemark, München, Venedig, der Gutshof der Gräfin A., wieder Rodin, das Landhaus der Comtesse B., Florenz, Neapel – – – kaum waren zehn Koffer und Gepäckkisten ausgepackt, ging es nach kurzer Kindsvisite in Oberneuland schon weiter nach Mailand, zurück nach Paris, Düsseldorf, Kopenhagen.

Und zwischendurch, wie zur Erholung von solchen Hetzjagden, kürzere und längere Aufenthalte in Worpswede, wo der nicht nachtragende Vogeler unverdrossen Gastfreundschaft und gelegentlich auch dezent Kredit gewährte. Dennoch blieb rätselhaft, wie Rilke, der nicht einmal Oskar Zwintschers Honorar hatte aufbringen können, das teure Reiseleben finanzierte. Hotels, Pensionen, Restaurants, Droschken, Bahnfahrten – das alles gab es ja nicht umsonst.

Paula, wusste Martha, hatte hinter vorgehaltener Hand einmal die Vermutung geäußert, dass Rilke ebendeshalb bestimmte Reisen ohne Clara absolvierte, Reisen nämlich, die ihn auf Adelssitze und Schlösser führten, wo lyrisch gestimmte Gönnerinnen ihm unter die Arme griffen, auch finanziell – – –

Meistens aber begleitete Clara ihn. Um die vagabundierende Ruhelosigkeit mitmachen zu können, musste sie allerdings das größte Opfer auf Rilkes Altar legen: Ruth. Das Kind wurde zu den Großeltern in Bremen-Oberneuland abgeschoben, wo es dann von Clara besucht wurde, an Weihnachten auch von Rilke.

Als er zu einem kurzen Neujahrsbesuch auf dem Barkenhoff erschien, erkundigten sich Vogelers nach Ruths Wohlergehen.

»Weihnachten zu leben«, sagte Rilke, »Glocken zu hören, Stille und Kindheit, war schwer. Der lieben Gegenwart meines Kindes greifbar zu sein, war mir nicht möglich. Ich war nur ratlos und zerstreut, wenn die kleine Stimme mich ansprach und die Augen schüchtern lächelten. Ich war nicht bereit für das Kind. Ach, liebe Vogelers, können Sie das denn nicht verstehen? Diese alte Feindschaft zwischen dem Leben und der Arbeit? Ich möchte mich tiefer zurückziehen in das Kloster meiner selbst und dort mein Werk tun. Ich möchte alle vergessen, meine Frau und mein Kind und alle Beziehungen und Gemeinsamkeiten. Was sind die mir Nahestehenden denn anderes als Gäste, die nicht gehen wollen?«

Am nächsten Morgen schnitt das Winterlicht frostig und klar ins Atelier. Vogeler löschte Rilke aus dem Bild und ließ Modersohn dichter an Paula herantreten. Der Platz neben Clara blieb leer.

»Wenn die Herrschaften Platz nehmen wollen?«

Ein adrettes Serviermädchen mit Spitzenhäubchen und gestärkter Schürze führt Vogeler und Roselius an ein freies Tischchen. Von der Terrasse des Teepavillons öffnen sich Blickschneisen in die grüne Tiefe des Schlossgartens, eines Parks im englischen Stil. Die Nachmittagssonne zeichnet langsam länger werdende Baumschatten aufs Gras. Die Ränder der Dinge flimmern, als strahlten sie eine Aura aus. Oder ist das nur ein neurasthenisches Symptom? Vogeler reibt sich die Augen. Die Konturen schärfen sich wieder.

Sie bestellen Mokka und, weil das hübsche Mädchen sie als Hausspezialität empfiehlt, Rhabarberbaisers.

Wie beginnen? Dass er Roselius das Bild wieder abkaufen will, ist leicht gesagt. Aber was, wenn er nach dem Grund fragt? Soll er dann ehrlich sein? Soll er dann sagen, dass er die Leinwand in Stücke schneiden und den Rahmen kurz und klein schlagen will? Und dann Stück für Stück im Kamin des Barkenhoffs verbrennen, zusehen, wie die Flammen verzehren, was nur eine zu Öl auf Leinwand geronnene Illusion war, wie sich ein Wunschbild in graue Asche verwandelt, wie ein schöner, allzu schöner Tagtraum – – –

»Fehlt Ihnen was?« Roselius wischt sich Rhabarber aus dem Mundwinkel und sieht Vogeler besorgt an. »Sie sehen so blass aus.«

»Nein, nein, es ist nur – – –?, ich weiß nicht, wie ich Ihnen das erklären, ich meine – – –«

»Immer raus mit der Sprache«, sagt Roselius aufmunternd. »Brauchen Sie Geld? Wie viel?«

Vogeler schüttelt den Kopf, atmet tief ein, riecht den schweren Duft der englischen Kletterrosen an den Spalieren des Pavillons. »Im Gegenteil«, sagt er, »ich möchte Ihnen etwas abkaufen.«

»Und was könnte das sein?« Roselius zieht die Augenbrauen leicht spöttisch in die Höhe und trinkt einen Schluck Mokka.

»Mein Bild. *Das Konzert.* Oder meinetwegen auch *Sommerabend.* Der Titel ist völlig egal.«

Roselius setzt die Mokkatasse so heftig auf die Untertasse, dass es klirrt. »Das wollen Sie mir wieder abkaufen? Aber, mein lieber Heinrich Vogeler, um Himmels willen, warum denn das?«

Wenn er jetzt sagt, dass er es zerstören will, bekommt er es nie. »Es ist nicht fertig«, sagt er. »Ich muss da noch etwas – – –?, ich meine – – –«

»Wenn Sie noch dran arbeiten wollen, bitte sehr, ich hätte nichts dagegen. Aber deshalb müssen Sie es ja nicht gleich kaufen. Ich finde, es ist perfekt, wie es ist. Alle Welt findet es perfekt. Es ist eine Sensation. Francksen platzt vor Eifersucht, dass er es nicht – – –« Roselius hält inne, kratzt sich am Hinterkopf und sieht Vogeler mit einem schlauen, zugleich misstrauischen Lächeln in die Augen. »Hat

Francksen Ihnen womöglich ein besseres Angebot gemacht? Sie machen noch ein paar Pinselstriche, und dann geht das Bild für ein oder zwei Tausender mehr an ihn? Typisch Theo.« Roselius lacht. »Na ja, ich muss sowieso noch etwas mit ihm besprechen und treffe mich gleich mit ihm.«

»Unsinn. Francksen hat damit nichts zu tun. Es ist einzig *meine* Sache.« Der sonst so sanfte Vogeler wird laut. »Ich will mein Bild zurückhaben!«

»Unverkäuflich«, sagt Roselius apodiktisch. Vielleicht ahnt er in diesem Moment, dass Vogeler ihm nicht die Wahrheit sagt. »Tut mir leid, mein Lieber.« Er zieht seine Taschenuhr und steht auf. »Ich muss jetzt los. Wir sehen uns ja nachher beim Empfang im Schloss wieder.« Er legt ein Markstück auf den Tisch. Es funkelt in der Sonne. »Sagen Sie dem Mädchen, dass es das Wechselgeld behalten darf. Alsdann – – –« Er hebt grüßend seinen Spazierstock mit dem Elfenbeinknauf, ein Löwenhaupt, entworfen von Vogeler, und verlässt den Teepavillon.

Obwohl Vogeler mit einer Abfuhr gerechnet hat, ist er wütend. Immer schon hat Roselius ihn behandelt und gehalten wie einen exotischen Schoßhund. Und den hat er mit goldenen Knochen gefüttert, in der Hoffnung, dass das Fell des bunten Hunds die Farbe seines Zwingers annehmen möge. So kann es nicht weitergehen. So kann er nicht weitermachen.

Ein Spaziergang wird ihn beruhigen. Er folgt einem schön geschwungenen Weg aus rotem Ziegelmehl, der an Gewächshäusern und einem Gärtnerhof entlangführt. Ein älterer Mann in blauer Arbeitskluft schichtet Komposthaufen um. Der dunkle, würzige Waldduft von Humus flutet als unsichtbare Wolke über den Hof. Vogeler bleibt stehen.

»Moin, moin«, sagt er.

Der Alte blickt auf, stützt sich auf die Forke. »Moin ok.«

»Kompost mööt man gaut plegen, nich?«

»Jau.« Der Alte nickt.

»Na, denn man tau«, sagt Vogeler, während der Alte die Forke in den Haufen sticht.

Der Humusgeruch folgt Vogeler noch eine Weile. Was verleiht dem dunklen Stoff jene Fruchtbarkeit, die eine unerschöpfliche Fülle lebender Gestalten hervorbringt? Der Haufen, in den der Gärtner die Forke sticht, ist ein Ort des Vergehens, aber kein Friedhof. Alles Lebendige besteht in seinen sichtbaren Formen nur eine begrenzte Zeit. Die Rhododendren sind schon fast verblüht, die Rosenpracht wird verwelken. Blätter, die das kunstvolle Ornament einer Blüte bilden, lösen sich und fallen zu Boden. Das Feuerwerk der Astern wird der Herbstregen zerschlagen, und die letzten Chrysanthemen verbrennen in der eisigen Umarmung einer Frostnacht. Der Verfall aber ist ein ständiges Werden, wandelt sich zu neuem Leben, neuen Verbindungen, neuen Lieben. Bunte Erscheinungsbilder und feste Formen lösen sich auf, verschwinden aber nicht, sondern zerfallen in winzige Elemente, aus denen neue Gestalten entstehen. Nichts geht verloren. Und wenn er sein Bild zerstören und verbrennen könnte, würde es auch nicht verloren gehen. Aus den Erfahrungen, die er mit diesem Bild gemacht hat, und den Erfahrungen mit den Menschen, Blicken, Worten, die das Bild hervorgebracht haben, würde etwas Neues entstehen.

Auf einem Holzsteg, der über eine Bäke führt, stützt er die Ellbogen aufs Geländer, den Kopf in die Hände, und sieht im braunmoorigen Wasserspiegel sein Gesicht. Die Bäke zieht träge dem Fluss Hunte entgegen, die Hunte vereinigt sich mit der Weser, und die Weser, die unterwegs die Hamme aufnimmt, mündet bei Bremerhaven in die Nordsee. Die Ärzte raten ihm zu Seeluft. Also wird er in Bremerhaven ein Schiff besteigen. Es wird ihn von der Nordsee in den Atlantik tragen, vom Atlantik durchs Mittelmeer und den Sueskanal, an Arabiens Küste entlang in den Indischen Ozean, bis es im Hafen von Colombo vor Anker gehen wird. Jetzt, bei diesem Blick in den sanft ziehenden Spiegel des Bachs, fällt er seine Entscheidung. Er wird das Angebot der Reederei Lloyd annehmen und reisen, aber nicht nach Chile, sondern nach Ceylon.

Langsam geht er weiter auf dem gewundenen roten Weg. Das Ziel spielt keine Rolle. Nur weg von hier, denkt er, heraus aus dem goldenen Käfig. Weg von hier, das ist mein Ziel.

Note des Autors

Konzert ohne Dichter ist ein Werk der Fiktion. Die wichtigsten Quellen sind Rainer Maria Rilkes Werke, insbesondere seine Tagebücher und Briefe, sowie Heinrich Vogelers fragmentarische Lebenserinnerungen *Werden*. Inwieweit diese Quellen Tatsachen wiedergeben oder bereits literarisch konstruiert sind, sei dahingestellt.

Zu danken habe ich Stefan Meyer (Oldenburgische Landschaft) für die Überprüfung der plattdeutschen Passagen und Gerd Oppermann (Heinrich-Vogeler-Gesellschaft) für einen Hinweis.

K. M.

Der Autor dankt dem Deutschen Literaturfonds e. V.
für ein Stipendium, mit dem die Entstehung
dieses Buchs gefördert wurde.

FSC
www.fsc.org
MIX
Papier aus verantwortungsvollen Quellen
FSC® C083411

Verlag Kiepenheuer & Witsch, FSC®-N001512

1. Auflage 2019

Umschlaggestaltung: Barbara Thoben, Köln
Umschlagmotiv: © Fancy Designs 1920, The Pepin Press
Die Initialen an den Kapitelanfängen stammen aus einer von Heinrich
Vogeler gestalteten Schmuckschrift. Für dieses Buch wurde die Vogeler
Caps (Petra Heidorn/Manfred Klein 2002) verwendet.
Gesetzt aus der Minion Pro
Satz: Dörlemann Satz, Lemförde
Druck und Bindung: CPI books GmbH, Leck
ISBN 978-3-462-05374-6

Weitere Titel von Klaus Modick bei Kiepenheuer & Witsch